大鱼

有爱的青春陪伴者

星星失眠日记

钦年 著

台海出版社

图书在版编目（CIP）数据

星星失眠日记 / 钦年著 . -- 北京 ：台海出版社，
2024. 7. -- ISBN 978-7-5168-3887-7

Ⅰ . I247.5

中国国家版本馆 CIP 数据核字第 2024XY9408 号

星星失眠日记

著　　者：钦　年

出 版 人：薛　原　　　　　　　　责任编辑：俞滟荣

出版发行：台海出版社
地　　址：北京市东城区景山东街 20 号　　邮政编码：100009
电　　话：010-64041652（发行，邮购）
传　　真：010-84045799（总编室）
网　　址：www.taimeng.org.cn/thcbs/default.htm
E - m a i l：thcbs@126.com

经　　销：全国各地新华书店
印　　刷：长沙鸿发印务实业有限公司
本书如有破损、缺页、装订错误，请与本社联系调换

开　　本：880 毫米 ×1230 毫米　　　　　1/32
字　　数：283 千字　　　　　　　　　　印张：9.5
版　　次：2024 年 7 月第 1 版　　　　　印次：2024 年 7 月第 1 次印刷
书　　号：ISBN 978-7-5168-3887-7

定　　价：42.80 元

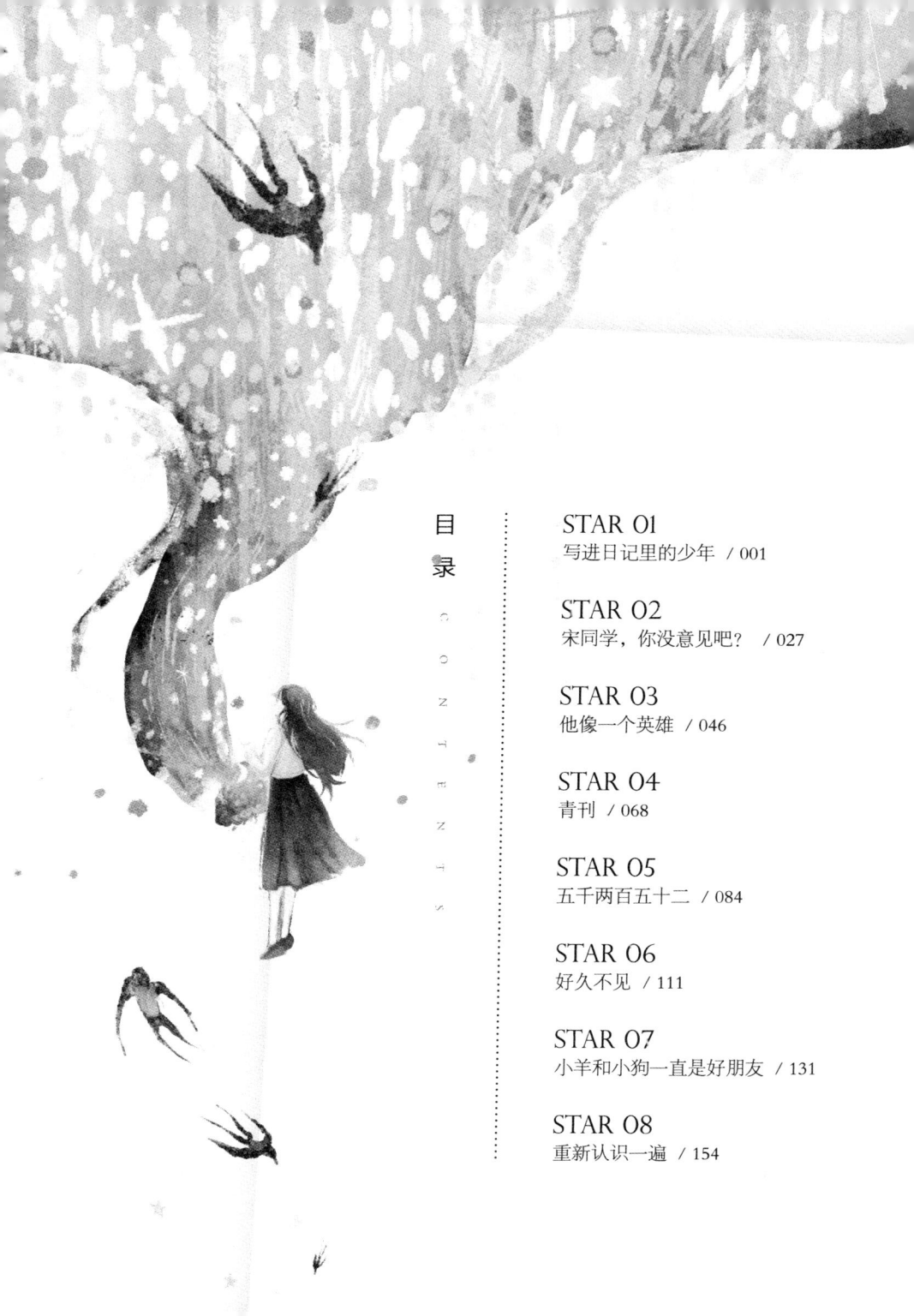

目录

STAR 01
写进日记里的少年 / 001

STAR 02
宋同学，你没意见吧？ / 027

STAR 03
他像一个英雄 / 046

STAR 04
青刊 / 068

STAR 05
五千两百五十二 / 084

STAR 06
好久不见 / 111

STAR 07
小羊和小狗一直是好朋友 / 131

STAR 08
重新认识一遍 / 154

目录

STAR 09

初吻对象 / 177

STAR 10

爸，真的是你 / 206

STAR 11

轻舟已过万重山 / 231

STAR 12

我们再也不要走散了 / 261

METEOR 01

梦中的婚礼 / 282

METEOR 02

江畔何人初见月 / 290

METEOR 03

狮子座流星雨 / 293

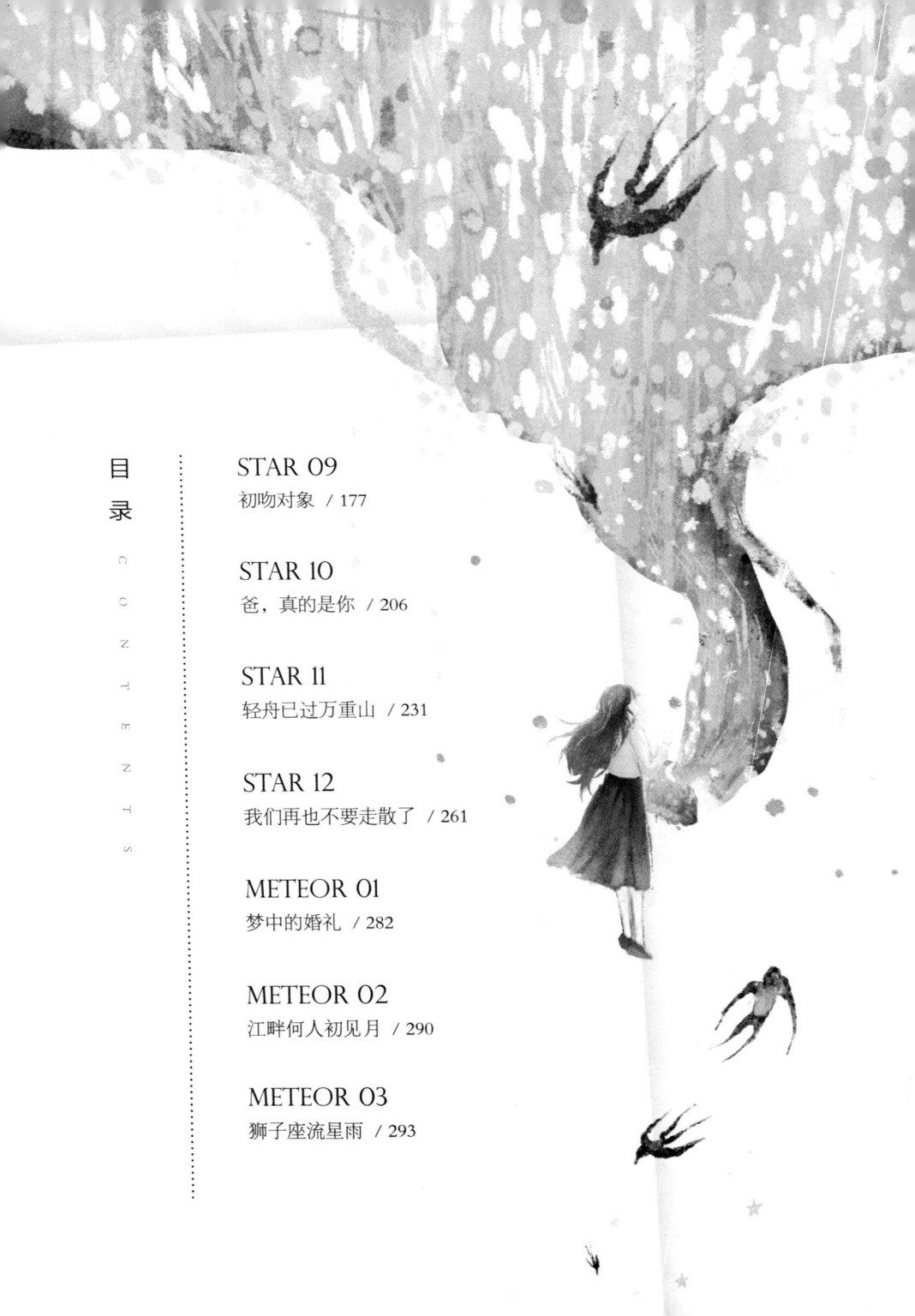

STAR 01

写进日记里的少年 ▽

01

宋慕星转去嘉高的那个夏天，很不幸地和嘉川市几十年难遇的世纪大暴雨撞了个满怀。

明明前几天还是骄阳似火的光景，却在昨日的一声雷鸣后进入僵持状况，积雨云垛叠在空荡的城市上空，仿佛羁旅的人寻觅到故乡的气味一般，留恋至深，不肯轻易离去。

就像陌生而新鲜的嘉川于十七岁的宋慕星而言，有种难为常人理解的亲切。

宋慕星很喜欢嘉川。

从下火车的第一眼，她就爱上了这个处处有水、绵延不绝的江南古城。

而这一切，得益于一场成功的手术和一次家庭变故。

宋慕星的人工耳蜗植入手术很顺利，术后她从麻药里解脱的刹那，世界的音律在倏忽间变得清晰可辨。

这是她十七岁收到的最好的礼物。

唯一美中不足的是，这是她的继父送给她的。

她的亲生父亲宋康霖在她小升初的那个暑假里牺牲。那个夏季，炙热得人像是身处火炉中一般。宋慕星本不喜欢高温天，因为对于是一名消防员的父亲来说，那是最忙碌的一个时间段。那年父亲死在了至今没有结案的一场爆炸案中。

孟欣萍和宋慕星成了烈士家属。

那段痛苦的回忆像个长着血盆大口的恶魔，仿佛时刻要将宋慕星吞没。

宋慕星的听力也在那次事故中受到了难以治愈的创伤。巨大的爆炸声仿佛就在她耳边响起，火星四溅，火舌肆虐，宋慕星至今想来都觉得可怖。

所以，面前的这场大雨，反倒让她很安心。

雨点淅淅沥沥地拍打车窗，夹杂着变幻莫测的风，模糊了外面的视野，给正在开车的周勤增加了不少难度。

"为什么偏偏要在今天开学！"

宋慕星和孟欣萍坐在后排，连带着周勤的小儿子周天宇。

周天宇不是个安分的性子，坐上车后就没有停止过嘟囔，加上小学生的厌学心理，此刻更是喋喋不休地发牢骚："今年还真是倒霉，不仅家里来了人蹭吃蹭喝，就连开个学都那么麻烦。"

"哎，怎么说话呢？"

周勤应该是个好脾气的人，至少这会儿看起来是这样的，他前脚训了儿子，后脚体贴地给孟欣萍、宋慕星母女二人赔了不是。

孟欣萍自然没有怪罪，忙说着"小孩子开玩笑，没关系的"，语气云淡风轻。

只有宋慕星看到了她渐渐攥紧衣角的手。

副驾驶坐的是周勤正在读高二的大儿子周铭，他的五官和周勤有些相似，不得不承认，父子二人都是称得上俊朗的。周勤一直在外从商，管束儿子的时间寥寥无几，兄弟俩常年在前妻冯滟的管教下，冯滟生性张扬跋扈，培养出的两个儿子也"毫不逊色"。

"爸，你快点！我要迟到了。"

一波未平一波又起，周铭和周天宇上的是嘉川的知名私立学校，从小学部到高中部一应俱全。而宋慕星要去的嘉高和哥儿俩的学校各占城东城西，称作是南辕北辙也不为过。

今天恰巧碰上了相同的开学时间，恰巧出门的时间有点晚，恰巧又遇到了大雨。

"先送小星吧，她今天转学第一天，迟到就不好了。"周勤准备打方向盘。

周家兄弟显然不高兴，咋咋呼呼的周天宇已经叫唤开了。冯滟离开周家之前和他说了不少宋慕星的事情，他知道宋慕星的耳朵有问题，听不惯刺耳的声音。

"凭什么先送她，我也要迟到了！"

于是，黑色奥迪在风雨交加的十字路口停留许久，仍踟蹰不定。后面的车子不断鸣笛，看上去躁郁至极。

宋慕星也不知道该怎么去应对这种情况。

她很久没有开口说话了，见面第一天被孟欣萍要求叫的那声"爸爸"，是她在这个家里说的第一句话，也是唯一一句。此刻的她没有像孟欣萍一样忙不迭说着"先送铭铭和天宇吧，小星不急的"，而是沉默地盯着后视镜。

那个角度刚好瞥见了周铭的嘴。

宋慕星很喜欢观察别人，尤其是别人说话时的口型，这几年的特殊经历让她能做到完美复述口型背后的话语。

比如，此刻周铭只是嘴角微动，并未出声，却被宋慕星窥到了全貌，并且不由自主地脱口而出，声音不大不小——"给、我、滚。"

宋慕星机械的复述，却让整车的人侧目而视，疑心是不是自己产生了幻听。

没等周家父子做出回应，孟欣萍便脸色不好地拉着宋慕星下了车："周勤，你先带着哥儿俩走吧，我送小星。"

周勤嘴唇翕动几下，终究还是没有开口。

瓢泼大雨里，孟欣萍只有一把伞，还始终向着宋慕星的方向偏移，仅仅是迈出几步，她的肩膀就肉眼可见地湿了大半。

尽管如此，她还是丝毫没有顾及自己。

"小星，你生气了吗？"

"没有。"

说实话，宋慕星并不生气，甚至有些庆幸，她讨厌车里压抑尴尬的氛围。

孟欣萍叹了口气，看来的确是自己想多了。

宋慕星初中的后半阶段请假居多，大多数时间是在家中跟着孟欣萍请来的家教学习。不过很庆幸，她们找到的是一个尽职尽责的辅导机构，里面的辅导老师温柔而耐心。这还带来了一段奇妙的缘分，周勤就是辅导机构的负责人。

同样值得庆幸的是，宋慕星懂事早，学习也刻苦，即便是在身体条件特殊的情况下，也依旧能取得优异的成绩。不过她离开集体生活太久，很少与人打交道，所以在人情世故上面显得一窍不通。

孟欣萍和负责补习的小翟老师安慰她说没关系，只要记住与人为善，总不会出错。

看宋慕星的态度，孟欣萍略加思索就知道，她说的话多半是看到了车上哪个人的口型后复原出来的。

"这句话的意思不好，以后不要再说了。"孟欣萍忽然变得严肃，"即便是有人在你面前那么说，你也不要去学。"

"好。"

不知为何，宋慕星答应的声音莫名有些颤抖。

她觉得整颗心就像自己的小白鞋一样，被雨淋到后湿漉漉黏糊糊的，就连它原本的装饰纹路也被泥垢覆盖，无法辨认。

赶到学校的时候，时间还算充裕，孟欣萍拿出包里装的透明文件袋就往老师办公室去了，留下宋慕星一个人在办公室门口发呆。

外面的雨势减小了不少，但依旧没有要停的意思。

嘉高很大，教学楼和办公楼之间被一条笔直的长廊连接。宋慕星班主任的办公室在三楼拐角的第一间，上面的牌子显示是教务处。

偌大的走廊里此时空无一人，宋慕星从裙子口袋里拿出小包纸巾，茉莉花香味的，打算擦擦鞋上的泥。她又想着万一办公室的门忽然打开，自己这样的姿势实在是有失礼仪，于是往旁边的空地挪了挪，和办公室隔开了好些距离，才放心地开始擦拭——这是孟欣萍在嘉川给自己买的第一双新鞋，专门为了这个学期而准备的。

孟欣萍那天在商场里告诫她，在周家不比以前，不管是生活还是行为，都需要自持，不要惹是生非，也不要有什么多余的要求。

宋慕星当时有些惶恐，她害怕继父周勤看到自己的鞋子脏了要给自己买双新的。她知道热情的继父会这样做，也知道这样会让母亲不高兴。

正这么走神地擦着鞋子，一张纸忽然飘到了她的脚边。

那是一份难度极高的数学试卷。

蒋眠淡淡扫了下面的女生一眼，不露痕迹地怔了一秒。

女生的身影蜷缩成一小团，白色连衣裙包裹着瘦弱的躯体，裙摆离地面只有些许距离，好像巷口常见的那种被人随意丢弃的小宠物一般。她很白，是那种接近病态的白，脸上五官组合在一起，竟然给人一种可怜的美感。

里面的陆豪见蒋眠迟迟没有动静，便有些急迫，拿手戳他的脚，语气却是轻的："蒋哥你快点啊，不想要命了！"

"知道了。"蒋眠从窗台一跃而下。

落地声不大，女生没有任何反应，仍然盯着那张试卷，蒋眠皱了皱眉，走上前。

宋慕星眼神好，记忆不赖，脑子也转得快，仅仅是这么十几秒的停顿时间，她已经把这张数学试卷的立体几何题分析出来，并且还把题目深深记在了脑海里。

她几乎是下意识地把那张试卷往自己的方向挪了挪，俨然一副沉浸做题的模样。

然而，一股神秘的力量拦住了她，让这张试卷的移动变得好像拉锯战一般。

"放开。"蒋眠指了指试卷。

不是宋慕星不想配合，只是男生的出现实在是吓了她一跳，染红的发色过于亮眼，他蹲在她面前，看上去还比她高上不少。而且，抛去那些外在的饰样，他整个人透着一种痞痞的感觉，面部的轮廓分明，眼神则是过于凌厉，看上去煞气十足。

最重要的一点是，他不知为何说话时故意压低嗓音，导致宋慕星完全没有听清刚刚那句话。

背后的陆豪还在做"事后诸葛亮"，一面关了窗，一面拿胳膊肘抹了抹瓷砖上的脚印，随后才如释重负地招了招手。

一个男生迅速从楼梯那边过来："都拿好了吧？趁现在没人，我们赶紧撤吧。"

陆豪努努嘴，看着蒋眠僵持的局面十分紧张。

负责望风的吴骏达也倒吸一口凉气，这怎么还半路杀出个程咬金来了？虽然是个文静漂亮的小姑娘，但是也不能在这个节骨眼拦住他们去路啊。

他生平第一次偷试卷啊。

不过，蒋眠很快将二人的顾虑打消，他显然是有些怒火了，语气也不再友善："快点滚开。你，耳朵是聋了吗？"

宋慕星这回听清了，她知道面前的男生生气了。

孟欣萍教导了自己很多事情，可偏偏没说该怎么面对叛逆少年。于是，宋慕星咬紧牙关，点了点头。

意外的是，她成功了。

蒋眠心中好像有块柔软的地方被击中，一种无名的怜悯与自责涌上心头。他轻轻抽走试卷，示意女生离开："你走吧。"

宋慕星仿佛抓住了救命稻草一般，立刻起身逃跑。

由于蹲得太久，起来的时候腿有些麻，导致她一时没有站稳，蒋眠还条件反射地扶了她一下。

良久，身边的陆豪才试探着开口："蒋哥，既然她聋了，那她咋听到你说的是啥……"

气氛陷入了几秒尴尬的死寂。

蒋眠刚升起的同情心完全消失，望着女生远去的方向骂了一句。

宋慕星小跑到楼梯拐角口，见他们没有追上来，而是在一起密谋了些什么，身影随后消失不见，她才暗暗松了一口气。

宋慕星还记得母亲认真说教自己的口吻和周铭初见时对自己的不友好态度，那男生口中说的话意思不好。

同理，说话的人，也不是个好人。

02

宋慕星一直等到了孟欣萍从办公室里出来，才佯装无事发生般站在办公室门前，恭恭敬敬地对着孟欣萍身后的女人鞠了一躬："曾老师好。"

"嗯，你好。"女人推了推眼镜，迅速地打量了一番宋慕星，嘴角露出一点官方的笑意。

"孩子挺有礼貌的。"曾妤的话是对着孟欣萍说的，"那没什么事情的话，我就带她去教室了。"

"好的，谢谢曾老师。"

孟欣萍毕恭毕敬地对曾妤道了谢之后，又对着宋慕星叮嘱了一句："听曾老师的话。"

"好。"

宋慕星被分配到了嘉高的实验班二班，其中除了有她自己的努力学习外，也少不了周勤的推波助澜。

曾妤和宋慕星对这一点心知肚明，但谁都守口如瓶。

"听你妈妈说你耳朵已经做手术了，现在感觉怎么样？"

"已经好很多了，基本的交流和学习都没有大问题。"女生的声音有点低，但意外地软糯，听上去有点怯生生的意味。

"你中考和高一期末都考得很不错，听你妈妈说申请英语听力免考了是吧？"

"对的。"

"以后就要和大家走一样的考试流程了，没事的时候你自己多适应适应。"曾妤还兼任语文老师，她想起刚刚的成绩单，不禁又犯了职业病，"你语文好像不太行啊，没理科好，以后有不懂的可以多来问我。"

"谢谢曾老师。"

这么有一搭没一搭地聊着天，两人很快走到了高二（2）班的门口。

七点十分，往常这个时间大家都在热火朝天地早读着，但今天赶上高二开学第一天的特殊时期，要进行从八点到傍晚的开学测试，此刻班级里弥漫着紧张复习的氛围。

"这是我们班这学期新来的转校生，宋慕星。"曾妤看向她，"你自己介绍一下吧。"

宋慕星最不喜欢这种场合，但还是硬着头皮上了："大家好，我是宋慕星，钦慕的慕，星星的星，很高兴认识大家。"

高中生活枯燥乏味，类似于"转校生"这样的新鲜字眼总会在无形间给原本平平无奇的身份镀上一层金光。

尤其还是宋慕星这样长相清秀，令人眼前一亮的女生。

宋慕星长发过肩，因为还没有领校服，穿的是一袭白裙，她笑起来时有浅浅的梨涡，素面朝天，却很有青春校园剧女主角的味道。

男生中甚至发出了不小的起哄声，青春期的荷尔蒙在空气中跳跃。

"找个位置坐吧，明天成绩出来后会重新排位置的，今天大家都是随便坐的。"

宋慕星还在踌躇之际，第一排的丸子头女生便热情邀她入座："新同学你好啊，我叫陈笑眉，哈哈笑的那个笑，眉毛的眉。"

陈笑眉的自我介绍特别形象，说完她还动了动自己的眉毛，跳了一段带感的眉毛舞，看起来莫名诙谐。

宋慕星忍不住笑了起来。

"你的名字真特别，我以后可以叫你'星星'吗？"

"可以的。"宋慕星发自内心地高兴，陈笑眉是自己在嘉高交到的第一个朋友。

曾妤安排完这一切，转身离开班级，但在最后一步时忽然回头，问："蒋眠还没来吗？"

班长江文翊摇了摇头。

曾妤似乎是习以为常："那等他来了，叫他来趟办公室。"

陈笑眉不等宋慕星反应，便给她做起了科普："星星，你来这个班，必须知道这个人物，那就是——蒋眠大神。"

"大神？"宋慕星有些摸不着头脑。

"敢把老师的话当耳旁风，做事总是特立独行，不交作业是常态，最后却总是靠着成绩免于处罚的，估计整个学校也只有他了。"陈笑眉自封"八卦小达人"，这段话不知道和别人说过几遍，以至于这会儿和说顺口溜一样熟练，"对了，他最近还染了个红发，特别红，比菜市场卖的红辣椒还红。"

红发？

宋慕星脑子里蹦出了方才胆战心惊的画面，少年凌厉的眼神似乎下一秒就要将自己吞没。

原来，他的名字叫蒋眠。

"八点考试前，上学期最后一组值日生整理一下考场。"

"陈笑眉，你擦瓷砖。"劳动委员吴志豪敲了敲陈笑眉的桌子，制止了她滔滔不绝侃大山的行为，"陈话痨，快点去吧，别叨叨了。"

"吴大头你长能耐了？"

"行行行，我的错，"吴志豪肌肉记忆般地往后挪了好几步，连连摆手，"姑奶奶您别揍我就成。"

陈笑眉："哎，你别跑，刘岚转走了，你不能叫我一个人把走廊和教室的瓷砖全擦了吧！"

"那就，新同学替上吧。"吴志豪看向宋慕星，语气软了不少。

见到这般态度转变，陈笑眉更是追着吴志豪满世界兴师问罪："好啊，敢情你就针对我一个人是吧！"

宋慕星一边笑，一边拿起卫生角的抹布。

和陈笑眉分配好任务，宋慕星便起身往教室后面去，她心里想着，自己一定要考好这次的考试，让大家知道自己能够进这个班，也是有不容小觑的实力的。

宋慕星擦着瓷砖，内心莫名有些紧张和期待。

然而，她擦到后门旁边的瓷砖时，却听到了一段让自己震惊的聊天。

"哥们冒死搞来的机密文件，江文翊，你快给我好好看一遍，争取马上记住。"蒋眠将手中的试卷递给江文翊，看上去十分急迫。

宋慕星保持着半蹲的姿势，从门缝里打量二人。

一个是看上去就不是善茬的叛逆"大神"，一个是标准三好学生模样的班长，宋慕星不敢相信，两个八竿子打不着一块儿的人竟然关系这么好。

"你怎么会有这个？"江文翊只看了一眼，便反问蒋眠。

"这你就别管了。赶紧看，这次你必须得考好。"

"不行，你快点还回去，我不想作弊，更不想连累你。偷试卷这事要是被发现了，后果不堪设想，你还想不想读书了？"江文翊严词拒绝，思路清晰，语气却意外地温和。

蒋眠拗不过，只好暂时接过试卷。

"还有，你头发是怎么回事？都违反规定了，赶紧洗掉吧，不然你奶奶看到又要说你了。"

"你说这个啊，"蒋眠无所谓似的扯了扯自己的头发，"确实是我的不对，但我还有用，暂时先这样了。而且老太太都老花眼好几年了，她能认得我这个人就不错了，哪还管这种事情？"

接下来两人的对话在宋慕星的耳朵里便显得不那么重要了，因为她已经充分捕捉到了他们口中的重点——蒋眠偷了试卷。

而偏偏不凑巧，她是"犯罪现场"的第一目击证人。

"嘿！"

忽然，宋慕星身后传来陈笑眉热情打招呼的声音："星星，擦成这样差不多了，我看你对着这块瓷砖擦了半天了。"

已经打算收工的陈笑眉洗完抹布，看到宋慕星面前瓷砖上的黑点，十分热心地拿指甲去抠了一下："你看，陈年老污垢了，不用管它，看得过去就行了。"

"嗯。"

陈笑眉嗓门大得出奇，一下子就把宋慕星暴露了。

她不知为何做贼心虚起来，艰难地扯出笑容，好说歹说地拉着陈笑眉飞速离开了现场。

另一边，蒋眠警惕地抬起眼，拉开后门，这一次是彻底把这个背影给记住了。

"哦，她是新来的转校生，宋慕星。"江文翱的声音从旁边传来，"听说听力好像有点问题，前不久刚做了手术。"

"有问题吗？"蒋眠把试卷重新揣进自己的裤兜，语气不甚友好，"我看她的顺风耳灵敏得很啊。"

幸好开学考很快开始，宋慕星也渐渐忘记了这段小插曲。

她一笔一画地认真答题，直到考数学，做到了那道再熟悉不过的几何题，她才有种恍然如梦的触动。蒋眠偷了开学考试卷这件事已然板上钉钉，宋慕星想起他凶悍的模样，不禁有些后怕，总觉得自己离被"灭口"不远了。

不过，一天的考试结束，也没有发生任何事情。

宋慕星停下最后一笔时，终于如释重负。她感觉自己考得还不错，除了语文大题回答得有点模板化外，其他都在预料范围之内。

开学第一天没有晚自习，能够顺利早回家。

下午是司机老丁开车来接她，周勤其实一直都很忙，今早得空亲自送孩子上学已经算是他作为父亲的一番心意了。虽然没见到孟欣萍，满腹的体己话无人诉说，但好在老丁具有自来熟的开朗性格，宋慕星一路上不算难挨，因考试稳定发挥的愉快心情一直持续到回家。

03

"我回来了。"

此时，保姆孙姐正在准备晚饭，空气里飘满了红烧肉的香味。

"妈妈，我考完了！"

"小星回来了。"孟欣萍坐在客厅，脸上的笑容有些憔悴，眼眶看上去红红的。

宋慕星这才发现，沙发上还坐着一个陌生的女人，五六十岁的模样，烫着时髦的波波头，衣服是夸张的红紫撞色，手上戴着的金手镯和金戒指尤其晃眼。

是宋慕星看第一眼便觉得没有好感的角色。

周天宇煞是殷勤地帮那女人捶背，一边捶还一边问着力度如何，惹得她看上去心情十分愉悦："天宇真懂事啊，奶奶一会儿请你吃汉堡。"

"谢谢奶奶！"

不过，她的笑容在看到宋慕星之后很快消失："哟，放学回家了，看到我这么大个人坐在这里，也不打个招呼啊。"

"没教养，娘儿俩真是一个样。"她的话十分刺耳，一字一句毫不掩饰地透露出对孟欣萍母女俩的厌恶。

"小星，叫奶奶。"孟欣萍赶紧拍了拍呆滞的宋慕星。

这就是周勤的母亲谢琴娟。

宋慕星没想到温顺的继父背后竟然有这样一个咄咄逼人的长辈，纵使心中百般不快，她还是没有勇气忤逆妈妈的话："奶奶好。"

"别叫我奶奶，我可当不起，"谢琴娟一脸晦气地摆手，"我可不想被你们娘儿俩克死。"

宋慕星不喜欢当面和人撕破脸皮，但她看着面前没有礼貌的老太太，实在是没忍住，冷声道："奶奶，您不可以仗着人老就这样说话。"

一向注重保养的谢琴娟下意识地摸了摸自己的脸，要知道，"老"这个字，自从周勤工作越来越好，赚了钱之后，还没有人敢这么形容她。

"你这个'小棺材'，嘴巴倒是毒。"

"奶奶，就是她把我科学课要用的蚕宝宝全部丢掉了，害得老师今天骂我了。"周天宇见风使舵，赶紧见缝插针，恶人先告状。

宋慕星回想起她初到周家的那一天，周天宇故意恶作剧，把蚕宝宝全部扔在她床上的场景，白色的虫卵在她的被子上缓缓蠕动，她至今想来都觉得反胃不适。

"小星，"孟欣萍站了起来，用身体阻挡住了两方的交流，"你先回避一下，妈妈有点事情要和奶奶说。"

周家的小别墅坐落在距离市区不远的风水宝地，四面交通发达，道路纵横交错，周围店铺展示的是清一色的高奢昂贵。

宋慕星在饭点之际离开家，理所当然达到了饥肠辘辘的最高境界。

她环顾四周，摸了摸身上仅有的那张五元纸币。毫无疑问，她不论走进这里的哪一家店，都买不起。

于是她一路前行，想要寻找适合的店铺，也不知道过了多久，眼前的景象忽然出现了翻天覆地的变化。

夕阳西下，金色的落日余晖映射在村庄上，形成了一幅极富韵味的剪影。

钢筋水泥逐渐消退，只剩下清一色的朴素的平房建筑，人们下班归家，周围的一切才开始有了烟火气。

这里仿佛有一条天然形成的分界线，在一块破旧的路牌两端，全然不同的地界相隔，两方的人过着迥乎不同的生活。

"牧隐村"。

宋慕星凑近路牌，终于看清了上面雕刻的字。

比起周家常驻的富人区，宋慕星更喜欢具有人情味的牧隐村。这里以弄堂和巷子居多，墙面上长着爬山虎或青苔，偶尔能看见不知道哪号人物张贴的小广告。青石板的道路也别有生趣，踩上去会有轻微的晃动，由于刚下过雨，不时会有小水珠溅起。

而且，牧隐村的住宅和市集几乎是没有界限的，哪里都是普通话夹杂方言，遍地欢声笑语。

也就是在这样和谐的氛围里，一家并不起眼的店铺引起了宋慕星的注意——蒋记馄饨铺。

宋慕星看了看价格，对于两块五一碗的小馄饨十分满意，她要了份小馄饨就在店里坐了下来。

门口的老奶奶正在擀皮，皲裂苍老的手干起活来却是意外利索。她佝偻着背，人有些消瘦，衬衫被她洗得发白，看上去十分有年代感。

"老三，出来找钱喂。"

"来了。"里面的隔间传出一道嘹亮的男声，很快，一双修长瘦削的手递来几个硬币，"找您两块五。"

宋慕星往上一看，对上了那一双眼睛，竟然是蒋眠。

不过，蒋眠似乎没有兴致和她掰扯，他拿着碗从奶奶身边取了一些刚刚包好的馄饨，拿到里面开始烧煮。

隔间的门没有关，宋慕星坐的位置还隐隐可以看到蒋眠忙碌的身影。

她不禁开始好奇地打量他，放荡不羁的"拽哥"此刻围着围裙亲自给自己下厨烧馄饨吃，怎么看都有些"走错片场"的感觉。

原来这里就是他的家。

宋慕星莫名地觉得这个充满油烟味的馄饨铺有种清净自由的气质，让她对蒋眠这个人也有了些许改观。

"您的馄饨，慢用。"不多时，蒋眠端来一碗热气腾腾的馄饨，"调料都在旁边，可以自己加。"

说罢，他便去了蒋奶奶身边帮忙干活，全程没有任何多余的寒暄。

宋慕星想，也许他根本没记住自己，也许是他懒得搭理自己。她心情松弛下来，拿起一旁的醋打算加几滴，却不料一个手滑，几乎"咕噜咕噜"去了大半瓶。

这下好了，原本带着青葱的可口汤底变成了违和的棕色。

"这么喜欢吃醋？"正在包馄饨的蒋眠回过头，忽然开口。

这真不是一个好问题。

宋慕星为了掩饰尴尬，便选择搪塞过去："嗯……"

"你难道只会点头吗？"蒋眠语气轻佻，听上去有一番故意打趣之意。

"好久不见啊，蒋少爷。"

宋慕星正踌躇着该如何回答他的话，门外"来客"气势汹汹地把铺子的门堵了起来。

外头的每个人都穿得很有个性，朋克风的马甲，清一色的紧身破洞裤，耳钉、唇钉泛着光。他们开的鬼火摩托车整齐地停在店面外，让宋慕星想起了港式电影里常出现的包围场景。

宋慕星吓得放下了勺子，坐立难安。

店铺里的另外一对母子则赶紧起身离开，但他们脸上没有什么震惊的神色，看起来早已见怪不怪。

"麻烦你一件事情，"蒋眠忽然彬彬有礼起来，对宋慕星说，"带我奶奶去南巷里那家小卖铺买点醋。"

"啊？"

"店里的醋有点不够了，我一会儿给你钱，谢谢。"

宋慕星还没弄清楚状况，便被蒋眠推着出了门，身边是看起来毫不知情的蒋奶奶。

宋慕星不时地回头，看到的最后一眼是蒋眠走上前去，和为首的那人言语了什么。

"囡囡，你是老三的同学吗？"蒋奶奶老花眼很严重，看人只有一个轮廓，所以走路也需要人搀扶。

宋慕星猜想"老三"可能是蒋眠的小名之类的，于是乖巧地应允："是的。"

"还是你这个囡囡乖，你看老三的那帮朋友就没礼貌。"

朋友？难道指的是刚才那伙看起来就不是善茬的人？宋慕星不知道背后的隐情，但对于这番解释，她是不能理解的。

买醋的时候，宋慕星还恍惚地觉得自己这一天的经历有些奇妙。

看着价目标签，她才突然想起自己忘记问蒋眠要买几瓶了，她身上只有找回的两块五，堪堪只够买一瓶，正思考能不能向老板赊账多买几瓶时，却看到了不远处一个熟悉的身影。

宋慕星有些吃惊，竟然会在这里遇到江文翙。

他看上去与这里的一切格格不入，身上不是千篇一律的校服，而是极具个人特色，怎么看都价值不菲的衣着。

"宋慕星。"

江文翙精准地叫出了她的名字，让原本想装作没看见的宋慕星有些局促："班长好。"比起江文翙的坦率从容，宋慕星忽然为自己方才想装看不见的心理深深惭愧了一番。

他的目光很快掠过宋慕星，落在了她的身旁："这不是蒋眠的奶奶吗，蒋眠呢？"

话题偏转之快，让宋慕星有些措手不及，不过这也省去了很多不必要的客套。

"是小江伐（吗）？小江？"奶奶听着声音便认出了江文翙。

"奶奶好，是我小江，"江文翙切换方言的速度无比迅速，"老三在哪里你晓得伐？"

"他的那堆朋友又来了。你说这老三的朋友怎么隔一会儿就要来，隔一会儿又要来……"奶奶看上去情绪不佳，还一脸责怪地自言自语。

一听这话，江文翊再也按捺不住脸上的忧虑神色，说了声"再见"便往蒋眠家的馄饨铺跑去。

宋慕星看着他的背影，有些不解。

待到护送蒋奶奶回到铺子，她看到遍地狼藉的景象，才知道事情的发展远比她想象的严重。

店里的桌椅翻了不少，调味用的酱油和醋也淌了一地。空气中夹杂着一丝若有若无的血腥味，宋慕星很少看到这种场面，一时间几乎是生理反应般开始不适。

蒋眠正瘫坐在地上任由江文翊给自己处理伤口，他掀起眼皮看了一眼宋慕星，女生的白裙子在面前晃眼得刺目，这屋子破败，景致肮脏，纯洁无瑕的她在这片土地上显得格格不入。

"啊呀，老三，你的头怎么了？"蒋奶奶只能看到隐隐的鲜红。

"买了个便宜的染料就是没好货，洗个头就掉色了。"蒋眠无所谓地笑了笑，看上去好不轻松。

"叫你别染头发，染得花兮兮的，难看死了，"蒋奶奶一边摇头一边发话，"赶紧弄掉啊。"

怪不得白天他说他的头发还有用，暂时还不能洗掉。宋慕星打量着，确实有一点点用，红色头发看上去便叛逆了好几倍，增加了他与那些人抗衡的架势。而且，因为红色头发的藻饰，从头上流下的鲜血显得没有那样突兀和骇人。

宋慕星扶着蒋奶奶在椅子上坐下，便帮着蒋眠收拾地上的残局。

"今天谢谢你了，你先回去吧。"蒋眠嘴角渗血，一边向宋慕星致歉，"今天你这碗馄饨都浪费了，改天我请你吃。"

"没关系的，不用不用。"宋慕星连连摆手，正对上了蒋眠的视线。

这是两人第二次对视。

她摸了摸自己的口袋，递给他一张纸巾。

茉莉花香味的。

蒋眠嘴角微动，不自然地说了句"谢谢"。

离开馄饨铺的宋慕星步伐越走越快，一颗心扑通直跳，在胸腔里发出沉闷的回音。

好紧张好复杂的心境，但她说不出缘由。

回到家中，孟欣萍正坐在昏黄的灯光下，看上去有些疲惫："小星回来了，吃晚饭吧。"

她今天做的也是一碗馄饨。

宋慕星尝了一口，脑子里却浮现出少年血流不止的模样，嘴边的咀嚼也开始变得索然无味起来。

不知道他现在怎么样了，她想。

深夜，宋慕星的心陷入了前所未有的平静，没有天天揪着自己不放的周家人，没有那些因为身体缺陷而遭遇的目光，也没有任何关于父亲离世的恶意揣度。

唯一拥有的，是黑夜里的浩瀚星空。

她照例看向窗外，用几分钟的时间在眼前绘了一幅速写。她从小热爱画画，可以说是天赋超群，即便是自学，水平也到了相当可观的程度。

没有人知道，在她听不见声音的日子里，只有看着斗转星移的变化，她才能真切地感受到活着的意义。

宋慕星打开日记本，今天的她忽然有了太多的事情要写。

写开学第一天，写想说给爸爸听的话，写对妈妈的心疼和无能为力，写热情的陈笑眉和儒雅的江文翙……写那碗没吃完的馄饨，以及脸上满是棱角的少年蒋眠。

04

翌日清晨，宋慕星来得格外早，班里只有江文翙的身影。

他似乎在用 MP3 听英语听力，手上的笔不断写着什么，金丝眼镜反着光，看不清他的表情。宋慕星想起昨天像梦一般荒谬的奇遇，选择了沉默是金，也开始坐到自己的座位上练习起听力。不得不说，英语听力对于学了几年哑巴英语的她来说，确实是有难度，才听了一套卷子听力，宋慕星便觉得如坐针毡，几乎是硬着头皮坚持了下来。

"早啊，星星。"

直到陈笑眉进教室，宋慕星才露出了笑脸。

趁着陪陈笑眉去厕所的片刻，她在镜子前重新戴起了助听器，带着点无名的心虚，还是特地等没人时才戴的。虽说已经做了手术，但宋慕星对助听器的依赖还是无法消退，不管是生理原因还是心理因素，她现阶段都无法从助听器的帮助下走出。

可她又矛盾地不想让别人发现自己的异样，更不想因此让大家对她产生过多的关注。宋慕星略带心虚地把头发拨到耳朵前，反复确认好看不见自己的助听器时，才满意地作罢。

两人回教室的途中接到曾妤的指令，去拿了趟校服。

宋慕星莫名有些激动，她把校服贴在胸口，有种异常安心的感觉，好像从这一刻起，她才真正成为嘉高的一分子。

"真不公平，女娲怎么造人的，为什么星星你连穿校服都那么好看。"陈笑眉见她穿好校服，便没正行地开始挤眉弄眼，"嘿嘿，星星，原来你的身材也那么好。"

两人连说带比画地回到教室，宋慕星一脸涨红，只觉得自己快要燃烧得焦了。

幸好曾妤的到来终止了这一切："开学考的成绩已经出来了，我贴在班级公告栏了，看完排名之后我们开始排座位。"

这个消息无疑如同重磅炸弹，蜂拥而上的人流很快将公告栏堵得几乎水泄不通。

陈笑眉作为当仁不让的冲锋战士，早已先行一步来到一线，并在短短几秒的时间后带着最新情报返回："星星，你是班级第二！"

说句实话，这个结果对宋慕星来说，谈不上高兴，也谈不上不高兴。

于是她问："第一是谁？"

"自然是高高在上的班长大人了！"陈笑眉似乎考得也比较理想，一副心情很好的样子，"班长终于重回巅峰了，不愧是学神，吾等楷模！"

路过的吴志豪忍不住吐槽："你看多了武侠小说吧，说话像个'二百五'似的。"

她毫不犹豫地回击："这位比我低一名的同学，你好像有一点点聒噪哦！"

看着二人拌嘴，宋慕星忍俊不禁。

在周遭的喧哗之中，蒋眠的沉默显得有些格格不入，这回他的成绩依旧很规矩，和自己料想的一般无二，就连得知成绩后的心情，也是平静得毫无涟漪。

反倒是看到了江文翊的班级排名后，他才如释重负般地松了口气。

目光不经意地瞥到"江文翊"名字的下面，"宋慕星"三个字就这样毫无征兆地映入眼帘。

女生正在和自己的姐妹说着话，难得笑靥如花。

她笑起来的样子，倒是比那畏畏缩缩的模样好看了不少。

班级分座位的方式是先打印出一张空白的座位表，然后根据成绩排名按次序从第一名传阅到最后一名的手里，只有等上一个同学挑选好自己的理想座位，后面的同学才能开始填写。

所以，留到最后的位置，常常是角落斜眼吃灰的。

宋慕星虽然不苟同这种方式，但还是和陈笑眉开始讨论哪个座位比较 perfect（完美）。

陈笑眉犹如指点江山般振振有词："星星，我这第十二名是指望不了什么了，只能靠你先行一步了。"

宋慕星也被鼓舞得热血起来，她想继续与陈笑眉做同桌，所以她打算自己先选好一个绝佳位置，然后等着陈笑眉填自己旁边。她初来乍到，没几个认识的人，想来同学们也不会不识趣地填自己旁边。

第三组第三排，既处在中间组别看黑板方便，也不至于太前或太后落个极端。

于是，当座位表传阅到宋慕星手里时，她立刻开始填写。

第一名江文翊填在了第三组第四排，她理想位置的后座。

"哇，星星，你挑的这个座位好，等到我填的时候，我就立马抢下这儿。"为了保险起见，陈笑眉甚至把十二名之前的所有女生都软磨硬泡了一遍，央求她们不要和自己抢位置。女生们也不会做不熟还要硬贴脸的事情，纷纷承诺不会抢宋慕星同桌的位置。

两人都以为事情毫无悬念地成了，然而，等陈笑眉胸有成竹地接过座位表时，却发现宋慕星旁边的空白早已被人填充。

见陈笑眉笑容僵住，宋慕星不解地瞥了一眼座位表，这么一看自己都愣住了。

秦斯然。

宋慕星在班级里认识的人不多，除了陈笑眉和班长，还有几个因为转达消息而有交集的人外，只剩下一个没什么好脾气的蒋眠。

秦斯然这个名字，她真是闻所未闻。宋慕星猜测对方应该是个文静好说话的女生，便和陈笑眉提议向对方解释一下，说通了换座位的话，她兴许还能和陈笑眉"再续前缘"。

"什么女生啊，秦斯然是男的啊。"陈笑眉开始捶胸顿足，"秦少怎么会坐这里啊？明明还有那么多空位，他坐这儿的话，离他的好哥们都远了。何必啊，来抢我一个柔弱小女子的位置！"

宋慕星听着她的话，对这个名字更是越发胆怯起来。

"陈笑眉，你填好了吗？尽量快一些，后面还有同学在等。"

作为班长的江文翊在旁边催促，宋慕星不好意思地低下了头，陈笑眉则无奈填到了宋慕星的前面，用她的话来说，就是："即便做不了你的同桌，我也要陪在你身旁，让你的视野里时时刻刻充满我的背影。"

这又引起了损友吴志豪的不满："陈话痨，你讲话怎么那么令人作呕。"

"令人作呕你还贴我旁边，咱俩整天抬头不见低头见的，烦不烦啊。"

宋慕星这才发现，吴志豪真就坐在陈笑眉的旁边，不过不是同桌，而是隔了一个过道的邻桌。

陈笑眉的新同桌名叫唐沐瑶，是一个小个子的马尾女孩，人不如其名，是个十足的搞笑选手，和陈笑眉可谓是班里的"八卦"双担。在陈笑眉的引荐下，三人很快成为好友。宋慕星想，和她们待在一块儿，不怕校园生活单调乏味了。

换位置时，她也终于见到了新同桌的庐山真面目。

未见其人，先闻其声。

秦斯然的东西被不同的男生拿来放在桌子上，砰砰的声音不绝于耳。宋慕星坐在旁边，眼睁睁地看着他的桌子被水杯、课本、篮球填满，一句话也不敢说。

"新同桌你好啊，我是秦斯然。"

宋慕星呆滞地抬起头，对上了一张满是朝气的脸："你好。"

秦斯然是标准的双眼皮大帅哥，此时他头上戴着一条红黑色的运动发带，给人的第一感觉是那种真真切切可以直接看出来的阳光青春，宋慕星想起陈笑眉对他的称呼——"秦少"，确实，这周身的气度实在是过分贴合这个名号。

"请你喝。"秦斯然不知道从哪里变出了一杯星巴克，随手放在宋慕星的桌上。

宋慕星瞥了一眼上面的价格，只觉得过于夸张："不用了，谢谢。"

"就当是新同桌的见面礼，日后多多关照。"

在前面偷听已久的陈笑眉转过头来打趣："秦少，之前你坐吴志豪旁边，也没见你请他喝过啊。"

"这样比较显出我的诚意嘛。"

他的回答惹得身边"咦咦哦哦"的声音一片。

宋慕星尴尬地看着桌上的那杯星巴克，直到蒋眠的一声"借过"，人群忽然安静下来，她才松下一口气。

这个班级里有个不成文的规定，那就是江文翊的同桌只能是蒋眠，碍于蒋眠的脾气和过往的"辉煌"事迹，班里几乎没有人敢去靠近他，唯独江文翊能够与他和平相处。

蒋眠看起来是"吊车尾"的模样，在班里却是第十名，不算靠前，但对于想走体育方向的他来说已经十分足够。

宋慕星在陈笑眉那听说，蒋眠的体育成绩好到令人发指的程度，好几项运动都到了国家二级运动员的水准，为嘉高赢得了不少省市级甚至国家级荣誉。这样的好苗子自然要好好栽培，也难怪曾妤对蒋眠的很多行为都是睁一只眼闭一只眼。

蒋眠只是淡淡扫了一眼自己的新位置，便把书包扔在了椅子上，声音不大不小，带着点不爽的意味。

周围人立刻识趣地散了，也没有闲情逸致再去打趣宋慕星和秦斯然。

秦斯然的东西特别多，除了书还有一个小箱子，侧着放在过道的一旁，为了不阻碍大家，他便往里坐了不少，这让宋慕星越发觉得窒息。

"秦斯然，你前面去点，很挤。"蒋眠点了点秦斯然的肩膀，语气还算客气。

秦斯然没有回头，"嗯"了一声，随后往前挪了一点。

虽然只是前进一点，可这样与宋慕星便多出了一些距离，让她没有那么局促。

宋慕星偷偷地朝斜后方的蒋眠看了一眼，他依旧是那副事不关己的表情，但不管他是有意还是无意，宋慕星在此时都对他充满了感激。

05

秦斯然中午去篮球队训练后，宋慕星才终于有了安静的学习时间。

后座的江文翊在整理这个星期要发的家校联系单，宋慕星刚转到这个班级还不知道填写的格式，他便耐心地教了她一遍。

蒋眠趴在桌子上睡觉，他的腿实在是很长，此刻越过桌子横跨在宋慕星和秦斯然座位之间。宋慕星偷瞥了他一眼，忍不住嘴角微扬，蒋眠头上的红色染料还没完全洗掉，看起来有种斑驳的艺术感。

这样安静的场景被打破，是在听到秦斯然和他的兄弟帮走进教室的声音之后。

秦斯然坐下的力道不小，椅子往后撑了不少，把蒋眠的桌子都弄得拱起来了一块。

宋慕星看见秦斯然手上多了一道伤口，正在不断地渗出血来。秉承着作为同桌，应该表露一些基本的关心的心理，她问："你怎么了？"

"打球不小心摔倒了，小事。"秦斯然的语调不自觉地上扬，明显心情有所好转。

宋慕星看着他像小孩一样不管伤口，而是先开了一瓶汽水猛灌，不由得从课桌里抽出了一张纸巾，随后又从笔袋里拿出了一张创可贴，递给了他。

蒋眠被之前的动静吵醒，稍稍抬起头，将这一切尽收眼底。

他忽然想起了昨天的傍晚，她似乎也对自己做过一样的事情。

原来，她对谁都可以给一张纸巾。

"滥好人。"蒋眠把桌子往后挪了下，在心里暗暗觉得这女生过于没心眼，日后肯定要吃亏。

他又觉得自己对宋慕星升起的感激忽然有所消退——这是一种奇妙的感触，她明明什么都没干，却好似在自己头上泼了盆冷水似的。

"第三组第三排那个披头发的女生，叫什么名字？"午休时刻，门口来了几个戴红袖章的学生。

"不能披发，仪容仪表扣一分。"

"还有她斜后面那个睡觉的，不能染发。而且头发太长，都超过耳朵了，扣一点五分。"

"没关系星星，我还有头绳，你把头发扎起来就好了。"前面的陈笑眉转过身。

宋慕星道了感谢，但并没有接过。她不扎头发从来都是有她的私心存在，如果现在在众目睽睽下暴露自己的助听器，她宁可选择吃一次扣分的亏。

长发不给留，那只能剪短，看来这趟理发店是非去不可了。

宋慕星下了晚自习打算直接去理发，于是借司机的电话和孟欣萍打了个招呼。

不少理发店晚上八点半时已经打烊，司机老丁绕了好几圈，才找到一家还在营业的。宋慕星临下车前，他交代："妹妹，剪好了之后你在这里稍微等一下，周老板让我给他办点事，一会儿我再回来接你。"

"好。"宋慕星于是只身进了理发店。

"小妹妹，打算做个什么造型呀？"

店里面的灯光不算明亮，带着一点微�的昏黄，店主是一个留着斜刘海的烫头男人，三四十岁的模样，穿着沙滩裤。

他见着宋慕星，目光不断地上下打量着。

随即，他走上前，手不安分地摸上宋慕星的背："快坐下呀。"

"我不是来做造型的。"宋慕星赶紧否认，本能地躲闪与这个陌生男人的肢体接触，"只要剪短就可以，剪到肩膀上面。"

"这么柔顺的长发，真的要剪吗？"店主一边摸着宋慕星的头发一边假意叹息，"好可惜哦小妹妹。"

"你怎么不等我就进来了？"忽然，门口传来一道熟悉的声音，紧接着大门被人打开。

是蒋眠。

他的口吻自然得好像二人关系十分亲昵一般，他进门就将店主的手狠狠往后扣住，疼得那人龇牙咧嘴地乱叫。

宋慕星像是抓住了救命稻草一般，立刻躲在他的身后。

"以后手放干净点，不然我见你一次打你一次。"

"走吧，换一家店，"蒋眠拉过宋慕星，"这样的店，不来也罢。"

宋慕星还没来得及反应，就被蒋眠牵着鼻子般带离了理发店，脚步虚浮得像方才是置身在梦中一样。

待到那个令人发指的店主消失在视野后，蒋眠便松开了手："不好意思啊。"

蒋眠的力气不小，宋慕星又皮肤娇嫩，被他箍过的地方很快有了一条红色的印记。

宋慕星："谢谢你帮我。"

"以后不要去那家店了，那个店主不是什么好人。想理发的话，我带你去个地方。"

蒋眠似乎对这一带轻车熟路，很快便带着宋慕星来到了另外一家理发店。女店主在里面安安静静地替一个老人剪头发，音响里放的是邓丽君的歌，不像寻常的店铺那样花哨，带着些许复古的美感。

"眠儿来了，剪头发吗？"

"赵姐，麻烦给我剪剪短。"

"好嘞。"女店主赵亚君又看了看蒋眠身边的宋慕星，"这个小姑娘是谁啊？"

"我同班同学。"

赵亚君的笑很有亲和力，但人却是风姿绰约的大美人。手上的那单生意刚好结束，赵亚君看向二人："两位小同学，谁先来啊？"

"女士优先吧。"

宋慕星有些不好意思，这话从蒋眠嘴里面说出来总觉得怪怪的。而且，让一个不太熟的同龄异性看着自己剪头发，少女朦胧的羞耻心忽然爆棚。

她轻声说明了要求，赵亚君点点头："明白了，应付学校检查是吧，包你满意啊。"随即极轻柔地为宋慕星剪起头发来。

蒋眠坐在后面的椅子上，百无聊赖地看着镜子里的身影。

"剪好了。"

镜子里的短发女生乖巧可爱，颇有邻家妹妹的感觉。比起长发，宋慕星的短发更加有学生气，但并不刻板，尽显少女独有的青春气息。

蒋眠的目光里闪过片刻的失神。

"真漂亮啊妹妹，姐送你个发卡。"赵亚君拿出一个上面带着草莓的发卡，别在宋慕星的头发上，原本是善良的好意，却不小心将宋慕星的助听器给露了出来。

宋慕星有些局促，紧张地低下了头，不知道该怎么解释。

赵亚君不禁为自己的行为开始自责起来："不好意思，妹妹，我不是故意的。"

"很好看。"蒋眠忽然站起，走到僵持的二人身边，帮宋慕星将草莓发卡戴正，动作笨拙却真诚。

他似乎并不在意宋慕星露出的助听器，站在镜子前，极为认真地说道："这个发型和发卡，都很适合你。"

宋慕星只觉得自己的心跳漏了一拍，从来没有人能够对着戴助听器的她说这句话。

洗去头上红色染料的蒋眠变成了黑色顺毛的乖乖男孩，他歪头看着镜子里陌生的自己，有点本能地抗拒："把头发再短一点吧，这样显得像个好学生一样。"

赵亚君并不拆穿少年的小心思，调侃："行，给你剪成古天乐同款。"

很显然，蒋眠的坚持是对的，最后的效果令人满意。少年不好意思地挠了挠头，显得平易近人了许多。

"谢谢你。"

待到分别之际，宋慕星还是郑重地向蒋眠道了谢。

蒋眠却淡淡地摆手，变戏法似的从身后变出了一碗打包的馄饨："上次说好要请你的，然后这是买醋的钱。"

宋慕星没想到他还记着，想婉拒但最终还是没能拗过蒋眠的执着。

"对了，还有一件事，能拜托你吗？那个……能帮我保密吗？"

宋慕星不知道他指的是哪一件事情，还欲问个明白，蒋眠的身影却已经渐渐远去了。

他还真是一个奇怪的人。

宋慕星总觉得学校里的蒋眠和在牧隐村看到的蒋眠是两个人。

少年在她的心中忽然变成了一个形容词，无比具象又抽离得遥远，很少人像他一样特别，也很少有人会像他那样费劲而诚恳地生活。在宋慕星的心中，蒋眠不知不觉间好像已经成为一个独特的存在。

STAR 02

▽

宋同学，你没意见吧？

01

因为前语文课代表刘岚的转学，开学的时候曾妤便将这个头衔戴在了宋慕星头上，一来是看宋慕星做事严谨，二来也想让宋慕星提高语文成绩。

从此，宋慕星除了需要攻克自己的语文难关以外，还有第二个挑战——每日必头疼的收作业环节。

宋慕星扯下一张粉红色便利贴，黏在一堆作业本的最上方。

短短一个礼拜，那个熟悉的名字已经几次荣登她的便利贴榜首。

"蒋眠今天还没有来吗？"

"你说他啊，大早上就被'曾姨'抓去办公室了。听说好像这次捅的娄子还不小。"陈笑眉打了个哈欠，看起来一副很困的样子。

"唉，我说，星星，这么大一张便利贴就写一个名字也太浪费了。"陈笑眉把便利贴一撕为三，"你以后就这样做，一张便利贴可以用三次。"

宋慕星心不在焉，听到蒋眠"犯事"被带去办公室之后，她的心情便久久无法平静。

打架？还是偷试卷？

开学时他偷试卷的行动鲁莽而轻率，但凡有人动用一点力量，肯定能很快落实他的"罪行"。

虽然不知道他是出于什么目的必须要得到那一份试卷，但这个行为在学生世界里无疑算得上大事。

"那我先去办公室把这些作业交了。"宋慕星随即转身出了教室门，步履匆匆。

陈笑眉劝告的声音还在身后回荡："星星，你别现在去交啊。这会儿肯定骂得正'high'（最高点）呢，你去多不好啊。"

陈笑眉的话不无道理，此刻的办公室确乎是热闹的场景。

"我说你们啊，成天好的不学，净把心思放在这些歪门邪道上。现在干得出偷试卷这种事情，那以后进了社会不就直接犯罪去了吗？"

"你们看看，只记得擦外边，里边瓷砖的脚印都忘记擦了吧，还想狡辩。"

曾好此时正在和隔壁班班主任李玫一起"混合双打"，李玫明显气急了，狠狠地批评学生，脸上冒出来一颗接一颗的汗珠。

陆豪和吴骏达都是她班里的，平时和蒋眠关系比较好，三人经常玩在一块儿。

蒋眠站在办公室里一言不发，倒是旁边的陆豪和吴骏达还在进行最后的挣扎："老师，真不是我们。"

"好了，狡辩的话就不要再说了。"相比之下，曾好显得要冷静许多，"这件事都有同学看到了，你们还是马上认个错，写个检讨书，然后叫你们家长来一趟比较明智。"

"快要上课了，你们先回去吧。"

"蒋眠，你留一下。"

李玫带着班里两个不省心的学生走出了教务处。

在门外抱着一大捧作业本的宋慕星还没来得及反应，门就被打开，自己完完全全暴露在众人的视野里，手上的作业本也被吓得全部掉落在了地上。

于是她赶紧蹲下整理。

陆豪和吴骏达对了个眼神，露出了一致的鄙夷表情。

"蒋眠，老师和你说实话，这件事情我已经拦下了，否则后果不堪设想。你家庭条件特殊，你应该比任何人都知道努力的重要性。"

"对不起老师，这次是我的错，才做出了这样的事情，我发誓下次不会了。"

收拾好一切的宋慕星默默把作业本放在曾妤的办公桌上，不知为何，此刻的她根本没有勇气直视蒋眠，交出的作业本更像是一种无言的背叛。

蒋眠看了宋慕星一眼，没有言语。

又一次，自己狼狈的模样毫无掩饰地暴露在她的面前。

曾妤看了看作业本便利贴上面的未交名字，又叹了一口气："有空还是多把心思放在学习上吧。我不管你这次做这件事情是出于什么原因，但我只能最后警告你一次，下不为例。

"还有，明天叫你妈妈来一趟，我得和她好好谈谈。"

蒋眠像忽然被触及了逆鳞一般，语气极为激动："不能叫她。"

曾妤："这次的事情性质严重，我必须告知你妈妈。"

"那您可以发消息，可以打电话，请不要让她来。"蒋眠说到最后，甚至连一点反抗的勇气也没有了，看上去神色十分痛苦，声音也开始颤抖，"拜托您了。"

这又是一个宋慕星从未见过的蒋眠。

他竟然会卑微地祈求别人，原来他也有这样脆弱的时刻。

虽然知道这个时候自己的存在无足轻重，宋慕星还是试探性地开口了："曾老师，要不您就别请蒋眠同学的妈妈了吧，他……"

他是那样桀骜的一个人，在"小混混"面前可以刚毅不动摇，却对于母亲这样在意……是连宋慕星看了都于心不忍的程度。

"课代表你先回去。"曾妤没想到宋慕星会为了一个不相干的男同学说好话，但还是示意她不要多管闲事。

宋慕星这才知道自己说错了话，而且于事无补，刚刚因为蒋眠燃起的那一点勇气霎时间熄灭。

她失魂落魄地走到楼梯口，却听到了这样一番对话。

是方才的隔壁班班主任李玫和另一个陌生的女声。

女生嗔怪道："小姨！你怎么还把蒋眠也抓了啊？"

不同于方才的暴躁，李玫的语气分外偏袒："蒋眠身份特殊，这种事情还是得和他当面说清楚。不然日后真捅出了娄子，别说是你小姨我，全校师生都得跟着遭殃。"

"他爸爸的事情，还没查好啊？"

"对啊，所以小姑奶奶，"李玫叹气，"你天天把一个犯罪嫌疑人的儿子挂在嘴边，这像话吗？"

回到教室的宋慕星在周遭的一片欢腾中显得格格不入。

秦斯然好哥们很多，消息灵通，隔壁班的体委把运动会的事情和他悉数抖搂了一番，他这会儿正毫不吝啬地和班级同学宣扬起来。

陈笑眉和吴志豪一伙人讨论得热火朝天："这次的运动会还有省电视台要来采访，好大的阵仗啊，我们学校是不是要火了呀！话说吴志豪，你这体型不报铅球真是天理难容。"

吴志豪撇嘴表示不屑："陈笑眉，你这么能说，你怎么不去呢？"

"我这体测不合格的水平，要是报名了人家还以为我是'卧底'呢，专门给别的班加分来的。"

陈笑眉的话引起周围人一阵哄堂大笑，宋慕星却无心于此。

秦斯然和她搭话，告诉她自己今年打算报哪几个项目，还问她体育怎么样。宋慕星心不在焉地回了几句，眼睛却一直看着门口。

也不知过了多久，曾妤才终于带着蒋眠出现在众人的视野里。

蒋眠闷声不响地拉开座位落座，一举一动虽小，却像是开了扩音器似的，每一点声音都在密密麻麻地吞噬着宋慕星的内心。

曾妤说："在上课之前，我有一件事情要向大家宣布。"

大家安静下来。

"快到运动会了，每个人都踊跃报名啊，这次会有媒体过来拍摄，大家争取为校争光。"曾妤照例说着一番激励鼓舞的话，"咱班每次到这个时候就跟蔫了似的，今年我希望看到一个不一样的二班。也快要文理分科了，这可能是我们二班最后一次集体活动了，大家都别留下遗憾。"

曾妤看向蒋眠，语气意味深长："蒋眠，你是体委，带好头。"

颇有将功补过的意味。

02

"蒋哥，你们班那小美女刚刚鬼鬼祟祟地在门口偷听呢，我寻思该不会……"

"长这么好看，竟然告密！真没义气啊。"

体育课上，由于两个班是同一个老师，加之男女生分开，陆豪和吴骏达便在蒋眠身边滔滔不绝地说出了自己的猜测，两个人神情一个比一个愤慨。

蒋眠正坐在地上换钉鞋，似乎对他们说的话丝毫不感兴趣，但还是瞥了一眼女生队伍的方向。

队伍里清一色的校服女生，宋慕星静静地站在那儿，有一种蓬松柔绵的春意，那是少女独特的魅力。

蒋眠摸了摸鼻子，有些不自在："没影的事情，少怀疑人家。"

他一想起办公室里孱弱的女生为自己发声，心里就不是个滋味，面前的陆豪和吴骏达在不断拱火，更是让他无比烦躁。

于是，蒋眠深呼吸一口气，摆好了预备姿势，直接在操场上开始了竞速般的狂奔。

"快看快看，那就是二班的蒋眠。真不愧是我们学校的体育'扛把子'，跑得真快！"

"天哪，我觉得他这水平都能进国家队了，但人家好像志不在此。"

女生队伍正在做准备活动，宋慕星身后传来不少三班女生的议论，她无心去听，可紧接着一个熟悉女声的出现，让宋慕星心里一怔。

"关键是他长得很帅好嘛，你们不觉得他和古天乐有点像吗？"

"嘿！你这么一说还真是。"

"余舒怡，你倒是很关心蒋眠嘛……"

错不了，就是这个人，告发蒋眠的女生，就在她身后。

宋慕星在心里给自己倒数，鼓起勇气回过头，和这位"余舒怡"仓促地对视了一眼。

在大家清一色的朴素造型中，余舒怡很晃眼，低双马尾的发型，头绳上是蝴蝶结，留着当下时髦的斜刘海，手腕上戴着一条珍珠手链，鞋子也是鲜艳的红。

余舒怡瞧了宋慕星一眼，对旁边的姐妹方静小声嘀咕："那是不是二班新来的转校生，那个聋子？"

"就是她，看起来对我们意见很大呢，有什么好拽的。"

"余舒怡，方静，有这么多事情好讲吗？来，到前面来，说给大家听听。"由于宋慕星的回头，致使她们的行为终于被体育老师发现，"给我出列，罚跑两圈。"

"啊？！"

"啊什么啊，还不快去。"

余舒怡不情不愿地往操场走去，还故意狠狠撞了一下宋慕星的肩膀，踩脏了她的小白鞋。

宋慕星反应不及，单薄的身躯险些摔倒，幸亏旁边的陈笑眉及时扶住了她。不过宋慕星的助听器因为这个剧烈的动静被撞掉了一只，此时正突兀地在地上发出声响。

几乎是在一瞬间，羞耻和慌乱涌上心头，宋慕星忙蹲下去捡拾，却还是受到了周围女生的目光打量。

这让她想起自己初中时被人笑话的场景。

"什么人啊，自己在准备活动的时候叨叨，还不能让别人看一眼啦？拽给谁看啊！"

待到自由活动，陈笑眉直接在宋慕星身边叉着腰骂开了："要我说，星星你做得很对，一点错都没有。"

莫名心虚的宋慕星只能继续苦笑，她难道能说出自己是为了确认蒋眠的事情才回头的吗？

徒增荒谬罢了。

"你们嚼舌根倒是厉害得很嘛，背后说人真是有一套啊。"

"那副柔弱的样子成天装给谁看啊，真以为自己是林黛玉不成？"余舒怡表面看似柔弱，骂起人来却是毫不含糊。

第一次和对方如此近距离对峙，宋慕星不知道该怎样回应这种恶意比较合适："我不是……"

"喂你这人，说话就说话，干吗人身攻击？"幸得有陈笑眉在身旁时刻维护，宋慕星才不至于完全沦落下风。

谁知余舒怡听到这话越发猖狂，直接用手大力戳着宋慕星的肩膀："我就攻击，我不仅人身攻击，我还人体攻击呢！"

"余舒怡，放开你的脏手！"陈笑眉一向仗义，哪受得了这气？直接和余舒怡打了起来。

女生打架很少见，但是下手并不比男生轻多少。她们的打斗更富于画面感和争吵力，比如此时，二人还在喋喋不休地争吵，手却已经在头发上扯开了。

最后自然是引起了体育老师的极度愤怒，他罚两人各跑十圈。

"老师，我替陈笑眉跑。都是我的锅，她是为了给我出头才这样做的。"宋慕星早已在心里骂了自己上千遍，脚步决绝地迈了出去。

余舒怡还在身后指指点点，却不料一个篮球正中她的后背，让她一时间疼得龇牙咧嘴毫无形象："哪个神经病啊？"

"抱歉啊，失手了。"戴着护腕的蒋眠很快从余舒怡身边拿走篮球，还极为礼貌地摆手道了个歉。

"还有，这个，不好看。"蒋眠用手比画了一下余舒怡的斜刘海，随后便潇洒地离去。

看到来者是蒋眠，余舒怡生气的表情还停在脸上，却选择了闷声吃哑巴亏。

只是，她在揉着头一边跑一边生闷气的时候发现，篮球场和跑道几乎隔了银河系般的距离。

这怎么能叫失手呢？

余舒怡不敢相信，蒋眠竟然会为了毫不相干的宋慕星故意给自己来个下马威。

她跑完十圈，脸色难看至极，想马上回到教室喝水，可偏偏走在她前面的陆豪和吴骏达不仅废话连篇还越走越慢。余舒怡刚想催他们，却听到陆豪有一搭没一搭地对身边的吴骏达说："不得不说这女的意志力倒蛮强的，还真一声不吭地跑了那么久，体力也算厉害的了。"

"先别管那女的了，你说蒋哥这人最近怎么不听劝啊？不会看那女的好看就不和她计较吧。"

"可是，那小美女确实有点好看啊。"陆豪说。

"谁？"余舒怡突然插进去问了一句。

"我说的是二班的宋慕星。"

陆豪毫不犹豫地脱口而出，被吴骏达用眼神狠狠剜了一下。

"是她啊。她怎么了，她和蒋眠有什么关系吗？"余舒怡一下子抓到了重点。

两人中吴骏达略微谨慎，忙招呼陆豪不要再多嘴。

"哎呀，你们放心，大家都是同班同学，我肯定不会说出去的，"余舒怡说谎话不打草稿，"而且如果你们遇到了什么麻烦的话，说不定我还能求我小姨帮帮你们呢。"

陆豪和身旁的吴骏达嘀咕："要不告诉她吧，反正我们也暴露了，让她知道，说不定还能求李玫让我们别写检讨了呢。"

于是，两人一五一十地将事情和盘托出。

此时的余舒怡越听越起劲，心里一番小算盘早已打得"啪啪"响。

03

事情的发展让人始料未及，平静的日子没有持续几日，蒋眠一行三人收到了学校的警告。

校长把三人叫到办公室，说是念在初犯加上认错态度良好的分上，只给了警告，并不会记入档案，但是偷试卷这种行为不是小事，必须要有家长的介入处理。

被校长约谈的蒋眠看到了检举信上的名字——宋慕星，一时间百感交集。

是谁都可以，为什么要是她呢？

他脸上没有显露出任何情绪，但心里还是忍不住地失望。

他承认让宋慕星保密是自己的私心，他不想因为处罚而见到那个自称是自己母亲的人，那个女人除了会一遍遍践踏他的自尊外，什么也不会做。

不过，宋慕星既然是这样发自内心地讨厌他，为什么还要用那样怜悯的目光来看他呢？

蒋眠想不通。

他以为自己窥见天日的一束光，原来只是一片轻妄。

"蒋哥，我就说那个小美女不是个善茬吧，肯定有问题，她早就把我们给卖光了。"刚走出办公室，吴骏达便骂骂咧咧地说开了。

"没办法，不是我们自己要这么做的吗？"

"我就看了几道题，考试的时候还来不及做。"吴骏达显得有些委屈。

陆豪连连附和："我本来记了选择题答案，结果背串了，冤死了，还不如我自己做。"

"还有蒋哥，你都没看，而且那江文翔也不领情，早知道我们这次就不干了。"

"这次是我的错，连累你们了，对不起。"蒋眠诚挚地向二人道歉，他揽下了大部分责任，才终于让这次的事情艰难翻篇。

宋慕星从陈笑眉那里听说这次的检举信直接被送到了校长办公室，她不禁思索，难道余舒怡忽然转了性子执意要给蒋眠点颜色瞧瞧？还是她在小姨班主任的教导下浪子回头决心主持正义？

本来与自己无关的事情，宋慕星是不该再去多想的，可是内心不知为何，她每每想到蒋眠，想到这个名字，总是容易分神。

蒋眠会受到处罚吗？他会不会被退学……

宋慕星心中的担忧越演越烈，可是面上只能装作云淡风轻。她没有任何理由和借口，去向蒋眠展露那些无处安放的关心。

运动会和第一次月考在缓缓靠近，宋慕星的重心也就成了为分班考试而奋斗。

因为即将分班，大家不约而同地进入了"离别纪念"的时刻，拿着留言册或者签名纸四处找同学填写，似乎自己的纸上留下的痕迹越多，就越是留下了这段难忘的岁月。

尽管宋慕星是这个学期刚刚转来的，还是有不少人找她签名或留言，宋慕星几乎要把自己记忆里所有祝福的话都给用完了。班里也有很多之前和自己完全没有交集的女同学因为这件事情和自己搭了话。

章欣就是第一个，那天的体育课上完没多久，她拿着一张空白的纸找到宋慕星，语气柔和："能帮我签个名吗新同学。"

宋慕星毫无防备地签下，却不知道她转身就把这张纸给了在后门恭候已久的余舒怡。

余舒怡将这张纸摊开，打印的实名检举信上签名栏那一处，宋慕星的名字赫然在目。

"这样能行吗？"章欣觉得还是有些冒险。

余舒怡却一脸自信："肯定行，而且没有人会怀疑到我们头上。"

事实也确乎往着余舒怡想象的方向发展，蒋眠对待宋慕星的态度大不如前，他没有针对她，更多的是选择避而不谈或者忽略战术。

唯一的一次交集，是学校组织体检那日，校车按着学号的顺序依次分成不同的组别。宋慕星是班上女生学号的最后一位，被迫与姐妹分离，和自己班的男生一起与别班拼车。

当她上车的那一瞬，车上喧哗的声音戛然而止。

余舒怡懒懒地抬起头，用一种近乎打量的眼光看着她，充满着不友善。

宋慕星心中暗叫不好，真真是冤家路窄，车上人满为患，只剩下一个空余的座位，恰好在余舒怡的身旁。

下一秒，只听余舒怡一声惊呼，她手上的豆浆一滴不落地泼洒在了那个空位上。

余舒怡说："哎呀，真是不好意思。"

伸手不打笑脸人，宋慕星只好吃哑巴亏，她窘迫地扶着车上的扶手，显得莫名凄凉。

江文翊与蒋眠一对视，见蒋眠没有动作，便自己站了起来："坐我的位置吧，宋慕星。"

"谢谢班长。"宋慕星感激江文翊的及时帮助，才让她不至于窘迫至极。

她坐在蒋眠的身旁，两人这一路却没有说一句话。

其实江文翊在起身的那刻，感受到了蒋眠坐立不安的心情，他表面不在乎，目光却不自主地往那个方向移动。

　　但蒙在鼓里的宋慕星完全没察觉到任何异样，毕竟在学校的蒋眠对人对事向来是如此态度。

　　04

　　"这是我爸前几天从美国出差带回来的香水，你试试看喜欢这个味道吗？"作为有意为之的同桌，秦斯然对宋慕星的态度在分班前越发殷勤起来。

　　"秦斯然，这太贵重了，我不能收。"宋慕星摆手摆得都快出重影了。

　　"就当是你之前教我题目的感谢，你就收下吧，我是真心想和你交个朋友。我姐也在用这香水，应该不会差。"

　　宋慕星只能用笑容掩饰尴尬，底下用脚踢了踢陈笑眉的椅子。

　　好姐妹的默契无须多言，陈笑眉一个大喇叭嗓音就让局面瞬间改变："哎呀，秦少，这多不好意思，你要是想感谢人家也不是这个感谢法啊，这样压力也太大了。不如你请大家吃东西吧，这样咱们家星星也不算特殊待遇了，自然会接受你的好意。"

　　秦斯然点了点头，于是某天中午，秦斯然借着校男篮获奖的由头，请了全班喝饮料。

　　宋慕星的饮料和大家的不同，而且还多了一个冰激凌。

　　秦斯然的号召力不小，和蒋眠不同，他的那些朋友大多是些家里条件不错，开玩笑不嫌事大的男生。

　　宋慕星从前的经历让她很少接触男生，更何况她前几年身体状况很差，因为一直吃药和四处求医，她的脸色总是很差，暗黄而无光，身材也有些浮肿，几乎没有人会对她有任何多余的称赞。

　　如今这种情况，是从前那个自卑到骨子里的自己无法想象的。所以，她无法忽视这些让人脸红心跳的举动，脸色在他们的调侃下瞬间通红。

　　秦斯然一个不留神，也不知道被谁推了一下，他直接撞到宋慕星身上。

　　正在发作业的宋慕星毫无防备，手上的作业本掉了一地。

　　"哇哦！"

"咦——"

班里此时的起哄声更是此起彼伏。

宋慕星很不喜欢这种被人强加因果的事情，反感地直接推开秦斯然，开始捡地上的作业本。不凑巧的是，蒋眠刚从体育老师那儿回来，在门口驻足，竟然将这过程看了个全面。

一本可怜的作业本飞到了遥远的门槛边，上面还有一个不知是谁踩上去的巨大黑脚印。

蒋眠心中的忍耐值已然快到极限，满腔的不爽在胸口积压，他捡起本子，用上了自己最后一丝友善，看看是哪个大冤种的本子那么凄惨。

作业本的封面上，两个大字赫然在目——蒋眠。

"咱们班女生八百米还差一个名额，有人要报名吗？"蒋眠领了体育老师的令，在班级里询问。

八百米，对于二班的女生来说，光是体测跑跑就足以窒息，更别说参加竞速，那不是一场无畏的主动"送死"吗？

宋慕星也赶紧低下了头，佯装写作业，实则内心无比慌乱。

"没有人报名的话，那就抓阄吧。"蒋眠和平时似乎有些不一样，语气分外冷峻，几乎不给人反驳的机会。

于是当宋慕星拿到那张带红点的纸时，她几乎是颤抖着举起了手。

周围陷入一阵诡异的沉默，宋慕星特殊的身体状况是大家都知晓的事情，贸然让她参加这种高强度的比赛，也不知道是不是个合适的选择。

"要不算了吧，她身体不好。"陈笑眉开口相劝，希望能有一丝转机。

"那抽签做什么？公平都没了。"

宋慕星见蒋眠神情冷淡，扯了扯陈笑眉的衣服，示意她算了。

"我看没什么不行的，反正都要为班级做贡献。"蒋眠忽然的肯定，让周围人一时间不知道该接什么话好，"宋慕星同学，如果我没记错的话，你上次好像罚跑了十圈，然后坚持了下来。"

蒋眠说："宋同学，你没意见吧？"

宋慕星呆呆地看着蒋眠，蒋眠说的都是事实，她说不出任何辩驳的话，只能眼睁睁地看着蒋眠在女子八百米那一栏写下自己的姓名。

字遒劲有力，仿佛要将纸张无情刺穿。

05

"乔迁宴。"

宋慕星愁眉不展地回到家，听到了另外一件令自己叹息的事情。

虽说名义上是为了庆祝周家举家搬进新宅子，但是实际上，周勤打算借着这次机会让孟欣萍和宋慕星完全融入自己的社交圈，日后也免了那些不合时宜的寒暄。

得知这件事后，谢琴娟大发脾气，她自从搬进周家常住，便盘踞了家中霸主的地位。周铭和周天宇照例是见风使舵，很快投身到了谢琴娟的阵营，秉持着"一致排外"的原则，他们始终没给过宋慕星母女俩好脸色。

周勤能赚钱能谈合作能摆平一切，可偏偏拿自己这个妈没有办法。

"办什么办！二婚这种事情很'光荣'是吗，非要全天下都知道是吗？你这个小子真是要把你妈的脸都给丢光了。"

"妈，少说几句。"周勤紧皱着眉头，有些烦了，"欣萍也不容易。"

"洗个衣服就不容易了？烧个菜就不容易了？你妈我辛辛苦苦把你拉扯大，我就容易了？"

谢琴娟越说越激动，仗着身边没有别人，直接把自己心中所想一股脑抛了出来："你以为她是真心对你好啊？她是为了光明正大地诓你钱，也就你，乐呵呵地以为捡了什么大便宜一样。"

谢琴娟说个不停："还有她那个白眼狼一样的聋子女儿，小小年纪就敢顶撞我，我真是巴不得她们母女早点滚出这个家。"

宋慕星原本是想客厅倒水喝，没承想听到了这样一番对话。周末放假的欢愉不再，心里像是被泼了冰水一样的彻骨，只不过，这一次她没有再挺身而出去反对谢琴娟的伤人言论，而是默默合上了门，回到自己的房间。

早早写完布置的作业，她翻出自己的课外拓展作业，一张一张地往下写，每一道错题都认真地誊写在错题本上，然后又把语文和英语这学期要求背的篇目背了一遍又一遍。

几乎是一种自我折磨式的学习方式，可这样笨拙而坚定地提升自己，也许是她能为改变现状做的唯一事情。

宋慕星前几日在报纸上看到了一篇征稿启事，需要征集一幅故事美文的插画，报酬是十块钱的稿费。她试着按自己的想法画了一幅，结果竟然收到了被征用的消息，收获了人生的第一桶金。

她给妈妈买了一个遮阳帽，花了几块钱，其余的钱则全部装在自己的金猪储蓄罐里。

这个储蓄罐是爸爸宋康霖给她留下的唯一念想了。

无论旁人说过多少次老土，她都毫不改变对这个金猪储蓄罐的珍惜。于宋慕星而言，摆脱困顿而艰难的生活，只有两个办法，学习和攒钱。

而且，不知为何，她有种强烈的预感，如果生活出现意外，周勤会毫不犹豫地放弃她们母女俩。

等她考上大学，她要带着孟欣萍过上一种全新的生活。

周末，乔迁宴设在百花大酒店，排场十足。出席的人对于宋慕星而言都是陌生的面孔，不过对于周铭和周天宇来说都是老熟人，哥儿俩今日莫名嘴甜，还因此收获了不少夸奖。

如此，越发显得蜷缩在一旁的宋慕星内向得不成样子。

她几乎时刻跟在孟欣萍和周勤身边，两位大人让叫什么就叫什么。

一旁的谢琴娟依旧是一副不愿给面子的模样，她那一桌围着不少好姐妹，这会儿正听她一把鼻涕一把泪地在诉苦，说自己儿子辛苦了大半辈子的积蓄，如今就要败在这母女俩手里了。

谢琴娟举出三根手指："你们不知道啊，我儿子为了给那个'小拖油瓶'做手术，直接花了这个数。"

在场的老太太们被她吓得够呛："哦哟，作孽啊，真是作孽啊。"

谢琴娟终于在这里得到了理想反应，越说越起劲，把自己心中积怨已久的事情全部抖搂了出来："你们不知道，那个'小棺材'嘴巴很毒的，那天直接说我人老，话要多难听有多难听。"

"真是乱讲了，琴娟你一直都是我们里面最年轻的啊。之前我们都还在说，谁要是能有像你一样的福气就好了。"

"这种话都讲得出来，真是一点眼力见都没有，琴娟以前可是纺织厂一枝花啊。"

如此迎合的话不绝于耳，谢琴娟显然十分满意。

"我倒是觉得说得蛮有道理的嘛。"这时，桌上始终低头吃饭的一个男生忽然开口，毫不怯场的态度让周围的一众老太都眯缝着眼睛冲他投去怀疑的目光。

"这位奶奶，你的抬头纹都快能夹死蚊子了，还觉得自己貌美如花十八岁呢？"

"你你你，哪里来的臭小子！"

"还有，记得少骂点人，生气太多，对身体不好。"蒋眠扔下这句话就头也不回地离开了座位，潇洒至极，看上去不屑一顾。

本来跟着那个几年也见不到一次的妈来参加这种宴会就很是烦闷，他随便挑了个都是老年人的桌默默吃东西，没承想慈祥的奶奶们也分三六九等。

方才那位贵妇装扮的老人，道德水平明显与经济条件不统一，说话过分得已经到了让他这个外人都发指的程度。

甚是晦气。

也不知道是哪个可怜人和自己一样凄苦，有这样不是敌人胜似敌人的长辈。

宋慕星在这种人多嘈杂的环境里很不自在，她有些庆幸自己还是个孩子，能够和同龄人坐在一桌，虽然没有朋友，但也不至于遇到嘲讽。

就在这个边桌上，她的肩膀被人轻点。

"宋同学，这么巧。"

宋慕星回过头，实实在在地愣了几秒："体委，你也在啊。"

"八百米练得怎么样了？"蒋眠顺势坐在她旁边的空位，看上去有些自来熟。

真是哪壶不开提哪壶，宋慕星心里暗暗指责此人真是煞风景至极。他作为始作俑者，不仅没有自责，那副矜然自傲的模样，似乎很乐于看着自己受罪。

说真的，这件事情足以让她在日记里把这人写死八百次了。

"你为什么会来这里啊？"宋慕星实在不觉得蒋眠能够和在场的谁有什么关系。

"这家的男主人，是我妈的合作伙伴。"这个称呼似乎有些烫嘴，蒋眠说出来的时候神情十分不自然，"那你呢？"

"我是……这家主人的女儿。"

蒋眠忽然陷入一种难以言说的沉默，再次看向宋慕星时便不由得带了一丝同情。原来宋慕星就是刚刚那个被蛇蝎奶奶天天诟病的可怜虫。

周铭坐在二人对面，将这一切尽收眼底。

自从蒋眠来这个宴会的第一秒，他便提高了十足的警觉。不过看起来这位少爷贵人多忘事，完全没把自己给记起来，周铭这才松了口气。

送走了大部分宾客之后，周铭的目光望向了宋慕星。

"你和蒋眠不会之前就认识吧？"语气里多了丝不怀好意。

宋慕星非常意外，毕竟比起年龄尚小，将一切情绪都写在脸上的周天宇，周铭对自己一向采用冷暴力和背后诋毁的方式。

"他是我的同班同学。"

"他可不是什么好人，你要是认为和他搞好关系就可以有人罩了的话，那你可真是想多了。"

"哥哥才是想多了吧，我跟他根本就不熟。"宋慕星来到了周家之后，口齿越发伶俐了起来，而且在学校里接触了形形色色的人之后，她总算是懂得一直保持懦弱不会有好结果的道理。

该发声的时候就绝对不选择沉默。

"你最好是不熟。"周铭不屑地走在宋慕星前面，心里已然开始了自己的打算。

06

蒋眠坐在汽车后座，看着反光镜里陌生的女人一言不发。

"刚刚你去哪儿了？本来想带你去周老板那边敬酒的，结果连你的影子都没看到。"

"你管不着。"蒋眠依旧嘴硬。

"你以为谁乐意管你啊，不过我就你这么一个儿子，就养你到高中毕业，怎么着也不能养废了。"韩黎语气轻蔑，"一会儿我们去周老板家签个合同，你给我好好表现。"

　　"我不去。"

　　"如果这个月还想让我给你打钱的话，你最好识趣。"

　　世间真理莫过于一物降一物，韩黎根本没把蒋眠的话放在眼里，转身就把车子停在了周家大宅门口。

　　蒋眠只好悻悻下了车，恰好看见周勤一行刚到家。

　　韩黎带着他来到了周勤面前，交谈中透露出日后好好合作的意思。为了自己和奶奶以后的生活，蒋眠便换了一副好学生的模样。

　　而韩黎怕他影响自己谈生意，直接找理由把他打发了出去。

　　蒋眠百无聊赖地在院子里闲逛着，又在一片姹紫嫣红里看到了自己的老熟人。

　　宋慕星正在浇花，感觉到背后被一片阴影笼罩，她诧异地回头，见蒋眠正饶有兴趣地打量着她。

　　宋慕星惊道："你……你怎么在这儿？"

　　"你还会养花？"蒋眠倒是耐心地开始向她询问起养花的门道来。

　　两人言笑晏晏，画面一时间和谐起来。

　　在一旁偷看的周铭不由得嘀咕，还说不熟呢，不熟能在这几盆破花里面笑得这么灿烂？

　　周铭转身离开，正思考如何利用自己这个妹妹带来些回报时，却发现周天宇竟不知何时起也跟着自己。

　　"哥，你看什么呢？"

　　还没等他回答，周天宇便口无遮拦地叫了起来，径直冲到那二人面前指指点点，表情夸张："啧啧啧，快看啊，宋慕星在干什么呢！"

　　蒋眠放下手中的花花草草，在看到周铭的那一刻，眼中的情绪淡漠下来。

　　"好巧啊。"蒋眠对着周铭的方向幽幽来了这么一句。

　　宋慕星有些摸不着头脑地看着眼前的这一切，难道他们认识？

　　此时的周铭就再没有那般泰然自若了，平日里那副少爷的姿态也不免显得有些局促："蒋眠，好久不见啊。"

蒋眠的嘴角机械地上扬了一下，随即他撸起牛仔外套的袖子，露出筋络分明的手臂。

"你这是干什么？"看着一步步朝自己逼近的蒋眠，周铭眼神躲闪，不自觉地后退。

"干什么？"蒋眠一句一句回答周铭的问题，"来履行我的承诺，见你一次打你一次。"

话毕，一拳重重挥过去，没有拖泥带水。

平日里嚣张跋扈的周家兄弟此刻就跟霜打的茄子似的，蔫得不成样子。周天宇也不再煽风点火，而是飞速逃离现场去搬救兵。

宋慕星呆滞了一秒，反应过来后，一反往常地选择了一件自己之前从没有做过的事情——劝架。

不过，她是在背后死死拉住了意图反抗的周铭。

这些天来，那些宋慕星原本想宽厚以待的人表现出深恶痛绝的态度后，她终于明白自己是无法在周家平顺生活的，也知道了该如何让自己过得好一点。

"别打了，别打了！"

周铭本就无力招架，这会儿被牵制住身体，更是连逃跑都无能为力。

宋慕星算好时间，听到谢琴娟一众赶来时，马上松开了手，一脸悲怆地开始为周铭哭天喊地："哥哥，你没事吧？"

周铭手指颤抖地指着宋慕星，却说不出任何话来。

"哎呀！我的铭铭，谁干的？谁下的手这么狠啊！"

蒋眠闻言掀起眼皮一看。

哟，老熟人。

谢琴娟看到这张脸，气得几乎要发疯："又是你，你是怎么来我们家的！"

场面一时间无法控制，幸好周勤及时赶来，他知道面前的男生是韩黎的儿子，也了解周铭是个什么样的秉性，被打肯定有原因，而且多半是周铭先惹的祸。到时候真问清楚真相，自己也不免跟着丢脸。何况，他也不好直接对着合作方的小孩大发雷霆。

于是周勤打起马虎眼："小孩子之间小打小闹，不碍事的，就是下次要注意力道，不然没轻没重的容易出事。"

韩黎也很快赶来，压抑着内心的怒火，识趣地接受了周勤的说辞，然后便带着毫发无伤的蒋眠离开。

众人匆忙给周铭包扎，忙上忙下很是热闹。

周天宇似乎还有话要说，却在看到宋慕星意味深长的目光后选择缄口不提。

"你眼睁睁看着你哥哥被打，竟然也不帮帮忙！"谢琴娟又开始指责起宋慕星来。

"奶奶，我劝架了，拦不住。"宋慕星的语气可怜至极，全然是委屈和无奈，让人无法怪罪。

周勤意外地偏袒了宋慕星，用关怀的口吻说"小星也是没办法"。

吃了哑巴亏的周铭自然是不甘，但又无法怪罪，内心如同被千万只蝼蚁啃食般难受。

这算是宋慕星在周家"起义"打响的第一枪，虽然近乎什么也没干，充其量是个小小"帮凶"，但她第一次感受到了强势的好处。

可她没料到一向偏袒自己的孟欣萍却流露出不同的情绪："小星，你和妈妈说实话，你和那个蒋眠是什么关系？"

"同班同学。"

"没别的了吗？"

"没了。"

"小星，那个蒋眠一看就是个坏学生，你和他要保持距离，明白吗？"

"明白。"宋慕星乖巧应允。

她回到自己的房间开始温习功课，透过窗户看到比母亲高了一个头的蒋眠不情不愿地坐上汽车后座，随即渐渐消失在自己的视野中。

宋慕星忽然愣愣地想——或许，有时候，坏学生也不错呢。

STAR 03

他像一个英雄

01

因为临近运动会，排练开场式的班级越来越多，操场上如往年一样热闹至极。

其中，一个全新的名字无数次出现在宋慕星耳边。

"卢玥好像已经确定要走艺考的路了，听说最近在学表演呢，之前还有家娱乐公司想签她来着。"

"三班有她举牌，估计不用表演就赢在排面上了。"

"依我看啊，卢女神成名的概率超大，说不定以后娱乐圈顶流就是她了。现在最明智的选择，就是赶紧和她套个近乎，这样日后咱们也算是和明星有交情了。"

陈笑眉故弄玄虚地开始嘀瑟起来："实不相瞒，鄙人已然在女神的好友列表乖乖躺着了。"

宋慕星听到她们的讨论，不禁对这个素未谋面的女神感到好奇，幸好面前的人流拥挤，她可以肆无忌惮地偷瞄人群中那个耀眼的存在。

卢玥不仅名字充满诗情画意，整个人也给别人一种天仙下凡的惊艳感。正如诗中所言——垆边人似月，皓腕凝霜雪。少女扎着高马尾，头发微卷，笑起来有好看的虎牙，是一种恣意生长的美丽，夺目而张扬，似乎她站在哪里，哪里就是世界中心。

她微微偏头，在捕捉到那个熟悉的身影之后便热情地招了招手，眉眼弯弯、声音悦耳："蒋眠，我在这儿。"

实在是很像青春电视剧里定格的美好画面，让宋慕星都有些恍然。

蒋眠不知道什么时候站在她身后："宋同学，借过一下。"

"哦，好。"

宋慕星尴尬地退让，原来自己站在了他和卢玥的中间，怪不得总觉得卢玥的视线不时地往这边投来。

"你还是打算走以前的路吗？"

待到排练结束，两人便坐在操场的阶弟上聊了起来。

卢玥先前一段时间不在学校，所以二人少有聊天的机会。他们似乎关系很好的模样，宋慕星甚至在路过时听到蒋眠罕见地聊起自己的理想。

"对，警校还是第一选择，但是体育训练也不能落下，这样有些保障。"蒋眠在卢玥面前话变得多起来，人也爱笑不少。

蒋眠接着说："我前几天遇到周铭了。"

卢玥看上去似乎也很义愤填膺："然后呢？"

"稍微教训了他一下。"

"干得漂亮，对付他这种人就该那么做。"卢玥看上去没有一点娇生惯养的样子，"我当时还以为你说见他一次打他一次是开玩笑呢。"

"我从来不开玩笑。"

宋慕星站在他们身后不远处，她忽然想起，自己似乎也有这样一个落难的时刻，少年信誓旦旦说出的话语也是这般无二。

她心里忽然不是滋味，眼角莫名酸涩。

她以为看到的所谓全貌，究竟是他的几分之一呢？

运动会在校长滔滔不绝的致辞中开场，炙热的骄阳在头顶久久不愿离去。宋慕星是顶着痛经的巨大压力上场的，任凭她当时怎样预料，都不曾设想过自己是败在了突如其来的生理问题上。

宋慕星是重度痛经体质，基本每次的第一天都是严重到需要请假回家休养的程度。

"星星，你这样能行吗？实在坚持不了就放弃吧……"陈笑眉在厕所门口焦灼地等宋慕星出来，看到她毫无血色的脸时，更是流露出了十足的担忧。

耳边是扩音喇叭不断地催促："请参加高二女子八百米的选手到检录处检录。"

体育老师在话筒里确认："二班的宋慕星呢，到了没有？"

"请高二（2）班宋慕星立刻到女子八百米检录处报到。"

宋慕星一向是个很要强的人，既然是班级稀缺的荣誉，而自己又恰好报名，那便没有退缩之理。

尤其是她今天听到了卢玥跳高跳远拿了双冠，一种无名的不甘慢慢爬上心头。

于是，她咬牙走上操场。

就这样，一声枪响打破了这久违的平静。

宋慕星起初还能勉强跟着队伍前行，但是到后来，她的脚步越来越虚乏无力，嗓子里浓浓的铁锈味如恶魔般令她喘不上气来。

她几乎睁不开眼，剧烈的腹痛折磨得人有些绝望，红色的跑道变成了对她的另一种惩罚。

当她扶额倒地，世界如同走马灯般在她面前闪现了一遍，整个操场陷入了巨大的骚动。

02

宋慕星是在一片祥和的白色中醒来的，身旁是莫名令人安心的消毒水味道。躺在柔软的床榻上，自己的痛苦才得以舒缓。

窗户外还是再热闹不过的场面，比赛的播报、呐喊助威的喧哗，一切都透露着青春的朝气。唯一美中不足的，便是这些景象与她无关。

宋慕星回忆起自己在全校师生的瞩目下昏迷的情形，不免有些懊恼。

忽然，门被人推开，江文翊在宋慕星身旁坐了下来。因为顶着班长的身份，他例行来关心同学也十分合情合理。

宋慕星对江文翊的印象是刻板的，他是个十足优秀的人。说白了，有钱又聪明，帅气又可靠，时常显出同龄男生难以相提并论的成熟。

宋慕星和他交集不多，仅有的一次也是蒋眠的缘故，如今二人四目相对相视无言，不免有些尴尬。

"宋慕星，身体好些了吗？"

"好多了，谢谢班长。"

"我帮你泡了些红糖水，你趁热喝。"

水杯的温度正好，宋慕星略带局促地接过。她没想到江文翊如此体贴入微，一下子就看出了自己的问题，而且采取的行为也是这样得当，丝毫没有羞怯和回避。

"你不用担心比赛的事情，能够有一颗为班级争光的心就已经很了不起了，结果反倒不一定重要。"江文翊的话令人听来舒心，"还有啊，下次如果身体不舒服的话，一定要提前说，不必硬撑。"

"好的，谢谢班长。"宋慕星方才的烦心一下子全部消散，取而代之的是感激与平和。

"不用这么客气。还有一件事，我替蒋眠给你道个歉。"江文翊忽然的转折让宋慕星反应不及，"其实，蒋眠也不完全是你看到的那样。他开学偷试卷的事情，其实都怪我。"

江文翊说："因为……我如果没有考到满意的分数的话，就会被我爸……骂。"他忽然哽了一下，看起来对这段记忆感到十分痛苦，"所以我对于成绩看得很重，蒋眠是我知根知底的好兄弟，他也是想帮我考好才做出了那样的事。"

江文翊说："蒋眠做事没轻没重的，但他人不坏，刚才也是他急急忙忙抱着你来医务室的，很多时候他要是让你不高兴了，你别往心里去。"

宋慕星听到这话，心中一动。

江文翊又说："那你好好休息。"

宋慕星点头说"谢谢"，却突然注意到，今日明明是烈日当头的高温，江文翊还是穿着长袖外套，就算额头隐隐有汗渗出，他也没有丝毫脱下的意图。

回忆他说的话，直觉告诉宋慕星，一切并没有江文翊描述的那样云淡风轻。

平日里江文翊也是如此，不管是体育课还是做操晨跑，他总是一副全副武装的模样，从来不会穿短袖，也不会脱外套。或许他是怕太阳晒，或许他是思想极其保守，宋慕星试图努力劝说自己，可她努力回想，江文翊的身体似乎也不是很好，她经常可以在班里听到他咳嗽的声音。

一个恐怖而真切的想法忽然从她脑海里迸发了出来——受过伤的孩子会下意识遮住自己的伤疤。

宋慕星一时间觉得有些后怕，她因为听力问题，所以总是会留一些能够遮住耳朵的发型，希望别人不要注意到自己的缺陷，难道江文翊……宋慕星终是不敢再往下想。

看着他解释完，离开医务室的背影，宋慕星不由得开始心疼起来。

此刻，江文翊不再是自己印象里高高在上的完美班长，而是一个落寞孤僻的可怜小孩。

仅此而已。

运动会这两天不用上课，同学们的压力都减小了很多。

午休的时光，因秦斯然去打篮球了位置空着，陈笑眉和唐沐瑶几个人便肆无忌惮地围在一起开始聊八卦。

"你们知道吗，楼下那个金妮儿，明明脾气大得很，天天装柔弱，还说别人孤立她，在大家面前博同情。"唐沐瑶立刻把最新情报分享给姐妹。

"啊噫——"陈笑眉整张脸都在写着对这个八卦的嗤之以鼻。

"我给你们讲一个劲爆的，关于我们班那大神的。"陈笑眉说。

这么一提，原本在写作业的宋慕星忽然来了兴致，于是停笔，摆出一副洗耳恭听的架势。

"星星，你不是对八卦不感兴趣的吗？"

宋慕星不免局促，但还是梗着脖子狡辩："我写累了，想休息一下。"

陈笑眉不拆穿好姐妹的欲盖弥彰，继续讲了下去："听说，卢女神和蒋眠关系不一般啊。按蒋眠的性格，还从来没有一个女生能和他那么近的。"

听到这句，说不出的别扭在宋慕星的心中忽然积压，一时间仿佛能听到情绪陡然下降的咯噔声。

唐沐瑶"啧啧啧"地抱怨了好久，为什么同样是十七岁，自己却是如此平凡，随后又调转话题，开始讨论蒋眠到底有哪里好，为什么在同学间的人气这么高。

谈及此，宋慕星忽然有些不自在，又开始假意写作业去了。

陈笑眉迟疑许久，回答道："可能是因为比较'刚'吧。感觉他做的那些事情，都是我们想过但是不敢做的。"

敢作敢为，果敢直率。宋慕星在心中默念。

"不过可惜了。"接下来，陈笑眉的一番话终于解开了宋慕星尘封已久的好奇心，"大神的家庭比较复杂，他爸爸好像卷在一桩命案里，这么多年也没个确定的结果，一直被戴着犯罪嫌疑人的帽子。据说是因为受不了大家的非议，离家出走好久了，当时精神好像也出了点问题。然后他妈妈常年一个人在外面做生意，基本不怎么管他的。"

陈笑眉说完，竖起一根手指在嘴前："保密啊保密，自家人我才说的。"

宋慕星坐在旁边，没有说一句话，却把这一切都尽收心中。

原来，一个家庭有一个家庭的不幸，再光鲜亮丽的身份背后也有难以言述的悲怆。

宋慕星终于明白自己对于蒋眠的那种微妙情感是什么了，是一种生逢陌路，在大漠孤烟潇潇里遇到同行者的欣喜。

她又忍不住地想起卢玥，那样的璀璨耀眼，大概就是蒋眠心中想要追逐的光吧。

宋慕星心中一叹，赶路人各有方向归属，注定难以到达相同的终点。

午休的时间有好事者放起了电影，班里那几个时刻活跃的男生挑的，是一部战争片。

荧幕里不时出现爆炸的画面，剧情激情悲壮，宋慕星不禁回想起，也就是在那个可怕的日子，父亲永远离开了自己。

战场的一幕幕仿佛在眼前逐渐清晰。

影片放到最高潮，一声震耳欲聋的爆炸再次来临。班里男生兴奋的叫声充斥在燥热的空气里，让周遭的一切蒙上一层诡异的喧哗。

"砰！"又一次。

正当宋慕星张皇不知所措的时候，一只手忽然捂住了她的眼睛。

待到睁开眼睛，她才感激地往后面看了一眼。蒋眠不知道什么时候和江文翊换了座位，正用一束打量的目光凝望着宋慕星："不喜欢看这种吗？"

因为在看电影，教室里的窗帘全部拉上了，电扇呼啦呼啦地转，影片的音量又大得离谱，没有人发现他们的动作。

"我……害怕。"宋慕星被吓得流出了眼泪，她脑海里全是那年的火海爆炸场景。

"出去走走。"

蒋眠起身往后门走，为了不妨碍到周围人看电影，他还特地弓着腰前进，一只手在后面拉着宋慕星的衣角，两人就这么以这种奇怪的姿势前进着。

宋慕星说："刚才，真是谢谢你。"

"举手之劳。"蒋眠想起自己方才下意识帮助宋慕星的动作，便觉得有些唐突，"你身体还好吗？"

"还好。"

"不好意思啊，不知道你的身体状况，还让你上场。"男生挠头，谈到这种问题不免害羞。

宋慕星早已将事情翻篇："这也不能怪你，这种事情也说不准。"

"那就，扯平了。"

在蒋眠看来，宋慕星终究和他不是一个圈子里的人，她也许同情自己，也许能对不堪的自己处处悲悯，但二人绝对不可能再有其他交集。

然而，宋慕星的反应却出乎了他的意料："什么扯平？"

蒋眠解释道："你检举我一次，我祸害你一次，虽然这么说不道德，但我们现在互不相欠了。"

宋慕星一愣，记忆里似乎有一根弦被极致拉扯："不是我检举你的。"

"真的？"

"我发誓。"

蒋眠想起检举信上的签名，还欲确认："可是那个签名……"

"蒋眠，你在干什么呢！"远处忽然传来的女声打破了二人的谈话。

03

卢玥毫不见外地站在二人中间，并笑靥如花地冲着宋慕星打了招呼："你就是二班新转来的同学吧？"

"你好。"卢玥的热忱让不善言辞的宋慕星显得分外木讷。

"你好啊，我是卢玥，你隔壁班的，"卢玥还顺势拍了下蒋眠的后背，"蒋眠的好哥们。"

卢玥问："你们刚刚在聊什么呢？"

卢玥的笑很有感染力，说出的话也都让人觉得如沐春风。宋慕星很想成为这样的人，但此刻，她只觉得心中困顿不堪，莫名觉得三人站在走廊上有些拥挤，自己无比多余。

"我还有事，你们聊。"

蒋眠看着宋慕星的背影，没有挽留。

宋慕星拖着疲惫的身子回到周家，晚上九点的家远没有白天那样喧闹，宋慕星庆幸自己有晚自习，这样便不用和周家人一起吃晚饭，少了很多麻烦的事端。

她在上学的日子里刻意早起，便也省了早饭的交集。

因为周家人的态度，宋慕星很难把这里当作自己的第二个家。

"哟，回来了。"然而，有些人偏偏见不得平静的生活持续，要给宋慕星布置些难题。

近日，孟欣萍忙着盘服装店的事情经常早出晚归，这几天到外地进布料去了。周铭把孟欣萍看作是宋慕星的靠山，如今大人不在家，他肯定要好好出一口恶气。

"听说你成绩很好。"周铭把她叫到自己的房间，语气不容置喙。

"一般。"宋慕星甚至懒得抬眼看他。

"以后你帮我写作业，我会每天把作业放在你房间里，你写完之后再放到我那儿。"他的话并不是商量语气，更像是一种命令和通知。

周铭想出这个馊主意，一来是因为他最近旷课和不交作业的次数太多，被老师当成了重点关注对象。如果接下来再不好好交作业，恐怕周勤就该在办公室替自己挨骂了。到时候老父亲一声令下断了自己的零花钱，自己可就再过不上那样挥金如土的阔少生活。

二来，这个名义上的妹妹在自己家白吃白住，又和自己的死对头蒋眠交往甚密，倒是把生活过得滋润起来。自己这个做哥哥的，也是时候该立立威了。

"不行。"

"我就知道你平时那副乖乖女的样子是装的，实际上心眼多得很。"周铭语气不善，"和蒋眠关系都这么好，你这人肯定来头不小。"

"关蒋眠什么事情，自己的作业就应该自己写。"宋慕星很少有如此强硬的时候，"要是被爸妈知道你让我这么做，看他们怎么教训你。"

"你讲话可真幼稚，还停留在小学告老师那一套呢，你不说我不说，谁会知道啊？"

宋慕星严词拒绝："不行。"

周铭却毫不在意她的态度，他把作业放下，潇洒地出了门："先开始写吧，你会同意的。"

很快，宋慕星就明白了周铭口中的"你会同意的"是什么意思。

宋慕星早起上学，下了公交车之后还需要走一段路，这天她便被人堵在了路上。

"嘉高的，好学生啊，"周铭的拜把子交情张成阳打趣着说，"周铭，这是你亲妹妹，也下手教训啊。"

"什么亲妹妹，只是看上了我家钱而已。"

宋慕星被几个高了自己一截的男生团团围住，周铭为了避嫌没有在其中，所以眼前的面孔都是极其陌生的。

恐惧，一种发自内心的恐惧油然而生，宋慕星不自觉地后退。

"注意你好久了，给个联系方式呗。"张成阳还给自己加戏。

宋慕星并不回答，而是往另一个方向快步走，想要快速摆脱他们，可这群人始终包围着她。

"既然不愿意跟我们交朋友，那你就交点过路费吧。"

于是立刻有人扯下她的书包，像疯子似的在里面搜寻有没有值钱的东西，原本摆放整齐的书和文具洒落一地，被放在夹层里的钱包也掉了出来。

有好事者撩开宋慕星的头发，她耳朵的秘密一览无余。

"快看啊，原来是个小聋子。"他把助听器从她的耳朵上粗暴摘下，随后像丢垃圾一样地扔到了远处，被开过的货车碾成碎片。

"小聋子没耳朵了，听不见了。"

"哈哈哈哈哈！"

宋慕星捂着疼痛的耳朵，眼眶早已红得不成样子。她在角落里蜷缩成一团，面前的男生们这会儿更是狠狠把她的尊严踩在脚下，嘲讽和耻笑就像一把把刀在她身上划过。

良久，他们才满意地离开，留下遍地狼藉和手无缚鸡之力的宋慕星。

清晨的街角巷尾偶有路过的学生，看到这一幕都有些害怕，径直跑过不敢再看第二眼。宋慕星蹲在地上，用手背擦了擦眼泪。

远处，嘉高的校园铃响起，她抬手看了看手表时间，马上就要迟到。宋慕星深呼吸一口气，迅速把书包理好，飞快往学校的方向奔去。

今天是宋慕星来到嘉高之后的第一次月考，也是为学生选文选理提供参考，更重要的是，这次的成绩将直接作为最终分班的依据之一。

"星星，你今天怎么来得这么晚？"

"今天没听到闹钟。"

唯一值得庆幸的是，宋慕星调整好自己后，没有人发现她的异样。

她焦灼而困难地进入考试，所幸基础扎实，才没有因为心理波动造成影响。而且因为她前一段时间有意识地脱离助听器练习听力，这一次突如其来的意外也没让她完全乱了阵脚。

宋慕星不想在选文理科的关键时段再多生事端，孟欣萍虽然平日里为人淑良，但如果是遇到她受委屈的事情，必定会力争到底，最后的结果必然是引起一场"家庭大战"。

替周铭做作业竟然成了自己解决纷争的唯一办法，宋慕星想想，有些觉得无奈。

"去'鬼屋'玩吗？秦少请客。"

第一次月考后是国庆假期，也许是分班前原班人马最后一次能聚在一起的欢愉时刻，秦斯然一众耐不住寂寞地跟周围同学招呼。

"鬼屋"算是近段时间新新弄潮儿的休闲方式，陈笑眉自然是义不容辞、勇当先锋，随后便十分热情地邀请宋慕星。

宋慕星正被面前的难题弄得心烦，实在没有多余的兴致去理会这些娱乐。陈笑眉也不气馁，继续软磨硬泡着。最终，敌不过对手的强大，宋慕星还是应允了下来，去"鬼屋"玩一天总比待在周家受一天气要来得好。

"你们去不去'鬼屋'啊？"陈笑眉又转身向后，开始询问后桌两位与世无争的清流。

"不好意思啊，我周末补课。"江文翊礼貌拒绝。

蒋眠一向反感集体活动："我不去。"

陈笑眉："这次可是秦少预订的'无人生还爆破案'限时返场，你们真的不去吗？"

爆破案，一旁的宋慕星瞬间后悔起来，真是怕什么来什么。她正准备谢绝秦斯然的好意，却听到一个男声响起，语气云淡风轻："我还是去吧。"

宋慕星看了眼蒋眠，莫名停住了嘴。

04

蒋眠喜欢"鬼屋"吗？

宋慕星竟然难得地走神起来，像他那样天不怕地不怕的人，参加这种活动似乎在情理之中。可他是不喜欢社交的性格，主动提起要去又显得奇怪。

想得出神，以至于身后有人戳自己的背，她也未曾发觉。

"宋慕星，你的奖状。"

她参加运动会，因为坚持到底而获得了校方特别设立的鼓励奖。

蒋眠递过奖状，望见宋慕星眼中的疑惑与欲言又止。

"有事？"

"没有……不是，那个……"宋慕星几乎语无伦次。

蒋眠似乎是看穿了她的想法："我觉得'鬼屋'，还挺有趣的，"他一副毫不在乎的模样，"反正闲着也是闲着。"

"哦，这样啊。"

"运动会，"蒋眠停了一瞬，接着道，"你表现得很棒，继续加油。"

宋慕星心念一动，眸光微闪。

她若有所思地转了回去，却听到江文翊压低声音地询问："你搞什么啊，周末你家的店不是生意最忙了吗？"

回到家中，宋慕星径直来到书桌前写作业。周铭的假期作业早已堆在一旁，她必须早点做完去还给他。

桌子上一直没反应的小灵通忽然响了起来，宋慕星看了眼来电号码，顿时欣喜万分。

"喂，外婆？"

"点哪个啊？哎哟，这么多个东西，到底是哪一个啊？"熟悉的声音传来。

"外婆，是我啦！"

"小星啊，哦哟，终于打通了，我刚刚在那里瞎按，竟然把电话打出去了。"

"外婆，我不是教过你吗，"宋慕星耐心地解答，"先按左上角，再按中间那个大的圆的，最后还是左上角。"

"哦哦哦哦好，外婆这次肯定记住，"外婆的声音里总算是带了些笑意，"小星，家里的柿子熟了，我托隔壁的老朱给你们带了一筐去。"

"谢谢外婆，我最喜欢吃外婆种的柿子了。"

"你喜欢就好。在那边过得怎么样，那个姓周的对你们好吗？"

"挺好的。"

自打孟欣萍嫁入周家，宋慕星和外婆便算是地理意义上真正的相隔千里了。

年事已高的外婆在乡下守着自己的一方净土，每天早出晚归做着农活，一来好养活自己，二来也能给在城里的宋慕星母女送些家中的果蔬。

"小星啊，要是外面不好，你和妈妈就回外婆这边来。我这里住得下你们娘儿俩，到时候外婆做农活养你们，我这把老骨头，还有力气得很。"外婆说着说着就感慨了起来，和宋慕星说起心中的体己话，"小星啊，我今天看到钱家那个小六子了。我站在田里，就叉着腰在那边想，是不是我们家小星也该有那么大了。"

"外婆……"

"可是我后来又在想，我们家小星可比小六子那个榆木脑袋聪明多了。"

宋慕星笑着听外婆自言自语般的呢喃，好像一下子回到了小时候。

她的表情是再灿烂不过的笑容，她的声音也是上扬的欢欣，可滑落在课本上的泪悄然无声，将她黑色水笔的字迹氤氲成模糊的模样。

周铭满意地接过宋慕星写的作业，还装模作样地检查了一遍，看到上面字迹整齐，随后露出了满意的笑容。

"那就说好了，你每天帮我写作业，不许告诉爸妈，不然我继续让你吃不了兜着走。"

"周铭，如果之前我有任何得罪你的地方，我向你道歉，但日后请你不要再处处为难我。"

果然，什么烈性的伪装遇到真正的压迫都得乖乖妥协，他之前还真是高估了宋慕星的能耐，不过是好捏的软柿子一个。周铭揶揄地看着面前的女孩子，内心毫无波澜："看你表现喽。"

宋慕星回到房间，心烦意乱。

今晚的夜幕格外阴暗，云层遮住了星光，就连月亮也消失不见，只留下无限绵延的漆黑，亦如她此刻的心境。

宋慕星翻开日记本，如同诉苦般将自己最近的遭遇悉数写了下来。太久没有开心事了，最近的日记本里全是负能量，与其说是记录生活，倒更像是倒苦水。

"孙姐，我今天和同学出去，晚饭不用给我准备了。"

宋慕星吃完中饭便急匆匆地出了门，她算好时间刻意走得早，这样不至于与中午要去听说书的谢琴娟撞上。

"哇，星星，你今天也未免太好看了。"到了集合地，咋咋呼呼的陈笑眉一下让气氛活跃了不少，但也因为她这声嘹亮的招呼，全场的目光都被吸引了过来。

宋慕星的衣服大多是孟欣萍在嘉川替她现买的。孟欣萍主张女生要温柔乖巧，因此为她准备的长裙居多。宋慕星今天随手拿了一条灰色长裙，泡泡袖设计，腰间收束有致，是简单但有设计感的款式，她一米六八的身高还可以露出一截白白的脚踝。

她的短发也长长了些，没有刻意打理，但微卷意外地好看，衬得她五官精致。

今天来的都是些班里的同学，但宋慕星熟悉的并不多，此刻被众人聚焦目光打量，显得局促不安。

幸好有人提起别的话题，众人开始讨论，才让她松了一口气。

"人都到齐了吗？那我买票了。"秦斯然今天穿着件荧光黄的 T 恤，完美 hold（控制）住了这奇妙的气场，分外亮眼。

"蒋眠好像还没来。"陈笑眉环顾四周，幽幽地说了一句。

宋慕星心中忽然没来由地失落，想来蒋眠那样一个无拘无束的人，睡过头或者忘记了都是情有可原的事情。

陈笑眉话音刚落，一个男生便走到宋慕星身边："不好意思啊，来晚了。"

蒋眠一身黑 T 黑裤，还戴着一顶黑色的鸭舌帽，所幸今天的运动鞋是白色的，才没让他显得过于严肃。

"咱们人太多了，两两一组吧。"秦斯然平日里当队长惯了，说话总有一股"领导"的风范，他停顿了一下，又提议说，"男女一组，怎么样？"

见众人不反对，秦斯然毫不怯场，率先开口："那我就和……"

"我和她一组。"还没等秦斯然说出自己的想法，蒋眠捷足先登。

周围人听到这个消息，脸上都出现震惊的表情。

宋慕星和蒋眠？还是蒋眠……主动？他们俩熟吗？

秦斯然愣了好一会儿，反应过来后自然不愿意轻易认输，少年的好胜心势必要为自己狠狠争一口气："还是我和宋慕星一组吧。"

"你让她自己选。"

"我和蒋眠一起吧，不好意思啊，秦斯然。"宋慕星几乎是毫不犹豫。

周围人觉得不可置信——什么时候这两人关系这么好了？

其余的人很快分好了组，陈笑眉不情不愿地数落吴志豪，但最后还是和他分到了一组。秦斯然则是和班里一个很少说话的女生一起，他生着闷气，径自走在第一位。

陈笑眉和宋慕星说着悄悄话："'无人生还爆破案'可不是简单的'鬼屋'，不仅恐怖还需要动脑子呢，只有最终走出'鬼屋'的人才能在那边合照。听说一个月最多也就一两个人成功，其他的人都被吓得不轻。"

"快走了，陈话痨。"吴志豪催促的声音响起，才让陈笑眉止住了继续攀谈的念头。

宋慕星和蒋眠都不喜欢出风头，比起在前面大胆开路的同学，二人更喜欢走在队伍的最后面遵循自己的想法和速度。

"走吧，跟着我。"蒋眠把手插进裤兜，看上去对这一切毫无兴趣的样子。

05

不得不说，秦斯然挑选游乐设施的眼光相当毒辣，这里与其说是"鬼屋"，不如说是一个巨大而伸手不见五指的诡异空间。

开头是一条诡异的冗长小路，两旁是用铁栅栏阻隔的犯人，他们或鬼哭狼嚎，或鲜血淋漓，或面目骇人，地上还有不少酷似器官的不明物体。

宋慕星为了保持和蒋眠的距离，特地离他远了些，结果直接被一只满是绷带的手抓住，吓得她失声尖叫起来。

蒋眠适时拍掉了那只手："别怕，都是人扮的，没什么大不了的。"

"嗯……"宋慕星不知道自己此时是什么样的表情，但她知道肯定不好看，有了这次的前车之鉴，接下来的每一步她都寸步不离蒋眠。

"鬼屋"的行程还在继续。

越过了可怕的监狱，便有一个凄厉的女声开始讲述自己的悲惨遭遇。

故事发生在民国时期，女主角原本是一名普通学生，因为不小心偷听到了机密而遭到追杀，凶手用诡计把全班人都囚禁在一栋废弃的大楼中，每隔一会儿便会有一个定时炸弹爆炸，最后所有学生无人生还。

刚刚那处便是凶手囚禁无辜之人的牢狱，接下来的路会更难走。

　　此时，宋慕星的玩心已经被消磨大半，早知道是这样的主题"鬼屋"，她宁可在家中和周家人大眼瞪小眼也不会来参加。

　　接下来他们便是需要穿越一个个诡异的地方，有充满爆炸的血腥折磨处，有幽灵飘浮的诅咒之室，有人物黑化的异变空间……可以说是千奇百怪、脑洞大开。

　　怪不得说通过的人少呢，宋慕星走在后面，满脑子想着要不马上原路返回算了。

　　"拉着我。"蒋眠伸出手，手是握拳的，意思是让宋慕星攥着自己的手腕。

　　"谢谢。"宋慕星再顾不得那些多余的规矩，直接揽住了他的手。

　　蒋眠把头上的黑色鸭舌帽取下，扣在了她的头上。

　　顿时，世界的喧嚣消去大半。

　　宋慕星心中除了感激还是感激，尽管周遭是各式各样骇人的声音，但她此时只能看到两人一前一后紧紧贴合的脚步，因为帽子的缘故，她甚至觉得爆炸声也不再那么刺耳。

　　最后是一座桥，跨过它就算是解开了生命的枷锁，这次的"鬼屋"之旅就结束了。

　　可偏偏在满是血水的上方设置的是晃动桥，而且到处是缺口。一个人行走都有些困难，更别说还要带一个人。

　　蒋眠在桥边踌躇了好一会儿，忽然转头认真地看向宋慕星："不好意思了。"

　　还未等宋慕星反应过来，蒋眠便轻而易举地将她用公主抱抱了起来，随后平稳地踏上了这可怕的最后一关。

　　宋慕星很瘦，但身材匀称得恰到好处，因为害怕，她几乎将整个身体贴在蒋眠身上，两人的鼻息在黑暗里不断碰撞。

　　桥的出口便是"鬼屋"的终点，因为两人走在最后，出来的时候其他人已经都在终点会合。

　　大部分人都是中途放弃，走了绿色通道绕到终点来的，只有秦斯然一人挑战成功。不过，他中途丢下了自己的同伴，他的搭伴这会儿正指桑骂槐说秦斯然没有风度。

直到二人出现，众人才重新把目光移到出口。

宋慕星此时脑海一片空白，只记得最后有一个"厉鬼"说自己是冤死的，还拽了她好几下。她接触到众人的目光，有些疑惑，为什么大家都要用这种奇怪的目光看着她。

一直沉默的蒋眠忽然开口，附在她的耳边悄声言语，声音低沉沙哑："你可以下来了。"

宋慕星手握那张只有顺利通关的人才可以拍的照片，不禁有些恍然。

蒋眠和秦斯然分别站在自己的两侧，两个大男孩比自己高了许多，三人组成一个并不和谐的"凹"字。宋慕星尴尬地笑着，摄影师热情地说摆个造型吧，于是她艰难伸出手比了个"耶"。

秦斯然比了一个摇滚音乐的手势，"中二"但很有青春活力。

蒋眠双手插兜，一副不屑的模样看着镜头，和平时的他一般无二。

傍晚已过，路灯盏盏打开，昏黄的灯光下，少女把珍贵的照片小心翼翼地贴在胸口。从这一刻开始，她拥有了一个难以向他人言说的秘密。

本以为这个美妙的夜晚可以就这样简单地画下句点，却不料她拿钥匙开门，转动了好几下都无疾而终。

确认了自己的方向没有错误后，宋慕星只能想到一个可能——门被人反锁了。

于是，她大力拍门，呼喊着"有人吗"。

然而无论她怎样叫喊，黑压压的房子都不曾为她打开一条细缝。

这个时间点本该是谢琴娟晚上跳广场舞的时刻，但今天宋慕星路过时并未看到她的身影。周家兄弟俩这时候应该在家玩游戏，此刻也没有半点动静。

原来，有家不能回是这种感受。

她转身离开，开始漫无目的地走。

长夜漫漫，自己能去哪儿呢？宋慕星正这么思忖着，才发觉自己竟然又走到了牧隐村。

她神差鬼使地迈向一个方向，似是觉得在这里能找寻到什么希望。

"你怎么在这儿？"蒋眠正在收卷帘门，手拉到一半的时候，他弯腰走了出来，"还没回家？"

宋慕星不知道该怎么描述自己现在的处境。

"先进来吧，你晚上一个人也不安全。"蒋眠拉开卷帘门，声音干脆利落。

蒋奶奶记性不好，认脸也有困难，可偏偏对宋慕星记忆犹新："你是老三的朋友，那个乖囡囡。"

"奶奶您还记得我？"

"记得记得，我都记着呢。"

"这倒是新奇，她可是连我有时都记不得。"蒋眠一边在厨房里为宋慕星煮馄饨，一边搭二人的话茬。

宋慕星以为他在开玩笑，于是笑了笑没理。

过了一会儿，蒋奶奶一拍脑门，说自己要看《还珠格格》了，再不去就要迟了，随后便像个小孩似的先去里屋看电视了，留下一句："老三，好好招呼客人。"

"知道了。"蒋眠懒懒地应和一声，放下馄饨，"请你吃。"

"谢谢。"宋慕星也不再矜持，毕竟她这会儿肚子空空。

"给，我记得你喜欢吃醋来着。"蒋眠看着桌上空空如也的醋瓶子，还特地从里面拿了一瓶新的醋来。

宋慕星不知道该说什么，只得默默收下这份好意继续享用。而蒋眠也给她留足了体面，他不催促，继续关门关窗，收拾桌椅，做着自己的事情。

"我家叫不开门。"宋慕星一边吃，一边闷闷地来了这么一句，虽然听起来很荒谬，但这确实是她现在的处境。

一旁的蒋眠动作有片刻停滞："你爸妈？"

"不，他们俩最近出远门了，是我继父的妈妈和儿子，"宋慕星又觉得这样说有些别扭，补充了一句，"我的奶奶和哥哥弟弟。"

蒋眠把抹布往桌子上一扔："哦，周铭那家伙是吧？"

"对……"

"那你跟我走，我保证不仅让他们给你开门，还能把他们赶出你家。"

少年仗义执言，说出来的话有些幼稚，宋慕星却忽然很感动："不用不用，其实那原本是他们的家，我才是那个局外人，他们讨厌我和我妈妈，我可以理解。"

"你不相信我？"少年一根筋地继续追问，一字一句。

"我不是这个意思。"宋慕星小声，"而且，打架不好……"

"那你怎么办？忍得了一时忍不了一世。"蒋眠说到此处分外义愤填膺，"别那么优柔寡断，受欺负了就去反抗，没有什么罪是你生来就该承受的。"

"我怕我说了之后我妈妈和我继父吵架。我们这个家本来就很特殊，我妈妈过得已经很不容易了。"见蒋眠是真心为自己考虑，宋慕星也说出了心里话，"多一事不如少一事，等我考上大学，我就带我妈妈离开这个家。"

蒋眠叹口气，不去破坏她的美好设想："今晚你和我奶奶一起睡吧，我去替你们铺床。"

06

蒋奶奶年岁已大，脑子不太灵光，不知蒋眠和她说了什么，她便热情地拉着宋慕星睡在自己身边。里屋虽然小，但却有种令人安心的味道，宋慕星躺在蒋奶奶身边，好像一下子回到了小时候无拘无束黏着外婆睡觉的日子。

她做了一个冗长而幸福的梦。

梦里，一家人住在乡下小镇，过着安居乐业的生活。父亲没有死于那场火灾，母亲也没有天天以泪洗面，外婆比任何老太都要矫健硬朗，而自己也听得见山野间的所有天籁。

醒来时，宋慕星眼角的泪早已干涸。

蒋奶奶不睡懒觉，早就起来为上午的生意忙碌了。蒋眠每天在学校里一副睡不醒的样子，没想到节假日竟然起得惊人的早。

宋慕星叠好被子，走出里屋，桌上是蒋眠为她特地煎的一盘饺子，她不好意思地吃着，心想这个人情下次一定要好好还给人家。

店里生意不错，食客们来来往往，宋慕星忆起自己上午也没事，于是就干脆留在店里帮忙。她虽然厨艺不行，但是收钱打杂这种活也算干得游刃有余。

中午时分，蒋眠急匆匆套了一件外衣，说是要出门。

宋慕星见他神色慌张，便问要不要一起去，出了事也好有个照应。蒋眠却说了一句奇怪的话："也行，我记得你生物挺好的。"

宋慕星坐上他的自行车后座，因为着急的缘故，车速快得骇人，宋慕星迫不得已拉住他的衣角，但还是好几次头撞上他的后背。

蒋眠的目的地是一幢装潢奢华的独栋别墅，和富得流油的周家可以相媲美，不过这周围缺少花草，显得死气沉沉，屋内藻饰也单一得过分，看起来没有一点家的感觉。

"小声些。"他带着宋慕星走上小道，不远处有一块假山模样的摆设，两人站在上面，刚好能透过窗户看到屋内的景象。

穿着西装的男人此时有些面目可憎，他手中拿着一条纯黑的皮带，上面的金属装饰印着夺目的红色。

"不是说自己成绩好吗，也没见你考全校第一啊，奥数竞赛也是第二名。"男人说话如同发疯一般癫狂！

随后，宋慕星听到了皮带抽到人体的声音。

"江文翊，天天吃老子的，用老子的，心里却向着外人，跟你那个妈真是一个样。"

听到这个名字，宋慕星心里一震。身旁的蒋眠早已握紧拳头，清晰的经络像是古树的藤蔓，忍耐得几乎要把牙齿咬碎。

"爸，求求你，别打了。"

这还是她记忆里那个时刻端庄骄傲的少年吗？宋慕星别开目光，不忍再看。

那个男人发泄了一通后，很快离开了。蒋眠带着宋慕星走到江文翊身边，她接过他随身带来的碘酒和棉花，给江文翊简单包扎一番："班长，你没事吧？"

蒋眠看江文翊伤势严重，交代了几句，便去了就近的药店再购置些药品。

"习惯了。"江文翱摇摇头，脸上竟然绽出一点微笑。

"刚刚那是你爸吗？"宋慕星坐在江文翱身边，试探性地问道。

"是，很讽刺吧。"江文翱拿冰袋敷自己的脸，似乎并不羞愧，像讲故事一般说给宋慕星听，"我爸是个律师，小时候有幸看过他在庭审时正气凛然的模样，我便决定长大以后也要做一个律师。

"直到那年他们离婚，我才知道，我是我妈和别的男人的儿子。她本想带走我，可惜造化弄人，我爸被查出没有生育能力，他纵然生气，但还是留下了我。然后……就是你看到的这样，我除了成为一个无可挑剔的人外，别无选择。"

"班长……"当下的无能让宋慕星越发气馁，她哭红了眼眶，想起自己的那些经历，声音开始哽咽起来，"为什么不去告发他呢？"

"我一直都在收集他家暴的证据，等我高考完，我会去起诉他。如果现在出事，我妈会担心……她以为，我过得挺好的。"

光晕打在少年的侧脸，稚嫩的轮廓显出模糊的英气。他分明是笑着说这句话的，可是眼中没有一丝光。

宋慕星终于将一切串联起来，蒋眠不顾一切也要在开学考前偷试卷，自己原以为的恶意违纪，只是单纯地想帮助好兄弟免于毒打。

宋慕星忽然觉得蒋眠像个英雄，江文翱也像个英雄，他们都是背负着彼此秘密前行的勇士，却还能把生活活得那么有模有样。

蒋眠买了药回来，撂下自行车就走到台阶旁递给了宋慕星。她默契地接过，继续为江文翱上药。

见到蒋眠来，她也生出了一份私心。

她想说出自己的故事，希望他能听到。

"我爸好几年前去世了，我的耳朵也是那时候出了问题。后来我妈改嫁，我才来到了这儿，但是这家人不欢迎我，在这里的生活也很少快乐。"宋慕星说着说着，情绪便低落了起来。

蒋眠也坐下来，无所谓似的说："我爸顶着'莫须有'的罪名好几年了，不敢回家面对身边人，我妈和别人在一起之后也不愿意回来了。

我还得勤勤恳恳做人，求她每个月给我打钱。"

此时，三个人的影子挨得很近，三个受伤的灵魂第一次触碰到了彼此。

气氛陷入沉默，宋慕星试图活跃气氛："原来我们都是'同道中人'啊。"

"也不完全是，我们俩应该比你更犟。"蒋眠自嘲般地笑了笑，眼中的落寞一点也不像少年该有的，"你猜我们俩以后想做什么？"

"班长的，我已经知道了，是律师。"宋慕星沉吟，"你的话……"

"是警察。我不仅想把江文翊他爸绳之以法，还想替我爸证明清白，然后帮一些可怜人找回公道。"

江文翊也附和："我除了想告我爸，还想替蒋眠的爸爸打一场漂亮的官司呢，要变成一个厉害的金牌律师，然后无偿帮助一些穷人。"

"你呢？"蒋眠和江文翊一起看向宋慕星。

两人的宏图壮志让宋慕星有些局促，她轻声道："当一个建筑设计师，赚很多很多钱，让妈妈和外婆过上好日子。"

二人点点头，明显也很肯定这个梦想。

在宋慕星看来，这是她在陌生的嘉川第一次找寻到归属感，她第一次发觉有人和自己有着一模一样的初衷和追求，第一次觉得生活在这个困顿的世界，会有人无条件地肯定你。

她得好好生活下去了。

STAR 04

青刊

01

宋慕星回到家中时，周勤和孟欣萍已经回来了，正在问谢琴娟自己的踪迹。

"我去同学家过夜了，和奶奶说过，奶奶可能忘了。"

"哦，对对对，我怎么给忘了。"谢琴娟没想到宋慕星竟然没有趁机告状，这会儿赶紧抓住台阶就下。

周铭在一旁也分外紧张，生怕自己的那些勾当被全盘托出。然而，宋慕星却像个没事人一样："那我先上楼看书了。"

宋慕星坐在书桌边做试卷，一时间又充满动力。

国庆假期一过，对学生来说就是一个新的开始，他们接下来的日子充盈着奔波忙碌。

第一次月考成绩公布，江文翊保住年级第一的位置，宋慕星依旧是班级老二，不过她这次年级排第九，差一分跌出年级前十。

语文和英语听力都没给她拉分，宋慕星对自己的成绩已是相当满意，在嘉高这个竞争激烈的地方，她作为外来客也算勉强融入了。

而且，估摸着江文翊能因为这次的成绩平安好一段日子。

蒋眠退步了五六名，变成了班级中游。

傍晚的时候住校生大多回宿舍，通校生去操场散步，宋慕星就一个人窝在教室里，对着布告栏里的成绩条开始研究。他还真是一个很神奇的存在，每一科都很平均，称不上好与坏，拼在一块儿只是勉强中等，数学算是拖后腿的，但是物化生又出奇地给他拉回了一些优势。

宋慕星盯着成绩单看久了，眼睛有些不能对焦，就拿手指指着成绩一栏栏看去。

"怎么在研究我的成绩？"蒋眠这人有些神出鬼没，不知道什么候就站在她身后，此刻俯下身子几乎要把她罩住，一大块阴影落在宋慕星的身边。

"我……我是在研究全班成绩，"宋慕星撒着拙劣的谎，"刚好看到你而已。"

"哦，这么巧。"

自从上次的三人小队掏心掏肺开诚布公之后，两人的关系变得微妙了起来。

而且，蒋眠这人好像还挺好当朋友的。

"马上要分文理了，你选什么？"班级里只有他们两人，安静得出奇，宋慕星终于勇敢一次，问出这句话的时候，她整个胸腔都在颤抖。

"理吧，选文估计就没大学念了。"

蒋眠不经意间打着马虎眼，却让宋慕星如释重负："我也是。"

"蒋眠，我跟你说，真是气死我了！我那个艺考老师，竟然……"卢玥急匆匆地进来。她是年级里特殊的存在，此刻无视串班的规定坐在了蒋眠身边的空位上，动作十分自然。

宋慕星一下子不知道自己该如何是好。

她忽然记起自己今天是值日生，便拿着抹布开始心不在焉地擦瓷砖，却不料与人相撞。

"哎哟！疼死我了，谁走路不长眼睛啊！"

"对不起对不起。"宋慕星忙不迭为自己的失误道歉。

看到这熟悉的面孔，余舒怡存了一肚子的火一下子来了劲，她丝毫不给宋慕星面子："这可是我买的新鞋，你一下子就给我踩脏了，你得赔我。"

宋慕星往下一瞧，黑色鞋印赫然在目，这回确实是她的疏忽："实在是对不起，我帮你擦干净行吗？"

"行啊。"余舒怡听到这话，不禁喜上眉梢，"你不是刚好拿着抹布嘛，来，就这样给我擦。"

她故意在二班找了个座位，手在胸下交叠，把趾高气昂演绎到了极致。这样的姿势像极了小姐和女仆，宋慕星纵然再迟钝，也知道余舒怡此时的不怀好意。

"要不你脱下来放在一边，我帮你擦。"

"就这样擦，快点。"余舒怡蛮横惯了，这会儿更是得寸进尺直接踹上了宋慕星的腿，"快点啊。"

说时迟那时快，蒋眠轻轻踢了下余舒怡的膝关节，余舒怡的腿便不自然地往上一扬，蒋眠顺手拿过宋慕星手上的抹布，一抬手把余舒怡的鞋子抹了个雪白透亮。

"满意了？"

蒋眠语气不善："以后要是再这么对同学，就不再是让你膝跳反应那么简单了。"

另一边，卢玥的脸上不再是完美的漂亮笑容，自从蒋眠忽略自己的话离开座位，她的脸就不自觉地垮了下来。

"班长，我真的不想上自修了。"下午的最后一节自习课结束，陈笑眉托着脸望向江文翊，"我们能逃晚自习吗？"

"最好不要。"江文翊拿着册子，显得左右为难。过去的十几年岁月里，他从没干过这样的事情，违纪这个问题，既破坏纪律，还挑战胆量，后果不堪设想。

"班长，那我们能晚几分钟再回来吗？就晚点再点名，没别人知道的。"陈笑眉搀掇起宋慕星，"星星，你快帮我说几句吧。"

宋慕星今日课堂小测拿了班级第一，心中高兴，难免显露了真性情。

"班长，求你了，可以吗？"

女生的哀求和询问就这样在他耳边响起，江文翊心中好似被细软的羽毛轻轻拂过。他看了眼一旁的人影,几乎是不由自主地说出了这句话:"蒋眠知道……"

"他睡着了。"宋慕星一脸粲然。

陈笑眉也搭腔道:"对对对,班长,天知地知,就我们仨知。"

江文翊无奈地看着两双期盼的眼睛,终于妥协:"那你们早点回来,别晚太久。"

"好!"宋慕星甜甜地答应着,眼睛里仿佛一下子冒出了期待的星星,整个人就像只欢快的小鹿一般。她今天听陈笑眉说学校附近开了溜冰场,两个人便约着趁这个下课后的休息时间去玩一玩。

江文翊呆了一瞬,他极少能看到她这样活泼的一面,和无拘无束的小女生一样,恣意快乐。

"班长,你也一起去吧。"陈笑眉边收拾东西边提议道。

"是啊是啊。"宋慕星也在一旁撺掇。

江文翊心中一动,但迟疑了一会儿,还是摇头:"你们去吧,我等会儿还能给你们打个掩护。"

"谢谢班长。"

两个女生的身影离开教室的瞬间,蒋眠缓缓坐起身来,江文翊表情有一刹那的不自然:"醒了?"

"下课就醒了。"蒋眠神色轻松地用手搭上他的肩,"不错不错,班长竟然帮助同学逃课。"

"彼此彼此,你也在装睡啊。"江文翊语气调侃。

蒋眠轻笑了声:"天知地知,你知我知。走,吃饭去。"

宋慕星拿着文理志愿单去签名的时候,孟欣萍正在盘货,只等最近这批布料筹罗到位,她的店就能开张了。

周勤也在,他接过单子连连感慨:"学理好啊,学理吃香,日后大有出息。小星成绩好,不像我那两个败家子。"

说罢,他下意识地拿起笔想要在家长确认那一栏签字,宋慕星不知怎的,忽然狠下心抽回了单子,递给孟欣萍:"妈妈,帮我签个名。"

孟欣萍正在专心对账,还没有注意到自己身后发生了什么样的事:

"哎，你先放那儿，我马上来。"

周勤的笑容凝固，如果说无条件的爱会有期限的话，那他对孟欣萍母女的无偿关怀，现在似乎离保质期不远了。

周勤对两人算是慷慨大方，在情感和物质上的关怀自诩没有任何亏欠。

他遇到孟欣萍的时候，她正处于人生落魄的阶段，有点小鸟依人的楚楚可怜之感，孟欣萍眼中的困难在他眼中不过是勾勾手指头的小事情。在她身上，周勤获得了这些年来少有的"爱情"上的成就感。

他"无微不至"地坚持了一个月，便向孟欣萍求婚了。

婚后周勤觉得自己对待这母女俩也算是仁至义尽，但是他始终认为宋慕星对自己心存芥蒂。

宋慕星很少向自己汇报学校里的事情，有些什么问题也是第一时间和孟欣萍诉说，自己这个父亲虽说当得轻松，但总少了些被需要的依赖感。

甚至偶尔让他对自己产生怀疑，好像他从来没有被真正接纳过一般。

02

嘉高的期中家长会很热闹，高二尤甚。

江文翊的爸爸穿着西装走进教室，他似乎是这里的常客，可以和任何一位任课老师彬彬有礼地打招呼。

"大家好，我是江文翊的家长江伟国。这次能够作为家长代表在这里发言，我倍感荣幸……"

宋慕星是理科代表，一会儿要发言，这会儿正在门口候着。

江伟国的普通话字正腔圆，声音也雄厚有力，但是宋慕星却感到无比恶心，道貌岸然的男人戴着伪善的面具强装慈祥的戏码，她真是一分一秒也不愿多看下去。

同样要发言的江文翊却冲她笑了笑，看起来分外和煦温暖："放轻松，没关系的。"

江文翊身上是万年不变的外套加长裤，江伟国仅剩的一些良心和虚荣让他放过了江文翊的脸。宋慕星朝江文翊温和地笑笑，心里却觉得难过，她又想起三个人那天的交谈，努力给自己鼓劲，期盼未来会更好。

好不容易等到她上场。宋慕星进班级时不慎和正在退场的江伟国相撞，在江伟国伸手去扶她之前，她条件反射似的跑开了。

这是宋慕星第一次面对那么多的家长，发言不免紧张，所幸蒋眠和江文翊在窗户外冲她比着深呼吸的姿势，她才渐渐冷静了下来。

目光所及是孟欣萍欣慰的眼神，一种无名的力量让她充实了起来。

蒋眠家人的位置空空如也，没有人出席，宋慕星和家长们分享着理科的学习经验，思绪却飘到了九霄云外。

讲完后，她在一片掌声中退场。江文翊紧接着进了教室。

蒋眠待在教室外，他被任命为今日的特约照片记录师，责任不大，却要全程在场。

"你家长没来吗？"

"他们没空。"蒋眠不咸不淡的话，倒是透露了些无名的伤感。

宋慕星这才意识到自己问得不妥："不好意思啊……"

"没事，习惯了。"蒋眠反倒宽慰起她来，"你讲得挺好，下次不用那么紧张。"

宋慕星看到蒋眠相机里是自己方才演讲的模样，他善于捕捉光影，将自己拍得每张都多了一丝生气。

家长会结束后过了几天，分班名单迅速地出现在学生面前。

理科和文科各两个实验班，宋慕星如愿被分进实验一班，江文翊和蒋眠依旧和她同班。

陈笑眉卡位，她上次超常发挥考了年级二十多名，加上之前成绩的综合考量，以第五十名的成绩进入一班。

宋慕星之前带着她一块儿学习和复习，陈笑眉更是对这个好朋友赞不绝口："星星，多亏了你帮我辅导理科，我这次进步了好几十分呢。"

宋慕星发自肺腑地高兴，她想留住的人，都还在自己身边。

中午的时候，蒋眠拿着重默本从办公室回来，拿指关节叩了叩宋慕星的课桌："老师叫你去办公室一趟。"

"哦，好的。"

"我们班的结对制度你了解过吗？"曾妤的教学水平有目共睹，依旧是实验班当仁不让的班主任。

宋慕星说："了解了一些。"

陈笑眉和她科普过一些这个制度，秉承着"好带差，优劣互补"的原则组成学习小组共同进步，大意就是把几个好生和差生座位排一块儿，然后成绩好的带成绩差的一起学习。能进一班的人大多不存在成绩优劣这一说，所以曾妤的主要目的是解决偏科的问题。

理综三门和语数英，怎么着都有不均衡的人。大家多多互补是能进步不少的，前几年的教学成果就是一个极好的佐证。

"你理科好，当组长，带一组学生，我给你排的学生都是文科还不错的，"曾妤递过一份名单，"怎么样，能接受吗？"

加上宋慕星一共六个人，三男三女，有陈笑眉。

同时，蒋眠的名字赫然在目。

宋慕星点点头。

她私心里觉得自己欠了蒋眠好多人情，在学业上帮他一点力所能及的小忙根本算不了什么，她还想回报给蒋眠更多，为蒋眠做更多的事情。

虽说这么想有点奇怪，但宋慕星觉得值得，蒋眠应当是一个有无限可能的人，如果能为他的锦绣未来助一份绵薄之力，她也很高兴。

宋慕星拿着试卷回教室时，陈笑眉正在说话打趣："班长也会上课睡觉啊，真是世纪奇观。"

江文翊没法接她的话，因为这件事情的确是事实，最近他学习到深夜，上课时都睁不开眼睛。旁边的蒋眠也在趁下课时间休息，江文翊看着他熟悉的轮廓，就知道他肯定昨晚又因为店里的事情而没睡好。

身前的那个熟悉背影出现，江文翊才缓缓回了神。

女孩留着短发，身形看上去有些消瘦，此刻她正在非常刻苦努力地写着什么。

"宋慕星。"江文翊叫出名字的那一刻，连他自己都在诧异。

女孩缓缓转过身，就像在对待一件再平常不过的事情一般："怎么了，班长。"宋慕星和江文翊对视，语调慵懒。

"哦，没事，"江文翊这才不好意思地挠挠头，"刚刚想说什么事情来着，一下子忘记了，也不是什么要紧事。"

陈笑眉继续开玩笑："今天还真是奇了怪了，班长，你莫非是考试没考好吗？"

"别笑我了，"江文翊第一次这样敞怀地与大家交谈，"我本来就不是什么严肃的人，以前是你们非要戴着滤镜看我。"

"玩不玩游戏？"陈笑眉说着，招手吆喝聚集了一大波人。

有人再过两天就要去新班级了，也都凑热闹似的跟过来了。

蒋眠似乎被吵醒了，晃晃悠悠地用手支着头撑在桌面上，眼睛还闭着。

游戏很简单，是一种常见的把戏，名为"比反应拍掌"，一群人先放自己的一只手在桌子上，随后大家依次往上叠，另一只手则是进行石头剪刀布。赢了的人可以抽走自己的手，同时得到机会可以拿手掌攻击下面人的手，即免于被捶打惩罚。

江文翊还没搞清楚状况，也被迫加入了游戏。

"玩吗？"江文翊抬手了碰了蒋眠，低声问。

男生撑着脑袋摇摇头，嘴里蹦出一句："我玩石头剪刀布太厉害了，不打击你们了。"

话出，众人都忍不住笑了笑。宋慕星嘴角微扬，她抬眼望去，发现蒋眠还眯着眼，一脸困倦。

最近他很辛苦吗？她忍不住想。

游戏开始，众人兴致勃勃。第一局，江文翊和宋慕星运气不好，被留到了最后。当拍掌的人往下用力时，江文翊一时间忘记了躲闪，还是宋慕星最后把他一起拽走了。

"班长，别发呆呀。"她善意提醒着。

手掌碰撞发出巨大声响，吴志豪苦着脸朝陈笑眉号叫："要了命了，陈话痨，你断掌吗？"

围观的人哄笑声响起。

下一局，宋慕星成为胜者，拥有进攻大家的权利。

与周围人不同，江文翊没有急着躲闪，宋慕星的手直直向他的手背而来，随即便是一声撞击。

江文翊却愣了神，真挚地发问："为什么一点都不疼？"

没等宋慕星回答，一旁的陈笑眉就大声嚷嚷着解决了这个疑问："这还用问嘛，咱家星星力气小，是个淑女。哪像我，'江湖扛把子'，力大无穷。"

待到上课，众人才在一片哄笑里渐渐退去。

江文翊摸着自己刚刚被打的地方，才隐隐生出疼痛的错觉。

蒋眠睁开眼睛，恰好看到好兄弟在旁边愣神，他心中一顿："上课了。"

他罕见地提醒起江文翊，随即自己也莫名坐得端正起来。

03

外婆托人带来的柿子到了，算是寂寥冬日来临前给宋慕星的最后一丝慰藉。帮忙送柿子的老朱阿叔因为穿着简朴被谢琴娟以为是骗子，在门口破口大骂了好久，幸好宋慕星及时赶回，才制止了这一场闹剧。

"阿叔好。"

"你外婆很想你们，天天站在村口那儿望呢，有空的话给她打个电话或者写封信吧。"老朱阿叔不是个计较的人，说起外婆的近况。

宋慕星点头，应声道："好，我会的。谢谢阿叔。"

送走老朱阿叔，宋慕星掀起箩筐的盖布，满筐的深橘色硕果。出于礼貌，她还是问了谢琴娟和一旁叉着腰一脸不屑的周家兄弟："奶奶、哥哥、弟弟，吃柿子吗？"

谢琴娟连忙摆手："不要，谁知道有没有打农药。"

"超市里卖的比这好多了。"周家兄弟也十分不屑。

这样最好，宋慕星心里暗喜，她本来也不想给他们，外婆辛辛苦苦种的好柿子才不要便宜这些人呢。她抱着一箩筐的柿子，高高兴兴地上了楼。

谢琴娟其实对这些是很喜欢的，只不过要面子才拒绝，她没想到宋慕星竟然如此果决地就离开了，烦躁地抱怨了一句："她也不多问几遍。"

宋慕星像是对待宝贝似的，极为耐心地将柿子冲洗、去蒂，又拿纸巾擦干了水，完成了这些细致的工序，才坐在书桌前，开始一点点剥皮。那种沁人心脾的甜味一下子就涌了上来，是一种迅速蔓延的清凉，直往喉咙里钻，说不出的蜜意在心中荡漾。

宋慕星想起自己小时候每年放假都会追随外婆一起去田间地头的场景，那会儿幼稚贪玩，无忧无虑，想来真是好不快活。

她当即拨通了电话。外婆应该在家里休息，隔一会儿便接了："喂，是谁啊？"

"外婆！"

宋慕星欢喜的声音一下子传了过去，外婆光是听着就舒展了皱纹："送你们的柿子，喜不喜欢吃啊？"

"喜欢喜欢。"

两人就这样聊了许久，外婆说到兴头上就跟小孩似的，宋慕星耐心地聆听，听她说养的鸡鸭多大了，种的庄稼又高了几寸，村里哪家的儿子女儿又回来看望家中人了。

她知道外婆是太久没人和她说话了，自打外公和爸爸接连走了后，孟欣萍带着她在外工作读书，放长假时才能回去一趟，那次临出发前给外婆买的小灵通，成了外婆和她联系的工具。

"外婆，今年过年，我们一定回来看你。"

外婆反复确认了好几遍，才满心欢喜地应下。

挂电话前，外婆还嘱咐道："柿子记得早点吃光啊，不然会坏掉。到时候有最后一批再给你们送去。"

宋慕星一瞬间觉得这些柿子变得重量千钧。

她拿塑料袋装了六个，打算带去学校分给自己的好朋友，其余则因为舍不得吃，放在书桌旁盖上布藏得好好的。

陈笑眉、江文翊、蒋眠，每人各两个。她很久以前就答应了陈笑眉要给她带些乡下特产，如今也算履行承诺。也不知道蒋眠会不会喜欢吃这种甜口的食物，他看上去更像是个可以生吞朝天椒的狠角色。

生吞朝天椒……宋慕星忍不住被自己的想象笑到。

新座位是按照小组安排的，宋慕星如愿和陈笑眉坐了同桌，蒋眠坐在她后方，他的同桌换成了叶梓，一个沉默寡言的女生。

收到宋慕星的柿子，大大咧咧的陈笑眉当即洗了一个开始品尝："真够意思啊，星星，你心里果然有我。"

两个男生显得有点拘谨，江文翊依然是那般彬彬有礼的温和，认真地说："谢谢你。"

"不用谢。"宋慕星有些局促，随后把目光悄悄挪到蒋眠身上。

他照例是淡淡扫了一眼，随后放到课桌里："谢了。"

蒋眠又开始睡觉，他不知怎的，最近总是一副睡眠不足的样子。

难道是店里的生意很忙吗？宋慕星不由得想了下去，可是想想又觉得这好像轮不到她来操心，于是又转身去做作业了。

她莫名地有点失落，又说不上来。

没在蒋眠那儿得到自己想要的反应，但这样的感谢不是已经规矩而足够了吗？宋慕星觉得这样空落落的心理有时候是在无理取闹，她努力平静自己的情绪，不再想这些，重新投入题海中。

下午忽然进行了数学的随堂测试，宋慕星被一道题目卡住思路，情绪有点浮躁，导致时间没控制好，最后一题还没开始答，老师便说着要收卷了。

结果自然是差强人意，宋慕星第一次在自己的优势科目上尝到失败的滋味。

学习宛如竞技，高手的浪潮里从来不乏优异的舵手，每一次测试的来临，就是一次分水岭的告诫。换了新班级后，连氛围都开始变了，大家都知道文理分科后意味着什么，高考这渺远的词语不再是一种传说，他们也即将成为走上征途的一员，切身去体会大人们口中的明天。

宋慕星知道自己的水平还远远不够，来到一个新的环境才知道"人外有人，天外有天"这一至理名言的准确性，她原先独守的那一方天地，实在是太过于狭隘了。

她开始更加刻苦地念书。

不过，也有好消息传来，她之前投稿的一幅插画竟然有了后续。

杂志社的编辑很喜欢她的画风，说想长期合作，在专栏的一角为她预留一片空地，每期她都可以创作几张小插画。

虽然是在杂志最不起眼的小角落，仅仅只有微薄的回报，宋慕星却感觉终于看到了生活的盼头。她有时会画学校里漫天疯长的悬铃木，有时会画操场上东升的朝阳，还有一次，她偷偷画了张蒋眠意气风发的背影。

这是属于她的小世界，没有人会注意到角落里如同小广告般的无名插画是否有其他的含义，但宋慕星乐在其中，她还给自己取了个笔名，叫"星辰"。

去学校的保安室拿杂志社寄来的样书时，她心里小鹿乱撞，在一片学生的试卷、作业本，以及水果、牛奶的映衬下，她的信件与众不同，上面写着"星辰收"。

宋慕星将书抱在怀里，紧张又激动，她已经迫不及待等着享受今晚做完作业后，那一页一页认真赏读的雅趣了。

04

"哈喽！"

忽然，背后有人点了点她的肩膀。宋慕星惊得把书掉在了地上，随后迅速俯下身捡起，生怕被别人窥到了自己的秘密。

卢玥没想到她会反应这么大，留了个心眼，打量了一下她手中的东西："不好意思，没弄坏吧？"

她永远是个完美的形象，打招呼有活力，连道歉都是周全坦率。

宋慕星反倒为自己刚才的不礼貌行为感到局促："没……没事没事，我刚刚在想别的事情呢，然后忽然看到你，简直又惊喜又惊吓。"

"不不不，没有惊吓，我只是一时间没反应过来。"宋慕星不好意思地挠挠头，显得有些憨态可掬。在优秀的女孩子面前，宋慕星总觉得自己像动画片里那没头脑的小跟班，说出来的话驴唇不对马嘴的。

"你真有趣，宋慕星，"卢玥突然的夸赞让宋慕星有些猝不及防，"怪不得你会成为蒋眠的朋友呢，你比看上去还要特别。"

有趣、特别。

宋慕星很少听到有人这样形容自己，一时间不知道该如何回应。

紧接着，卢玥揽过她的肩膀，似是和她关系十分亲密："我们学校最近的宣传片拍摄，你听说没？"

宣传片拍摄，宋慕星确实有所耳闻。嘉高作为省级重点中学，近几年的成就是有目共睹的，校领导如今更是成绩和宣传两手抓，想要提升嘉高的知名度。

"每个班都要选几个人出来拍摄呢，我是负责人，特地推荐了你。"

"啊？"宋慕星没做过这种抛头露面的事情。在她的印象里，她还停留在初中那个自卑胆怯的丑小鸭形象里，即便现在听到别人的称赞，她的第一反应也是惶恐而不是自豪。

"别紧张，没几个片段的，不过要选些形象好的同学，我就想起你来了。"卢玥娓娓道来，有理有据，让宋慕星无法反驳，"你成绩又好，长得又漂亮，我想你应该也愿意为咱们学校的宣传出一份力的，对吧？"

拒绝别人真是一件难事，尤其卢玥还带上了为学校奉献的名义。在宋慕星感慨之前，卢玥已经有条不紊地结束了对话，并且挥挥手说"那就排练的时候见喽"。

宋慕星回到教室，不禁开始后悔。

晚自习开始前的一段时间大家尤其亢奋，住校的女生们大多会选择在这个时间回宿舍洗头，教室里便弥漫着一股洗发水的清香，樱花和茶树的味道奇妙融合。

"星星，你也看《青刊》啊？"陈笑眉头发还未干透，她甩了甩脑袋，瞥到了宋慕星手上本的封面颜色，一下子就认了出来。

《青刊》几年前横空出世，销量口碑都很好，在学生间很受欢迎。里面的稿件大多是真实动人的少年故事，有关于家庭亲人的，也有同伴挚友的……学生们最感兴趣的，便是它还有那些朦胧萌芽的关于爱情的细微幻想。

这虽然不是什么不可见人的事情，但宋慕星拿到的样书是明天才会发行的最新一期，如果她现在拿出来，势必会遭到一番"拷问"而露馅，搞不好会暴露那个名为星辰的插画秘密。

"我……我这是帮别人带的。"

"哦，这样啊，太可惜了。这本杂志可火了，里面的故事有意思，还有小说在里面连载呢。"陈笑眉还刻意压低声音，"我最近在追那篇《如果你是艳阳天》，大学的暗恋如愿以偿，太有意思了。"

"原来是这样啊，我下次也去买本来看看。"宋慕星佯装不知。

"你们女生就喜欢看这个，无聊。"

实在是很奇妙的缘分，吴志豪和陈笑眉这对损友真就"患难与共"，两个人超常发挥依旧在一个班。吴志豪这会儿听到陈笑眉这扩音喇叭似的解说，又开始抬杠："这些一看就是假的，有什么好看的。"

"吴志豪你真是太扫兴。"陈笑眉摆出一副说教的姿态，"虽说咱们还是高中生，学习是最重要的，但是就不能对未来有一点点美好的憧憬吗？我幻想一下，难道还碍着你了不成？"

"我可没那个意思，只不过是建议你罢了。这种看了容易白日做梦的东西还是少看为妙。"吴志豪立刻为自己辩解。

陈笑眉显然不苟同这种看法："你才白日做梦，哪个女孩子不喜欢看这种啊，是吧？星星。"

宋慕星其实也是《青刊》的忠实粉丝，这实在是一本太贴合少女心事的杂志了，她甚至能熟稔地复述出每一期的精彩故事。

"对啊，其实这些还挺不错的。"

看到一向正经的宋慕星也肯定了自己，陈笑眉更加得意起来："怎么样，群众的眼睛是雪亮的吧？"

吴志豪依旧不甘示弱："那是只有你们女生才那么想。"

"行，那我问个有品位的男同胞。"陈笑眉环顾四周，最终目光锁定，"蒋眠，你怎么看，你觉得这种故事有意义吗？"

听到蒋眠的名字，宋慕星的心跳都漏了一拍。

她永远羡慕陈笑眉的坦率和大胆，陈笑眉总是有这样用不完的无疆勇气，去做一些自己想做但不敢的事情。

比如和蒋眠自由攀谈。

"我不看这种。"蒋眠冷冷的语调写满了"生人勿近"四个大字，但在瞥了眼宋慕星的方向后，他却意外加了个转折，"不过，可以理解。"

"吴志豪，你瞧瞧人家，多有品位啊。"

于是，吴志豪又收获了一场数落。

宋慕星是有些诧异的，他这样孤傲桀骜的存在，应该是对小女生的心思毫无兴趣才对，她没想到蒋眠的心思竟然意外地细腻柔和。

晚自习第一节下课的时候，卢玥带着一行人敲了敲门，对着里面的值班老师彬彬有礼道："不好意思，老师，找一下宋慕星和蒋眠，宣传片排练。"

老师点点头，随后宋慕星和蒋眠一前一后走出教室。

听到蒋眠的名字那一刻，宋慕星又开始庆幸自己没有拒绝卢玥的要求。

如此，和他的相处时间好像又增加了一些。

排练的地方选在学校的体艺馆，宽敞的舞台足够众人舒展。

这次的拍摄设置了几个场景，有一起在图书馆读书的，有一起在操场上散步的，有一起在教室上课的……几乎是数不胜数的画面。

"我们到时候一个一个分镜地拍，这样比较高效，先着重把每个场景需要到位的人员都安排好，等到时候摄影师来了，直接拍就行。"

宋慕星被分到了三个镜头，她需要挽着女生们的手，欢声笑语地走过五米的路。她挽着卢玥和余舒怡，总是哪儿哪儿都不自在，当指令要笑时，她极不自然地扯动嘴角。而且，因为周围有不少人看着她们的缘故，宋慕星感觉自己真是应了那句"笑得比哭还难看"的老话。

蒋眠作为学校体育的担当，被安排了体育展示的部分，只需要跑几步，再表演一个帅气的投篮。刚好体育馆里有现成的器械，他没有预跑，直接表演了一个三步上篮，动作利落、一气呵成。

"对，就是这样，"连卢玥的语气都不免带着小小的惊叹，"就跟你平时训练一样就好。"

细密的自卑又开始在宋慕星心中生长，尤其是在她看到卢玥和蒋眠轻松自在地聊天时，那些自信从容的人好像永远自成一派，两人的氛围和外界有一道无形的屏障。

正当宋慕星驻足发愣时，脑后忽然受到了一下撞击，她感受到了一股灵魂抽离般的恍然。

卢玥说："对不起啊，我刚刚就是想看看道具，没想到砸到你了，真是不好意思。"

　　宋慕星捂着自己的头，想要开口说出"没关系"，但是方才的撞击刺激到了她的神经，长时间的耳鸣让她快要晕倒，甚至往一个方向趔趄了好几步。

　　蒋眠迅速跑来，扶住了她："还好吗？身体不舒服的话，就先回去休息。"

　　"但是还没拍完。"宋慕星站稳后，缓缓开口。

　　蒋眠在一旁担心地看着她："没事，你的镜头到时候再拍就好，我先送你回去。"

　　卢玥没承想事情竟发展成这般形势。宋慕星临走前，卢玥还特地宽慰了一番："没关系的，多练练就好了，面对镜头有些不自然很正常，我也是这样过来的。"

　　夜幕已至，昏黄的路灯盏盏通明，照耀出了一丝朦胧的渺远。

　　蒋眠路过街边的书摊，纷繁错杂的木架子上，摆放着封皮各异的书籍。他远远望见《青刊》，忽然有点怔住，在原地站了几秒后，他倏忽伸出手，拿了最新一期去结了账。

STAR 05

五千两百五十二 ▽

01

　　窗外树影幢幢，一朝一夕都是全新的篇章。日月就在这细密琐碎的光影里交叠，猝不及防却又顺其自然。

　　每次到了十五号，蒋眠便会陷入一个奇妙的循环。

　　他起得格外早，帮奶奶安置好一切之后去了银行，插上那张绿色的卡，查看里面的数额。这个月照例打进了一千，相当于一个普通工人一个月的工资。

　　蒋眠松了一口气，知道母亲韩黎还没有完全抛下这个家的那一刻，他心中始终悬着的那块大石头暂时得以放下。

　　满打满算距离高考还有一年的时间，以此推算，他的家庭表面和谐的关系快到期限了，到时候便是真正的成人世界，没有人再能支撑他走一步路。

　　蒋眠虽然总是学着大人的口吻说话，总是按照大人的生活方式去过活，但终究还是孩子心性，加上男生那一腔无处发泄的关于梦想的壮志豪情，毫无疑问，十七岁的他是充满迷茫的。

　　周末，他领了教练的通知去市立体育馆集训。再过几个星期便是一次重要的省级体育比赛，秉承着"能者多劳"的优良传统，蒋眠照例报名了好些项目。

因为很少遇见这样田赛和径赛都拔尖的好苗子，教练对他的期待和关怀远大于其他学生。不过蒋眠一向是用实力说话，当他确乎用自己的成绩为团队获得巨大荣誉时，其他人也没什么不服气。

只是今天，蒋眠的状态有些不好，一组热身过后的1000米比赛竟然输给了同组的候补运动员，跳远的时候也犯了最基础的错误，踩线导致成绩无效。

他大汗淋漓，不甘心地猛喝了一瓶矿泉水，喝完后瓶子被捏得缩成一团，发出细碎的塑料摩擦声响。

"蒋眠，过来一下。"

训练的时候想要判断一个人专注与否是相当容易的，崔教练是个四十多岁的中年人，为人豪迈但很细心。蒋眠曾想过，如果父亲没有发生那桩事情的话，父亲应该能和教练成为好友。此刻崔教练一拍蒋眠的后背，力道不小："最近怎么回事，状态不行啊。"

他就像个父亲般苦口婆心："这次的赛事要是拿到名次，对你上大学会有很大的帮助，得好好抓住机会。"

"我知道，教练。"蒋眠闷闷地点了点头。他比任何人都清楚这次比赛的含金量，他也知道自己需要一个更好的未来去做一些事。

只是……他忽然有些茫然。

"得有好多年了吧。"察觉到孩子有心事，崔教练看向远方，语气也平和下来，"五年了，也难为你这个小子去操心了。不过，你先放宽心，把眼下的事情做好，其余的，你之后还有时间去想去做。"

"教练，"蒋眠不知怎的，语气有点酸涩，"我爸……真的会找到吗？"

崔教练不再言语，只轻轻点了点头。

他不愿再去看蒋眠的表情了，也不忍再看。

训练结束后蒋眠本该回家，但是遇上狂风暴雨交加，他没带伞，一路拿手护着头，都于事无补，后来他索性敞开了跑，想寻找个避雨的好去处。

图书馆门口挂满了雨伞，湿漉漉的地面充满各式各样的脚印。

这显然是他此刻最好的选择。

蒋眠往那边跑过去，出于礼貌，他还像小狗小猫常做的那般尽力抖干自己身上的雨水，他推门而入，打算在里面找个地方小坐一会儿。

窗外的雨点如密集的鼓点，一点点叩着看起来摇摇欲坠的脆弱窗棂。这么恶劣的天气，人们大多选择窝在家中闭门不出，所以大厅里人不多。

因此，有这样一道身影立刻吸引了他的目光。

她安静地坐着，身姿直立端正，面前的书摞得奇高，看起来学习势头是锐不可当，俨然要把书中的黄金屋都给摸清不可。

记忆中的这一年，宋慕星总是勤奋刻苦。说实在的，蒋眠从小到大没见过她那么喜欢学习的人。她和江文翊其实挺像的，他们都是那种愿意为了自己的未来拼命负重的人，永远自律而明确，不会停滞。

图书馆的氛围很安静，她光是坐在那儿，就有种遗世独立的清冷感，又很像一朵不食人间烟火的花。蒋眠想起不久前他跟着江文翊去办公室理档案袋时，他那多余的一眼，意外看到宋慕星坎坷的人生经历。

宋康霖，是她父亲的名字。

蒋眠当时有些恍惚，这个名字对他而言，很熟悉。

他疯狂地寻找线索，却发现那个男人真的是……那场事故里去世的人。宋慕星因为父亲去世而承受的痛苦与这些年的艰难遭遇成为一块死死悬在他头顶的石头，他躲不开，又不敢去剪断绳子。

"同学，可以先找个位置坐哦。"有志愿者路过，开口提醒。

蒋眠这才缓过神来，朝对方道了声谢。

周遭没有什么人，他随手拿了书架上第一本书，抽开宋慕星身旁的椅子，静静地坐了下来。

听到这声响，宋慕星还把笔袋往旁边挪了挪，生怕影响到新来的人，但是目光依旧没有往旁边瞥去一眼。

好不容易单独遇到宋慕星，蒋眠忍不住还是想打个招呼。

于是他点了点宋慕星的肩膀，不过，人在右边，他却故意点了左边的肩膀，女生回头望见空荡荡的一片时，他又忽然出现。

这是少年百试不厌的把戏。

"你怎么在这儿？"宋慕星的眼睛像小鹿，眼中闪烁着一丝欣喜，分外灵动。

"训练结束，躲个雨。"蒋眠目光流转，"你呢？"

"我在这儿做会儿作业，然后看会儿书。"

注意到蒋眠满身狼狈，宋慕星从身后的背包里拿出了一包纸巾，递给蒋眠："擦擦吧。"

她为何总是随身带着纸巾，这是蒋眠始终无法理解的事情，但在大雨洗刷过后的时刻，他莫名很是感激，觉得内心有种安定的感觉。他此时未曾料到，多年以后，有人问起他对宋慕星关怀有加的特殊原因，他恍然思索，第一反应竟然是用了人家那么多纸巾，总得对人家好些。

宋慕星面前放着一张竞赛的试卷，蒋眠对试卷的抬头分外眼熟，这是年级主任特地从其他高校挖来的绝密试卷，是对即将到来的奥数竞赛的押题卷。据说，老师们只会对那些给予厚望的学生袒露这份高级机密。

"参加竞赛？"少年一边拿纸巾擦拭，一边轻声和她搭话，头上细密的水滴有些许跑到了试卷的一角，显出淡淡的水痕。

"嗯。"宋慕星点头，她总算是能有一件好事情可以和蒋眠分享，"这次竞赛还挺重要的，如果考得好的话，能在大学的自主招生里面有很大优势。"

宋慕星很少能在私下里碰见蒋眠，除了她偶尔会绕路走到馄饨店吃一碗馄饨，在路上遇见便打声招呼，他们几乎没有什么交集。

在周家，她的生活小心翼翼，所以一放假她就会往图书馆这些地方跑。平日里周铭让她写作业，她就找各种理由推托，想尽办法和他摆脱关系。若是在外面，她便每时每刻都黏在人群密集的地方，防止之前的事情再发生。

日子算是平静，但宋慕星清楚自己的目标："我想要离外面的世界更近一步。"

谈及自己的梦想，宋慕星总是有说不完的热情，这会儿稍不留神，没注意好分贝，在图书馆里便显得有些突兀。

注意到自己的错误后，宋慕星很快噤声，点到为止的解释虽然意犹未尽，但也足矣。

蒋眠点点头，看她的目光里带着欣赏与鼓励。

窗外依旧云气氤氲，他一时半会儿是走不了了，索性开始翻看起自己刚刚随手拿的书。

好巧不巧，正是宋慕星投了插画的《青刊》。

老实说，他之前买过一本，他当时大致翻阅了一遍，但没有多大兴趣，因为都是一些细腻柔情的文章，他觉得更适合女生阅读。

现在拿在手上的这本是很久以前的一期，但他也懒得再去换，便充数似的翻阅了起来。

依旧以少女的青春心事为主，他只能艰难地在角落里看起趣味时刻的笑话。

莫名心酸。

但这笑话旁边的插画倒是极为特别，是认真细致的风格，蔓草生长，鸟语花香，和那种搞怪画风相比，十分赏心悦目。

他往后翻一页，手指忽然顿住了。

这幅插画风格一反常态，少年手拿篮球，正往篮筐里投下胜利的曙光，他背后球衣的号码，写的是"7"。

蒋眠想起自己的球衣号码，不禁有些恍然。他和这画中的男生何其相似，心中都有热爱，但又何其不似，那样浅薄敏感的自己是不会有人刻意去铭记描绘的。

这时候，面前忽然递来一张纸，女生娟秀的字迹整齐划一：*上次看你的试卷，发现你这种题型好像还不会，要不要现在做一遍？我可以教你。*

随即而来的是数学试卷，用红笔圈出了第七题。

正当宋慕星还在犹豫紧张时，蒋眠放下了手中的书，"毕恭毕敬"地开始做起题来。

她松了一口气。

在看到蒋眠拿起《青刊》的那一刻，宋慕星的心情被全然牵动，尤其是他还在自己画的插图前停留时，她更是如坐针毡。

为了不让蒋眠生出些什么现实的想象，她只好出此下策。

正好，教蒋眠做题也是她想做但始终没有鼓起勇气去尝试的一件事情。

蒋眠很快将试卷递回，里面的步骤写到一半，因为结果不对而被划去。宋慕星心中暗暗摇头，看来上次老师敲黑板拖堂说的知识点，他还是没记住。

男生还有一张小纸条递来，上面的话语出乎她的意料：辛苦你了，宋老师，事成后，学生蒋某请客。

还带了个憨憨的笑脸。

宋慕星一下子被逗乐，脸上的笑意藏都快要藏不住了。

02

因为身在图书馆，说话终是不方便。二人便寻了茶水间，里面空荡无人，可以任意交谈。

平日里问宋慕星题目的人不少，所以论起传道授业，她还是有一些经验的，再不济也是有一套自己的方法在。

茶水间里只有一张桌子和一把椅子，蒋眠很绅士地把椅子让给了宋慕星，自己则站在一旁听。

察觉到高处的视线，宋慕星心中千百般的不适应。尤其是这人还是蒋眠，她更觉得自己承载着说不出的使命。

她把试卷摊平在桌面上，开始按着自己的方法，先读题，再圈重点题干，最后用知识点慢慢推导。然而出师不利，由于过于紧张，她手上的笔拿反了也没有察觉，以至于想要拿笔写些什么的时候，她拔了半天也没有见到笔头。

"或许，这样呢？"蒋眠憋住脸上的笑意，随手帮她把笔调整位置。

宋慕星的脸唰地红了，她故作镇定地清了清嗓子，继续认真讲题。

不得不说，相较于成绩优异的数学天才，宋慕星的理科优秀，是一个水到渠成的努力成果。她做题目时，每一步都有理有据，每一个步骤都详尽得当。她的试卷是老师最喜欢批阅的试卷，她是同学提问时最喜欢的人选。

女生心细又有耐性，讲解清楚后还适时问他是否理解。

蒋眠站着累了，便蹲下身子，这样看试卷更清晰些。女生在试卷上写出的字好像会说话，蒋眠愣愣地看着，一时间竟然出了神。

"这个懂了吗？"

"懂了，谢谢老师。"蒋眠回忆了一下解题的步骤，冲着宋慕星比了个"OK"的手势。

宋慕星认真起来，正式得如同一位从业几十年的老教师一般："这种题目其实很重要，学会一道就可以举一反三，平时多练练的话，考试的时候做题效率会很高。"

"宋慕星。"

"嗯？"忽然听到自己的名字被他字正腔圆地念了出来，宋慕星有点惊讶，莫名觉得有种郑重而庄严的感觉。

"你成绩那么好，以后想去哪里？"少年目光深邃，头发相较之前已然长长许多，但原本那副不近人情的外表下不知何时多了一分温和。

"京华大学建筑系。"宋慕星一字一字地说出自己的梦想。

她现在的成绩离这个目标还有一段距离，但她想做到，哪怕被人说是妄想也没关系，那是她确乎愿意拼尽生命到达的地方。巨额的奖励和远离尘嚣的新城市，也许才能治愈她破碎的青春。

少年闻言，眉眼却忽然舒展："真巧，我想去京华人民警察大学。"

一个城市。

宋慕星面上佯装不知，心中却漾开了一道温柔的碧波。

"你这人还挺有意思的，不过我看到的好像总是你认真学习的一面，"蒋眠有些不好意思，"你还有什么别的想干的事情吗？除了学习。"

回忆如潮水一般涌来，宋慕星陷入了久违的沉默。

见状，蒋眠赶紧打着圆场："哈哈哈，我就问着玩，你别当真。"他语气轻松诙谐。

"设计出很多很多的优秀作品，赚很多很多的钱，然后让家人都过上好的生活。"宋慕星轻轻地回答了他，她早就在心中将未来的蓝图勾勒了千万遍，"等到她们不再需要我的时候，我就去西藏定居，直到老去。"

"为什么非要是西藏呢？"

蒋眠以为她会更喜欢江南烟雨的朦胧，抑或在都市花园里活出自己的一番天地。

"你知道五彩经幡吗？它之所以叫这个名字，是因为这些幡上面印有佛经，在信奉藏传佛教的人们看来，随风而舞的经幡飘动一下，就是诵经一次，如此便能向神传达人的愿望，祈求神的庇佑。如果每个人最后都要去往未知的地方，那我想去那方净土，希望来生平安顺遂。"

蒋眠听得云里雾里。

宋慕星此时和平判若两人，她始终认真如一地凝望着蒋眠，如果可以，她也想为他祈福，愿他平安喜乐、安康常在。

"那你有什么别的想干的事情吗？"宋慕星开始反问。

"我啊，胸无大志。赚很多钱，然后好好生活吧。"蒋眠无所谓似的耸耸肩，"好了，不想那么多了，我去履行我的请客承诺了。这份心意你必须接受啊，学生我去去就回。"

蒋眠说话不正经的时候挺有趣的，他不经常笑，但是笑起来是那样阳光明媚。

自动贩卖机在大厅的另一边，宋慕星看着少年飞快消失的背影，虽然脸上笑容尚存，脑海里却涌现万千思绪。

窗外的雨势渐渐转小，看起来即将阴霾褪去天光大亮，宋慕星私心里突然希望这雨大些，再大些，最好短期内不要停歇。

03

顶着理科成绩的光环，宋慕星没有任何架子，每天都会解答大家的问题。

她知道周家人不喜欢自己，于是在家里总是懂事乖巧，但凡迈进了大门，她就会在心中响起十二分警报，不说多余的话，不做多余的事。

周天宇想要找麻烦，她就尽量待在房间里看书学习。周铭找人欺负自己，她就搭更早的一班车去上学，一下车就直奔学校，让他们无机可乘。

一切好像都在不知不觉间慢慢变好。

然而，生活就像外面千变万化的天气一般，一场突如其来的变故打破了暑假的这份平静。

孟欣萍被骗了钱。

由她负责，周勤投资的衣服买卖，供应商谈好了价钱和时间，却在收了钱之后飞速卷铺盖走人。

几万块钱的投入打了水漂，就连交易用的名字都是假身份。没有任何线索，也没有任何补救的措施，报警后也迟迟没有进展。

"这次是要吃哑巴亏了。"

周勤没怪罪，但也没有安慰。

孟欣萍却是愧怍的，日日都以泪洗面："老周，对不起，都是我的错。"

而宋慕星更是感同身受般痛苦。

家里其他人和邻里间的话有时候太难听，骂成什么样子的都有。

谢琴娟抓住了机会，趁着周勤处理窟窿的空当，几乎每天在与旁人的聊天中将"家丑"外扬。

家里吃穿用度的开支减少，周铭的零花钱也少了，他开始明里暗里刁难宋慕星，有时甚至直接与宋慕星争吵起来。

宋慕星知道，自己和周铭对着干没好处，便开始躲着他。

照这个形势发展下去，周铭觉得他想伸手都没人站在自己面前，于是便天天盯着宋慕星的踪迹。

百密必有一疏，宋慕星还是被周铭逮到了在图书馆里教蒋眠做题的事情。

"不等到最后一刻，谁也不知道下一秒会发生怎样的事情。"这句话的真实一幕在宋慕星的生活里上演。

"你妹怎么和蒋眠一起出现在图书馆啊？"张成阳咋呼开了，看起来也十分惊讶。

钱浩拍了拍好兄弟的肩膀，话语意味深长："这不正好吗？咱们也是有备而来。"

周铭嘲讽地笑了一声。

宋慕星被周铭的出现吓了一跳，蒋眠适时出现，在桌上放下两瓶汽水，随后便将宋慕星拉在自己身后。

"不是说来图书馆学习吗？怎么还有人在呀。"周铭的声音刻薄又尖厉。

"哥哥，你怎么在这儿？"

"怎么，不允许我这个做哥哥的来看看？"周铭一脸痞样地看着宋慕星。

"周铭，我警告过你，你要是还敢这样，别怪我不客气。"蒋眠站到他身前挡住他的视线。

"哟，蒋眠，我教育妹妹，关你什么事啊？"周铭今日意外强硬，"没想到你这么快喜新厌旧，和我这个妹妹关系这么好了？"

蒋眠怒道："别胡说，你的态度最好客气点。"

宋慕星也莫名受了鼓舞："我不会再帮你干任何事情了。"

蒋眠听到这句话，便知晓周铭定是强迫宋慕星干了好些不情愿的事情，他内心压抑的怒火难平，拎起周铭的领口便是最后警告。

没承想周铭一边挣扎，一边说出了自己的撒手锏——

"你以为他是什么好货色，他爸可是害死你爸的罪魁祸首！"

这句话的作用比周铭想象中的还要奏效，从两人呆滞的神情上看，他便知道自己是狠狠打了个漂亮的翻身仗。

蒋眠心里一顿。

父亲当年卷入的命案，受害者女儿就在自己身边，而他还试图隐瞒这件事情，和她做朋友。蒋眠不敢想宋慕星此刻的心情，甚至不敢看她一眼。

他自诩是有无尽的愧疚在其中的，可少年敏感的自尊心却难以让他在此刻说出任何能够奏效的解释。并且，因为对方是宋慕星，他害怕会发生自己料想的那种后果——两人之前的情谊全然消逝，她看自己的眼神也会带上一层鄙夷的屏障。

蒋眠没想到和谐破碎的一天来得这样迅速，这个让自己从绝望的深渊中看到一点希望的女生……他成了伤害她的人。

思来想去，也许沉默是最好的决定。

而事实也确乎向着蒋眠预料的那样开始发展。

宋慕星问道："什么……意思？"

"你说能有什么意思！"周勤冷哼一声，"有时候我看你还真是个不折不扣的白眼狼。不仅不感恩我们家对你的施舍，反倒还和害死自己亲生父亲的仇人的儿子关系那么好。"

宋慕星此刻已无任何气力去反驳对方的话了，她看向蒋眠，他似乎是默认了一般，没有说一句话。

宋慕星脑海里有一根弦忽然被紧紧拉扯，她的心里就像是猛然被人抽走了一块。

那场爆炸案的凶手，是蒋眠的父亲吗？

她记得他说过，他爸爸是被冤枉的，是真的吗？

她听了那么多关于蒋眠的传言，她见过那么多不同面的蒋眠，原来从来没有真正走进过他的世界吗？

她对他的一切了解都浮于表面，一知半解。他父亲的事情人人都知道，可又人人都不知道，而背后的真相，蒋眠也从没和她诉说过。

宋慕星没有再和任何人言语，疲惫地从大厅取走了自己拿来自习的装备，并且把它们整整齐齐地放到包里，随后离开了图书馆。

外面天空晴朗，因为下了一场太阳雨，空气中还残留着淡淡的泥土味道。

回家的路终究还是要一个人走，以后的路也是。她短暂奢望过的陪伴，也许是蒋眠为了弥补当年的过错而刻意善待自己的错觉。事实上，他和其他人一样，只是觉得自己可怜兮兮，不同于他人的是，蒋眠还觉得心中有愧。

宋慕星心中决堤的崩溃刹那间铺天盖地般袭来，而将这一切推入顶峰的，便是她回家后看到谢琴娟拿着外婆特地送来的一小筐柿子，打算将它们扔进外面的垃圾桶。

"你在干什么！"宋慕星冲上前去，用自己都没有想到的力度把那竹筐抢了回来，语气也和平时柔柔弱弱的自己大相径庭。

"干吗呀？今天吃错药了？"谢琴娟厌恶地皱了皱眉。

"小星，是这样的，"周勤从里屋走出，耐心地和宋慕星解释了一遍，"外婆之前送你的那些柿子，你放得太久了，奶奶说闻到你房间里有腐烂的味道，一看柿子都坏掉了，这才想着帮你收拾一下。"

"好心当作驴肝肺。"谢琴娟嘟囔的声音并不小。

宋慕星掀起盖布，里面的情况并没有二人描述的那样糟糕，她想也不用想，定是谢琴娟从中作梗。

宋慕星还欲将竹筐带走，说："可这是外婆辛苦弄的，我自己会处理好的。"

"哎呀，你烦不烦啊，收垃圾的就在门口，全部丢掉算了。"谢琴娟说着就要一把夺过。

周勤还忙着出门办事，没工夫和面前二人纠缠这种的小事，说完"小星听奶奶的话"之后，便行色匆匆地离开，没有再理会。

宋慕星终究没有斗得过谢琴娟的执拗，败下阵来，只能眼睁睁地看着竹筐被门口的垃圾车带走，伴随着一阵发动机的轰鸣在她的视线里渐渐远去。不知为何，她的内心忽然如滴血般刺痛。

宋慕星失魂落魄地来到二楼，神差鬼使地拨通了外婆的电话。

这次接得没有平常那样快，隔了许久，电话里才传出外婆匆忙的声音："囡囡，今天怎么这个时候给外婆打电话啊？"

"外……外婆……"

明明克制好了情绪，但宋慕星还是没能克制住鼻腔里喷涌而出的酸涩，话一出口便带了哭腔，豆大的泪珠倏忽间掉落。

"怎么了啊？谁欺负我家囡囡了？"外婆的情绪也被揪起来一般，说话间带着满心的担忧。

宋慕星半天说不出话，太多事情了，她自己都不知道自己在为哪一件事情哭泣，为哪一件事情忧愁，因为没有值得开心的事情，万物都显得可悲。

"你是不是考试没考好啊？"外婆知道宋慕星看重成绩，这会儿便开始慢慢疏导她的心情，"那句古话怎么说来着，一个人丢马，结果……"

"塞翁失马焉知非福。"宋慕星自然地接出这一句。

"对啊，你看，道理你都知道的嘛。"外婆亲切的声音在此刻听起来有千钧重，"你啊，总是对自己要求太高。别听那些大人说的什么考不上好大学就以后没用，囡囡只要平平安安、健健康康的，外婆觉得比什么都好。"

"外婆……"宋慕星嘴唇翕动，再说不出其他话语。

两人所想的事情虽然在此刻完全不一，但是外婆安慰的话语对于宋慕星来说却意外受用。

"对了，估摸着马上就可以收石榴了，到时候我还是托老朱给你们送去。"

"谢谢外婆。"

两人又说了好一番体己话，宋慕星才依依不舍地挂断了电话。

最后一句结束语，是外婆沧桑年迈的嗓音："等你们今年回来，囡囡想吃什么，外婆都给你做，外婆什么都准备好了，就差你们了。"

宋慕星点了点头。

电话的忙音在空荡的房间里显得格外寂寥，真切的爱意和关心似乎离她那样遥不可及。

04

风吹云散，雨霁天青。风和风的相遇是转瞬即逝的邂逅，它们吹起嘉高开学时悬挂的红色旗帜，人们才看清了上面那样生动的字眼。

欢迎来到最好的年华——致嘉高所有的高三学子。

学校的一切从这一天开始都变得不一样，大家都陆陆续续进入了高考模式。

陈笑眉还是每天和宋慕星讲着那些学校里的轶事，娱乐圈里的八卦新闻，宋慕星依旧笑着听，却不会再放在心上。

秦斯然和卢玥在校园里依旧属于叱咤风云的角色，成为同学们学习之余最常讨论的两大对象。而秦斯然的审美风向标早已经转换，自从卢玥回校，他就有了新的目标，文静内敛的宋慕星再特别，也比不上光芒万丈的卢玥惊鸿一瞥。

蒋眠又开始无休无止地睡觉了。

对于未来，他仍是一副很疲惫乏力的样子，除了江文翊，其余的人他一概不愿理睬，总是摆出那副事不关己的态度。但从没有人说过他的不是，因为他好像一直如此。

只有宋慕星看得出来，他对生活缺少基本的憧憬，他好像变回了那个能够与"小混混"徒手打斗但是又能被家庭轻易压垮的蒋眠。

宋慕星这几天都刻意回避他，能避免交流就绝不交流，很多人在一块儿时她会随波逐流，只是她从不轻易和蒋眠说话。有时候家里有什么好吃的，她也会给大家都带一份，除了蒋眠。

当察觉到少年困倦的眼角里偶尔流露出的那一丝落寞时，她才意识到，自己过分了那么一点。

可是，他的身份，叫她如何泰然面对。

"哎，我说你怎么见着蒋眠就跟见着瘟神似的，这么害怕。"陈笑眉感觉到不同，在一旁冲她挤眉弄眼，"你不会喜欢他吧？"

宋慕星说："别瞎说，我才不会喜欢他。"

蒋眠从身后经过，刚好听到最后一句。

脸上虽然没有任何表情起伏，可他的心忽然在一瞬间静了下来。

不知为何，他再次看向宋慕星的时刻，眼神只剩下无名的失望与懊恼。

一旁嘻嘻哈哈的声音越来越大，班里的文艺委员带着相机风风火火地出场，她正在负责拍摄成人礼的视频。班里的每个同学都必须出镜，留下一段对自己想说的话，到时候会在成人礼那天播放给十八岁的自己看。

用陈笑眉的话来说，这虽然是个"表面功夫"，但其中的意义是非同寻常的。

宋慕星不习惯镜头对准自己，支支吾吾半天也找不到中心，乱七八糟地说了一些冠冕堂皇的话便匆匆作罢。

轮到蒋眠时，她佯装不在意，耳朵却是警惕地竖了起来。

"我没什么想说的，但我很感谢我能遇到现在的这些朋友。"

"没了吗？"文艺委员失笑，"再多说点吧，你这录音太短了，到时候不好剪。"

"我很感谢他们，没有放弃失败的我，也感谢他们，能够在短短的时间里陪我走了这么多路，教会了我什么是勇敢，什么是成长，什么是爱。"

他的目光越过冰冷的屏幕，落在宋慕星桌上的茉莉花香味的纸巾上。

开学第一周的周五晚上没有晚自习，陈笑眉约宋慕星去溜冰场。

宋慕星心中痒痒，她想起自己上次学了好久都没有学会，打算再尝试一遍，便答应了她。

不承想，出现在溜冰场的人还有蒋眠。

溜冰场里面是一派二十世纪港风的布置，音响里面放着草蜢乐队的《半点心》，让人连带着心绪也一起松懈了下来。

宋慕星扣好溜冰鞋，转身一看，陈笑眉跟着吴志豪一行早就没影了。

蒋眠穿好溜冰鞋后站在不远处，大概是怕宋慕星反感，他始终与她隔着不远不近的距离。

宋慕星技术不好，虽有着十足的奔头，但还是摔了好几个屁股蹲儿。她艰难地起身，不服输地尝试了好多次，最终都以失败告终。

江文翊在入口处和人说话，见到这一幕，又看到伸手去扶宋慕星却被拒绝的蒋眠，不禁皱了皱眉。

"我去买瓶水。"蒋眠来到他旁边，又不好意思地指了指宋慕星，示意道，"你看着，别让人摔太多次了。"

"你们怎么了？吵架了？"江文翊问。

"没事。"蒋眠换好自己的鞋，走出了场地。

宋慕星有股不服输的劲头，却又在下一秒跌倒在地。

江文翊见女生一股倔劲，无奈地滑了过去，隔着衣服握住她的手腕，说："我教你试试。"

他教她滑冰，教她如何保持身体和脚的平衡，教她如何减速加速以及变换轨道，教她花式招式和更多把戏。

"谢谢班长。"宋慕星抬头看向他，目光不自觉地在场内扫过，没有瞥到那个身影，神情又渐渐淡下来。

江文翊忽然开口，打断了她的情绪："你自己滑一下，看看掌握得怎么样。"

宋慕星点头示意。

蒋眠回来的时候，宋慕星已经能够不摔跤了。

众人又滑了一段时间，陈笑眉拉着宋慕星回到休息区坐着，蒋眠将买的水发给几个人。

"星星，好玩吗？"陈笑眉忍不住打趣道，"班长，你的教学水平很好啊！"

宋慕星靠在她肩上，也搭了句话："班长很厉害。"

"小时候和蒋眠一起滑过几次。"江文翊抬手碰了碰蒋眠。

蒋眠坐在一旁，目光望向灯光闪烁的溜冰场，手指摩挲着塑料水瓶，没有说话。

"走吧，我得回去了。"宋慕星突然说。

"时间不还早嘛。"陈笑眉本能地挽留，"明天休息，可以好好睡觉。"

"明天还得写作业呢。"她轻轻拥了下陈笑眉，抬手跟众人告别后便走出了溜冰场。

宋慕星走后不久，几个人又进入场地继续滑冰。

蒋眠没滑多久，片刻，他扭头跟江文翊说了句"我先走了"，便也离开了溜冰场。

05

成人礼的视频拍摄同样需要优秀学生代表，拍摄他们的学习缩影。

放在影片的最后一幕，是每个学生选择一个心驰神往的职业，通过各自的动作展示，寓意他们在母校的帮助下茁壮成长，并最终成为有用的社会人才。

宋慕星选择了建筑设计师的角色，也就是说她需要在更衣室换上全副武装的西服，并且做一个完美的发型。

所幸经历了之前的拍摄，大家意外地顺利，一遍便成功收尾。

然而，诡谲的事情发生了，更衣室的女生走得七七八八，但宋慕星的衣服却不见踪迹。明明她清晰地记得放在原位，而且整齐地垛叠在袋子里，此刻却什么也没有。

找了一圈下来，整个房间只剩下宋慕星，她想着门口也许还有人没走，便打算探寻最后一丝希望。

然而，不论怎么扭转门把手，都不能带动分毫。

宋慕星拍了好几下门，也试过大声呼救，可始终无人应答。

她一时间有些瑟瑟发抖，无边的漆黑卷袭着她，她完完全全被锁在房间里了。

排练完的余舒怡心情可谓是千回百转，虽然她一开始得知自己的收尾角色平平无奇后陷入了失望，但是没想到能够阴错阳差逮到这样的时机。

其实，她和宋慕星之间没有多大的仇恨，更多的是一种不甘和嫉妒罢了——

凭什么宋慕星什么也不用干，靠柔弱就能得到大家的偏袒，所有人就会爱她？

看到蒋眠和宋慕星的关系有了无法忽视的嫌隙，学校里没人能再护着她，余舒怡便觉得这是她出心中那口气的好时候了。

所以，余舒怡想先"不小心"将门锁上了，等到放学，再佯装不知，随便找个理由去将她放出来。

"余舒怡，你看到宋慕星了吗？"卢玥的忽然出现让余舒怡吓了一跳，"我刚刚去宋慕星的班里找她，她好像还没回来。"

"你……你找她有事吗？"

余舒怡躲闪的眼神似乎在说着什么隐情，卢玥疑惑地看她："有一个镜头拍摄得好像有点问题，我想找她再重新来一次。"

"哦，这样啊。"余舒怡极为不自然地抠着手，装作如梦初醒的样子，"对了，我想起来了，她好像在更衣室呢，刚刚一直没看到她出来。"

"哦，这样啊，那我叫人去找找。"余舒怡的表情明显不对劲，但卢玥也没多说什么，点头后往更衣室的方向走去。

正是中午午休的时刻，走廊上没什么人。

校实验室里值班的老师不在，只有一个陌生的男人穿着白大褂在调配试剂。

路过的卢玥抬眼看去，房间里没有开灯，只有化学试剂的味道和各种透明器皿相互掩映的画面，墙上的纸质介绍早已经发黄模糊，昭示着这里的尘封过往。

男人很年轻，不过三十出头的模样，黑色方框眼镜看上去沉默斯文。

试剂管里沉淀混浊。

林峰忽然抬起头，目光和门口怯生生的女生相撞。

他许久没有剃胡子，脸上有细密的胡茬生了出来。看到卢玥的一瞬，他猛然站了起来，放下手中的事情，就连手套都没有来得及摘除。

似乎在这样一个阴郁不见日光的天气，卢玥做了一个深不见底的噩梦。

她认得这张脸，失了魂一般地逃跑了。

林峰一笑，嘴角的弧度上扬，烟酒味瞬间袭染了他的衣裳。

卢玥疯狂跑着，幸而路过一个拐角，她赶紧躲了进去。这时她脑子里已然一片空白，瘫坐在地上，艰难地扶着门框，大口大口地喘着粗气，说不出一句话。

可她没有注意到的是，正是这样一次猫鼠追赶的游戏，林峰听见了更衣室里求救的声音。

"宋慕星出来一下。"曾妤在教室的门上敲了一下。

无人应答。

全班开始回头，却发现那座位始终空缺。

"有谁看到宋慕星了吗？现在有件急事要找她，"曾妤问了几个平常和宋慕星关系好的，"陈笑眉，你看到她了吗？"

"她去拍成人礼的视频之后好像一直没回来啊，"陈笑眉亦是迷惑，"我还以为她没结束呢。"

曾妤见状，和班里人大概说了些情况。

"她家里出事了，"曾妤的脸色并不好看，"她妈妈要她赶紧回家一趟，现在正在校门口等着。"

蒋眠头趴在桌子上，眼睛却是睁开的。

想起女生对自己的疏离，他自知是没有资格再去管任何有关她的事情。可是心中涌起的烦躁让他无法平静下去，他终究是在意她的。

江文翊是班长，这种事情他必然要负责："大家都赶紧帮忙找一下宋慕星，有消息马上报告。"

江文翊的话还没有讲完，蒋眠忽然从座位上站起来，随即向外走了出去。

蒋眠找了学校里的很多地方都没有看到人，路过吴骏达他们班时看见余舒怡正在教室门口和同学讲话，脸上表情虽然是笑着的，但此时姿态显然没有平时那般自如。

有什么念头在脑海中闪过，他走到余舒怡旁边。

"她人呢？"他的声音不再是平时那副懒散的模样，而是意外带着质问的果决。

余舒怡："我怎么……知道？"

经不住蒋眠的目光，余舒怡终究是在后半句泄了气："可能在更衣室吧，我也不清楚，她……"

余舒怡话音未落，蒋眠便直冲那个方向跑去。

男人的身影伴随着一串清脆的钥匙碰撞声出现，他穿着实验室的服装，洁白无瑕，像一道希望的曙光出现在宋慕星面前。

林峰到来的第一刻，宋慕星是欣喜的。

她认得他，那是学校后勤林师傅，虽然平时不上课，却是收纳整理器械的好手，遇人规矩有礼，对待学生总是一副笑盈盈的样子。

宋慕星艰难地站起来，走向门外。

然而，她刚想说出"林师傅"三个字时，整个人便被一阵外力完全扑倒在地上。他仅仅用一只手，便将宋慕星的双手牢牢禁锢在地上。

宋慕星难受得几乎反胃，然而越挣扎，抓到的越是虚空。

若不是听到门口的撞击声，宋慕星甚至觉得，自己应该再没有机会回到这个世界了……

眼前的画面实在是出乎蒋眠的意料，他几乎是疯了一样，使出了自己全部的力气将那男人摔在了一旁的桌子上。

幸好他及时赶来，才把这悲剧遏制在襁褓之中。

蒋眠脱下自己的外套，将女生严严实实地包裹了起来，他像个勇士般，再也顾不上任何规矩条例，拳头密集如雨下。

后来发生了什么，连宋慕星自己都难以说清，只记得醒来时全家人都站在她身旁。她躺在洁白的床褥上，医院的消毒酒精带着净化的气息，天气晴朗风和煦，可是她心中已进入了万劫不复的凛冬。

母亲孟欣萍不断擦着眼泪，眼睛红得不成样子。经历了那样的惊吓，谁也无法一下子恢复到从前那般不谙世事的一腔热血模样。

就连一向厌恶她的谢琴娟也不再针锋相对，把手里的佛珠盘得咕噜咕噜响，嘴里不断喃喃着"老天保佑啊"。

06

宋慕星在医院里待了很久，做了很久的噩梦，那段日子她看不得阳光，老师、同学和新闻媒体的看望被她一一拒绝，桌子上倒是摆满了大家的心意。

回家后的一天傍晚，闭眼的一瞬，宋慕星突然想起了外婆，那样孤独的一个老太太，不是很高，背也不是很直，白头发密密麻麻布满了整个脑袋。她平日里不爱唠家常，在村子里没有多少知心朋友，她也许正倚着拐杖，在村口望啊望，盼啊盼，只等女儿和外孙女回来陪她几天。

宋慕星拨通了外婆的电话，却是无人接听。

直到看到母亲的表情，她才知道事情的真相。外婆去世了，而且距离那天已经过了很久了。

外婆死于意外，柿子耐旱，可偏偏最后一批柿子长在河边，她去采的时候不小心跌进了河里。

她实在是太年迈了，也太辛苦了，这么多年的操劳让她没有一点力气去反抗。

外婆是在河边被人发现的，流水温度低得骇人，更别说她还在里面整整浸泡了一天一夜。

而旁边的柿子却安然无恙。有人去了外婆家，发现她房间的墙上贴满了外孙女的奖状。

老朱阿叔是个热心肠，终究还是把那些柿子送到了周家，如今也放了有很长一段时间了。

宋慕星含泪尝了一口，本应霜打的味道分外甜，但她却被涩得流出了眼泪。

门口忽然响起急促的敲门声，宋慕星去开门，外面站着那个收垃圾的人，他见有人出来，扔来一个破烂的竹筐，正是上次用来装柿子的："你们这家人也真是的，烂柿子下面这么多钱也不要了吗？得亏是遇到我这样的人，还给你们送回来，要是碰上别人，直接给你们私吞了也说不定。"

宋慕星几乎是怔住了，这句话冲破了她心中的最后一道防线。

她掀开了盖布，里面被尼龙袋装好的纸币和硬币摆放得整整齐齐，被皮筋捆得井然有序，宋慕星拿起钱来，每一张、每一个都有被反复揉搓过的痕迹。

这是外婆干农活积攒的全部积蓄，一点一点，在每一个早出晚归的日子，在每一个独自生活的黑暗，在每一个艳羡团圆的思念里，保存的全部依恋。

宋慕星数了一下数目，加上最后两枚硬币，正好是——五千两百五十二。

五二五二，吾爱吾儿。

宋慕星蹲在地上，突然崩溃大哭。

冬天很快来临，南方小城严寒湿冷，雪花像鹅毛一样洋洋洒洒地铺满了整个世界，可一会儿，那晶莹的白色就化为略带灰暗的雪水，让天地间充斥着一种浩渺的苍凉。

宋慕星休学了，她的生活又回到了沉默，没有多余的社交，也没有多余的纠葛，她在自己的小房间里日复一日地过着从书桌到床榻的生活，任何事情都难以掀起她的情绪波动。

宋慕星忽然觉得，生命这个词对她来说，不再是一件举足轻重的事情了。

周家人依旧不喜欢她，不过好歹井水不犯河水了。谢琴娟沉湎于光怪陆离的传说，每天在佛堂里进进出出，说是给周家祈些好福气。周铭和周天宇终于承认了他们先前的所有不对，虽然其中有周勤的缘故在，但他们向宋慕星道歉了。

孟欣萍的服装店生意搁浅，她得了空便来到宋慕星的房间陪她说些体己话，几乎是每隔一秒便要仔细查看，生怕女儿做出什么不可挽回的傻事。

宋慕星说不上自己的心境，只觉得有一种一眼看到人生边际的漠然感，生活好像一下子没了念想。

这个年过得沉默乏味。

不久，孟欣萍带着宋慕星一起回了乡下。

她们终于回到了这片阔别已久的土地，在坟前跪了好久，也终于明白陪伴是最长情的告白这个道理。可是，来不及了，风吹云散，树影婆娑，水面上只漂荡着残叶。

"树欲静而风不止，子欲养而亲不待。"宋慕星不知为何想起这句话，原来，那种苍茫空荡的失魂感真的会如此真切。

外婆的小平房还在，里面每一件东西都摆放得有条有理，严谨的生活态度可见一斑。电视机型号还是二十世纪九十年代初流行的那一款，不仅播放时有细密的杂音，还时常会在某一帧画面卡顿，沙沙的声音让人陷入无限的回忆。

孟欣萍点了个频道开着，才多了些热闹，不至于显得整个房间过于寂寥。

宋慕星来到小时候她和外婆一起睡觉的房间，恍若隔世。里边还有她的学步车、拨浪鼓和红帽衫，外婆都舍不得扔，放在一块儿整整齐齐，连一点灰都没有。

宋慕星想，她一定时常擦拭，不知道她在看着这些物件的时候，会想什么呢。

"小星，你还记得外婆常对你说的那句话吗？"

孟欣萍收拾着老人最后的东西，这块地方很快就会永远失去生的气息了。

宋慕星没有回答，但是脑海里一下子就浮现了外婆和蔼的面容。

——"我啊，不求咱们小星赚大钱出人头地，只要小星一辈子健健康康、开开心心，我这个老太婆，就知足啦。"

"妈妈，"宋慕星哽咽着，但语气意外坚定，"我会好好活下去。"

孟欣萍紧紧抱住了宋慕星，自己的女儿，自己在这尘世间最后一个血脉相连的亲人，她乖巧懂事，受了那么多的苦和难，却在此刻还能给予自己力量。

宋慕星回到嘉川后开始自行复习，她照例给《青刊》画插画，只不过不再是碧草晴天的少年时代，而是日暮黄昏的苍凉缩影。

一个人容易进入学习的倦怠期，直到她有一回看书，偶然读到《月夜轮人生》。里面写着一段话，她翻来覆去阅览了许多遍——

人生这条路不是一成不变的。人间的面，吃一碗少一碗；人生的面，见一面少一面。人生这条路只是一个减法。

她忽然就想起那一批人了，男生如骄阳，女生似甘霖，好像在某一个风朗气晴的日子，也曾递给她一张春天的邀请函。

转眼到了六月，似乎又是一个蔓草疯长的季节。

宋慕星拉开窗帘，久违地舒展了自己的筋骨。

那就见一面吧，她想。

07

嘉高正忙着送别这一届高三，各种解压活动和离别仪式突然多了起来。少男少女们举办了成人礼，十八岁的年纪，对世间万物都充满了勇往直前的热血。

曾妤和一众班主任一起，参加完学生的拨穗仪式后回到了办公室。

"曾老师，你们班之前那个女同学，还会来读书吗？"有老师突然开口问。

曾妤仿佛看到了曾经的宋慕星出现在眼前，她其实是一个认真而细谨的女生，平日里话不多，做的事情却都是踏踏实实的。

时间过得这样快，转眼间就到了他们这一届高考在即的时刻，她也不知道宋慕星眼下的决定如何。

所以，在收到宋慕星会来参加毕业典礼，虽然不再来班上学习但会参加高考的消息的时候，曾好的心情格外不同。

　　她提前在班里做了预告，希望大家不要做出任何惊诧的反应和不得体的行为。学生们通常称曾好为"曾姨"，说尽她的雷厉风行，却没有人知道，那些想要博取眼球的好事者来向她索要宋慕星的消息时，她一点也不会透露，宋慕星的学籍也是她一直在力挺保留。

　　兴许是太久没有出门的缘故，宋慕星更白了，也瘦削了很多，似乎风一吹便会倒伏在地。

　　宋慕星不戴助听器了，她的听力已经基本稳定，头发也长长了不少，她用最寻常可见的黑色发绳扎了个低马尾，大方地露出耳朵。

　　陈笑眉越过人群抱住了宋慕星："星星，你终于回来了。"

　　宋慕星微笑，也回抱住了她。

　　看到宋慕星抵达，江文翊用胳膊碰了碰身旁的蒋眠，示意蒋眠抬头："马上就要毕业了，到时候再见面就很难了。"

　　蒋眠依旧是那副遗世独立的桀骜模样，双手交叉叠在胸前，用黑色鸭舌帽挡住了脸。其实不用江文翊提醒，从她进入会场的第一刻起，他的目光便已经落在了她身上。

　　可是他以什么理由出场呢，在宋慕星的世界里，也许自己的出现就是一种错误吧。

　　脸上的帽子因为他不小的动作幅度掉了下来，蒋眠一下子慌了神，去捡拾帽子的时候，还是撞上了宋慕星的目光。

　　她似乎已经释怀，冲他抿了抿嘴角。

　　一天的时间很快结束，每个班级在各自的教室举行最后的仪式，过段时间就要高考，似乎是自成一派的传统，每个人都拿着自己准备的毕业礼物要送给想送的人。

　　曾好刻意回避了这样的情景，让学生们有一点最后的青春自由。

　　宋慕星给熟悉的朋友们每人画了一幅画，纸上的人物形象分外鲜明灵动。陈笑眉送了她一串手链，粉色的，据说可以转运。

　　宋慕星再次感谢："笑眉，谢谢你。"

　　随后，江文翊走过来戳了戳她，递过一支钢笔："送给你。"上面用金色字迹刻着"生生不息"。

她知道江文翊的意思，无比感激地点点头。

"那就再见了，祝你们毕业快乐。"宋慕星和他们挥别，好像这次的告别之后，便是千万个世纪的再也不见。

蒋眠在教室的角落里静静站着，可看起来极不自然，他懊恼地蹙眉，心事全然写在脸上。

"蒋眠，你怎么了？"

"没事。"

蒋眠径直掠过了询问的同学，冲出教室门，终是拦住了即将下楼的宋慕星。

"毕业快乐。"

那是一本精美包装的《小王子》，宋慕星垂在腿侧的手无端颤抖了一下，她无暇翻看，把书塞在自己的书包里，和蒋眠说了一句"高考加油"便继续往前进发。

"你的志愿，不会变吧？"蒋眠忽然提高的分贝在整个楼道回荡，少年勇敢坦荡，话语间却带着不住的紧张。

"不会变。"

宋慕星这次没有回头，而是摆了摆手，向他道别。

眼泪已然悄然滑落，少女狠心的诀别只是最后一丝体面的"挽尊"。

我的高三，再也不见。

坎坷悲欢太多，倒显得高考称得上是一件顺利的事情了。宋慕星和江文翊同分，两人都被京华大学录取，成为嘉川的理科双状元。

电视台有一个采访邀请，孟欣萍考虑到宋慕星的情况，回绝了。

她第一次跟周勤产生矛盾，周勤这一年的生意不再跟曾经一样顺利，对于宋慕星的好成绩，他觉得向外头展示炫耀也没什么不好，于是代为出面接受了采访。

家里难得出一个高才生，他是投资人，觉得自己拥有极高的荣誉。声名远扬的老板，现在又培养出一个这么优秀的女儿，外人皆道羡慕赞叹。

只有宋慕星知道，背后的她有多狼狈。

陈笑眉在京华传媒学院读新闻系，两人的学校很近，乘坐公交车五站就可以到达。宋慕星想，她那样开朗乐观的性格，也许真能做到她所说的"制霸娱乐圈"。

宋慕星和陈笑眉交谈时，有意无意提到了蒋眠。

"你说这人还真是天赋异禀，本来是个体育生，结果靠文化分就直接上了京华最厉害的警校，我真是服了。"

这……也算夏日圆满吧，宋慕星在心中为那人鼓了掌。

2008 年的暑假，北京奥运会开幕。

宋慕星一个暑假不知道翻来覆去把《北京欢迎你》听了多少遍。

"迎接另一个晨曦，带来全新空气。"这句歌词就像她此刻的人生，新的篇章正式开启。她就这样拿着自己的大学录取书，愣愣地由孟欣萍给自己照了张相。

孟欣萍终究没有跟着宋慕星一起去京华，那天她打包了许久的衣物行囊和美食特产，偏偏没有提及自己的未来。

她跟周勤的关系不再如从前那般和睦，但还算过得下去。

"小星，妈妈有自己的打算，不想拖累你。"孟欣萍不知何时已经生出了白发，"你也该开始自己的新生活了，不用时时刻刻都把妈妈放在第一位，这个世界还有许多精彩等着你去探索呢。"

宋慕星拿到了奖学金，私心里觉得自己有了一些与世界抗衡的资本。

如果说做一个安分守己的好孩子是她前十八年宿命的追求，那么现在，她决定去做一些突破常规的事情。

她一向羞于显露的耳朵上多了耳洞，银色挂坠耳饰分外显得朋克风。她去染了头发颜色，烫了个大波浪。市面上流行着破洞风、嘻哈风的穿搭，不适合女生，宋慕星却入手了许多，一张乖巧的脸配上这一身行头，竟然有一种出奇的视觉碰撞，显得意外帅气潇洒。

这一走就是三年，宋慕星除了节假日之外，几乎与京华融为了一体。不过她心中时刻都记得孟欣萍，每当自己的设计兼职赚到了钱，她总要汇其中的大部分到自己的母亲那儿。

　　人人都感慨京华建筑系那位系花的美艳骨感，却不知晓她背后的柔情。

STAR 06

好久不见　▽

01

　　"今晚有个联谊，你们去不去？"

　　大四上学期，大家的话题好像一昼夜便发生了巨大的变化，从学业绩点变成了工作着落，从谈情说爱变成了谈婚论嫁。最后的时刻来临得突兀，还没有做好长大的准备，却要被迫半成长为大人了。

　　宋慕星和宿舍里的女生关系尚可，不算交心，但也没有什么大矛盾。大家见宋慕星虽然有着不好接近的外表，但是为人随和友善，所以有什么事情也会带着她一起参加。

　　这几年，宋慕星最大的心愿就是在京华找到一份合适的工作，毕业后留在这里。幸运的是，她设计的那些作品评价都不错，她的能力也称得上是学生中的佼佼者了，京华最大的建筑设计院已经向她抛出橄榄枝，只等她毕业便可入职。

　　"听说这次联谊可牛了，都是人民警察大学的，万一不小心一个对眼，咱们以后就是警嫂了。"室友马晴喜欢看偶像剧，此刻已经开始了梦一般的畅想。

　　"都去吧都去吧。"另一个室友郑晶莹也开始附和，"张盛让我多带几个美女去，咱们宿舍那不得整齐出动。"

"宋慕星，你也去呗。大学四年，总要参加一次吧。"

从她们这个话题开始的第一秒，宋慕星的注意力已经完全不在自己手边的作业上了。

京华人民警察大学，那是蒋眠的学校。

上一次和他见面还是宋慕星作为优秀毕业生回嘉高发言的时候。

那天与江文翊的见面不算意外，可身旁的蒋眠就像是阔别许久的老友，见面时有种说不出的遗憾与怅然。

"班长，你们也在。"

江文翊感知到二人间微妙的磁场，也不知是解释给谁听："蒋眠作为上一届田径队的代表，给想考警校的学弟学妹提供些参考。"

蒋眠没说什么话，这些日子里他越发沉默寡言："最近还好吗？"

这话是对着宋慕星问的，她却回答不上来。

幸而话语间，有个穿着钉鞋的学弟插进众人之间："蒋学长，我也想考你的大学，我想问我接下来应该往哪些项目上努力啊。"

蒋眠耐心地解答了他的疑惑，还被要了联系方式。

临别前，学弟悄悄地问了句："学长，那是你女朋友吗？好漂亮啊。"

这声音不大不小，刚好落到宋慕星耳朵里。

同样，蒋眠的话语也足够清晰地被她捕捉："别胡说，这么些年也没追到呢。"

宋慕星心中一动，假装没听到，转移了视线。

其实，蒋眠平常的学业和训练非常忙碌，宋慕星的课程和实践活动也排得很满。在此之前，他们只见过几次面。

印象最深的，是大一刚开学那天，蒋眠站在京华大学的校门口，见宋慕星抵达，他便有如松了一口气一般，只说了一句"我带你去报到"，便一言不发地拿过宋慕星的行李，把她带到建筑系的报到处，将她平安送到宿舍。

宋慕星说了声谢谢，他也只是简单地点点头。

她在宿舍的阳台上看着他渐渐离开林荫道的身影，有些出神。

那本压在书包里的《小王子》，好像在发烫。

联谊活动赴约那天，宋慕星心中莫名紧张，幸好她前些日子约了陈笑眉相伴，才不至于过分局促。

不过，一进会场的大门，宋慕星就有些后悔了。

也不知道组织者是谁，地点挑选得可谓是奢华，照理说大学生可以选一个自然明媚的阳光场所，可这舞会一般的场地布满了玫瑰和各式香槟，怎么看也不像是个"正经联谊"。

可是你要说它"不正经"，它又分外接地气。

因为宋慕星从踏入这地方第一步，就嗅到了一股莫名不和谐的烧烤味道，走近一看，还真是一帮大老爷们坐着小马扎，在烧烤架边挥汗如雨。

这不会就是传说中的联谊对象们吧，宋慕星看着他们被炭熏得黝黑的脸，不禁想这联谊大概是达不到半点效果了。

不过也好，她随意扫视全场，他不在，省了自己很多多余的想象。

"所以到底为什么要在这么高档的地方吃烧烤呢？"宋慕星百思不得其解，"而且还非要在晚上，在这种蓝紫的光下烤东西。"

她和陈笑眉挑了个角落的位置，开始认真地挑选起甜品。

"别提了，我都有点后悔了。"陈笑眉的八卦能力丝毫不减当年，"这个场地是那些男的合资租的，听说晚上半价。哦，对了，那些花和气球可别碰啊，听老板说弄坏了还要赔钱。"

此时，沉默成了宋慕星最好的心情写照。

宋慕星今天穿了条露肩设计的红色长裙，背后是镂空设计，还有一个蝴蝶结。大波浪配上流苏耳坠，美得不可方物，妖冶如野玫瑰，美中带刺。

人虽然坐在角落，但是已经陆陆续续有好几个男生过来跟她要联系方式了。

她直接拒绝，却不想这些追求者越挫越勇，一个个鱼贯而上，甚至有一个夸张的男生一看到宋慕星便直言那是他的"菜"，被拒绝之后还非要死缠烂打。

过了一会儿，那男生的朋友似乎是想要争口气，走过来对着宋慕星便是一番不入流的调侃。

见宋慕星脸上的不悦越来越明显，他也不在意，说的话越发不识好歹，简直在宋慕星最后的心理防线试探着界限。

宋慕星想，自己再安静下去就不礼貌了。

她杯中的红酒一口未喝，这会儿倒是有了用处。

说时迟那时快，那男生的朋友被扑面而来的红酒给蒙住了双眼。液体蔓延的速度极快，宋慕星的手法也极其快准狠，他的脸颊上在疯狂向下淌酒。

陈笑眉在一旁看得目瞪口呆，星星真的变了很多，她知道怎样替自己出头，也知道怎样维护自己的一切了。

毫无疑问，这是个好变化，而且这种凛然的眼神，简直自带霸气的光环。

那男生的朋友也气急了，拿起自己的红酒也泼了过去。

就在他动手的这一刻，有一个身影忽然出现，及时挡在宋慕星面前。顷刻间，红酒在他的白衬衫上氤氲出分明的痕迹。

仅仅看着来者的背影，宋慕星的心中便掀起了惊涛骇浪。

蒋眠，好久不见。

02

男人很高，头发不长，白衬衫配黑色西装裤，分明是庄严出席活动的模样，但他脸上却写满了不耐烦，眼中的冷峻仿佛是一座深不可测的冰山。

最开始搭讪的男生不停地道歉，说自己朋友喝醉了，让宋慕星别往心里去。

知道是自己理亏，那人也说着"不好意思"，拉着同伴落荒而逃。

全场忽然陷入一种尴尬的沉默之中。

"没事吧？"阔别已久，蒋眠的话里没有任何表达欣喜的字眼，只是轻描淡写地瞥了宋慕星一眼，一副惜字如金的模样。

"没事，谢了啊。"

两人都是要强的性格，宋慕星此时也不愿表达自己内心难以平复的波澜，而是保持着事不关己的冷漠神情。

"没事就行。"蒋眠换了一个方向走去,似乎是想去处理自己的衣服,末了,留下一句意味深长的揶揄,"你身手真是不错。"

待他消失于会场,大家又恢复了方才的那般喧哗。

女同胞们一个个叽叽喳喳,兴奋得就像亲眼看到了自己的偶像一样。

"刚刚那个就是警大校草,果然名不虚传,真的好帅!"

"他还路见不平,拔刀相助呢,真是个有情有义的男人,不知道他有没有女朋友。"有人八卦地问。

"这你们就不知道了吧,他可不是一般人,听说大学四年愣是没谈过一次恋爱,平时嘛……也就跟京大的学神江文翙关系挺好的,总是看到他们两个走在一起。"

当陈笑眉带着这一箩筐的逸事回到宋慕星身边时,嘴边是藏不住的笑意。

"你竟然听了那么久。"宋慕星不禁对陈笑眉的耐心感到敬佩。

蒋眠和江文翙关系好也不是一天两天了,他们在高中就是好兄弟。现在,京大和警大在一个大学城里面,他俩常常见面是一件再正常不过的事情。

"就当找个乐子听听嘛。"陈笑眉朝宋慕星眨眨眼,"不过蒋眠可真离谱,这么优越的条件愣是大学四年一个对象都没谈过。"

对啊,他为什么不去寻找一个情感归宿呢?宋慕星默然,可是转念一想,他主动来了这次联谊,想必是渴望一段崭新的爱情的……

如此,她忽然心中感伤。

"聊什么呢,老同学们。"江文翙在二人身边停下。文气的男生已成长为斯文儒雅的绅士,举手投足间的高贵和从容无法掩盖。

"班长,太巧了,"陈笑眉立刻热情地打招呼,"我俩刚想过去和你打个招呼呢,你就过来了。"

宋慕星没有陈笑眉那样精妙的话术,她和江文翙同校,还在公共大课里一起完成过小组作业,所以并没有多少惊讶。她只是轻轻颔了颔首:"江文翙,你也来了啊。"

"不去看看蒋眠吗?"江文翙的话单刀直入,"我看他刚刚好像被泼得不轻，今天又凉，说不定会感冒。"

"去吧去吧。"陈笑眉已经在推宋慕星了。

谈起蒋眠，宋慕星的理智总是会在顷刻间土崩瓦解。这些年来，宋慕星见过很多追求者，她说不准自己的感情，但她在不知不觉间习惯性地把他们和蒋眠对比，他们各有各的好，可她总觉得缺了些什么，除了蒋眠，再没有任何一个人走进过她的心里。

升入大学以后，宋慕星找到了当年爆炸案的办案民警，听他讲述了关于她父亲的案子，最后才得知蒋眠的父亲是一个被怀疑者。

大楼爆炸前，有两个人进入过大楼，其中一个是蒋眠的父亲，另外一个不知所终。

没有任何人知道那个不知所终者的身份。

那时候的监控和各项信息勘查系统并不发达，在二人进去后不久就发生了爆炸。只有蒋眠的父亲被救了出来，他因为巨大的舆论压力和"嫌疑"的身份，平静的生活被彻底颠覆。由于他始终无法提供有效的线索，后面甚至直接远走他乡躲避风头，所以舆论中怀疑的矛头全然落到了他身上。

幸运生还似乎成了他的一种错。

宋慕星了解到蒋眠的父亲只有小学文凭，是一个普通工人，他根本没有理由，也没有能力去制造一场爆炸案。

这是一场误会，显而易见。

站在房间的门口，宋慕星开始踌躇，她当年对他的那一份冷漠，现在显得是她的过错了。至少，她欠他一个明了的道歉。

可她现在又能够以什么身份去给予他多余的关怀呢？

不过，里面不小的声音倒是让宋慕星听得真真切切。

03

几年不见，女生的稚嫩早已转化为女人的成熟，卢玥的影视之路走得一帆风顺，她因为一组校园写真而走红，如今也大大小小拍了几部剧，小有名气。

"你看看你，衣服全都湿了，万一一会儿着凉怎么办？"卢玥声音嗔怪，带着撒娇的意味。

对面的人则反应平平："我没事。"

"你这弄得我都好奇了，到底是何方神圣，能让我们的蒋少那么热心，"卢玥不禁开始打趣，"隔壁好像还有备用衣服，我去替你拿。"

"卢玥。"蒋眠忽然的郑重语气，让门外的宋慕星都吓了一跳。

"怎么了？"

"别在我身上浪费时间了，我们不合适，"男人一字一句，分外铿锵，"是不会有结果的。"

卢玥的动作瞬间顿住，连带着宋慕星的心跳也漏了一拍。

"我现在知道是谁了。"半晌后，卢玥的话语更像是自嘲，"故人重逢，情意真是分外浓啊。"

她打开门，意外地和宋慕星对视，她极为不屑地冷哼一声，随后便头也不回地离开。

宋慕星呆滞的模样就这样全然暴露在蒋眠眼前，二人相望许久，却没有人开口打破沉默。

"你还是那么喜欢偷听。"许久，蒋眠的一句玩笑话舒缓了气氛，"来都来了，劳烦宋小姐帮我去隔壁拿件衣服好吗？"

"好。"

说来也奇怪，她今日的穿着分明形同骄傲的公主，但是遇到他时，宋慕星却感觉自己窘迫得无处遁形。她逃也似的去隔壁的房间拿了一件最普通不过的衬衫，随后深吸一口气，才重新来到蒋眠的房间。

因为被红酒泼湿的缘故，他衬衫半开，露出宽阔的胸膛。

他面前是一杯曼哈顿鸡尾酒，红色的液体看起来摄人心魄，这杯酒和宋慕星今日的裙子颜色一模一样，看着他将那杯酒一饮而尽，她的脸莫名有些烧得慌。

"拿好了。"宋慕星站在门口，和他相隔的距离如同银河。

蒋眠失笑："这么害怕我？"

蒋眠说："走近一点，我够不到。"

"哦。"

于是她走近几步，将衬衫递到了他的手上，随即作势就要离开。

"你没有什么话想和我说的吗？"蒋眠在背后叫住她。

"我……"

"既然你没有，那我有。"蒋眠忽然站起身，拉住了宋慕星的手，他的力气比当年大了很多，声音也更加富有磁性，多了说不出的成熟味道，"宋慕星，我好想你。"

几乎是直击心灵的触动，宋慕星的身影顿住，回头望向蒋眠，他依旧目光深情。

"你喝多了。"宋慕星不知道如何回应，索性转移话题。

"我没有喝多。"

蒋眠只是轻轻一揽，她便跌入他的怀中。

酒精和荷尔蒙在空气中无限碰撞，他的动作极度温柔，像是对待一件失而复得的宝物。蒋眠的手抚在她的腰间，他手心的温度很高，莫名让人有一种被包围的安全感。

宋慕星紧张得忘记了思考，那样近在咫尺的距离，她却只能如同可怜无助的小白兔般紧紧盯着他。

"你今天，很漂亮。"

蒋眠的唇温软，因为刚刚喝过酒的缘故，果香夹杂着烈性，但是他的力道又极度柔和缓慢，一点一点地逐渐深入，慢慢地进攻着宋慕星仅剩的一点理智。

她早已无法呼吸，胸腔里喷涌而出的炙热情愫在顷刻漾成暧昧的呼吸，在二人的纠缠里逐渐升温。

待到二人再出现在众人视线里的时候，蒋眠已经换了一件干净无瑕的白衬衫，宋慕星的蝴蝶结也被系得整整齐齐。

两人一前一后出现在联谊会场，成为一道靓丽醒目的风景线。

众人都在惊诧于他们怎么会有交集，只有陈笑眉和江文翊在一旁表现得极为淡然，看起来丝毫没有被吓到的模样。

"我以前就看出你们俩不对劲了。"待到联谊结束，陈笑眉和宋慕星一起走在去车站的路上，开始了名侦探一般的推理。

"本来我觉得不是他喜欢你，就是你喜欢他，"陈笑眉冲宋慕星挤眉弄眼，"没想到，你们俩竟然是两情相悦。"

"笑眉，别瞎说。"宋慕星回想起刚刚的画面，不禁不自在起来，"我和他没什么的。"

"那你怎么脸那么红，嗯？"

宋慕星依旧嘴硬："那……那是我酒量不行，一喝酒就上头。"

"别狡辩了星星，你的口红好像花了哦。"

"真的吗？"宋慕星暗叫不好，赶紧拿手挡住了嘴巴，看起来一副此地无银三百两的模样。

"我逗你的，你怎么那么紧张啊，果然啊。"陈笑眉凑近宋慕星。

"陈笑眉，你讨厌。"宋慕星佯装嗔怪，作势便要去打她。

这时，一辆白色宝马停在了二人面前，前排窗户被摇下来，是江文翊。

"上来吧，送你们回去。"江文翊摆了摆手，"太晚了，你们两个女孩子回去不安全。"

"谢谢班长。"陈笑眉毫不见外。这么多年过去，她这声"班长"叫得还是那样得心应手。在她的眼中，老同学就约等于半个家人，和家人自然不必客气，所以她也从来不和江文翊客气。

"那就麻烦你了。"宋慕星也诚挚道谢。

结果陈笑眉刚打开后车门，就条件反射似的退后一步，随即端庄而若无其事地打开了副驾驶的门："我还是坐前面吧，我怕我晕车。"

宋慕星不明就里，狐疑地往后座看，只见蒋眠稳坐如泰山，即便是在黑暗中，也依旧可以透过星星点点的路灯灯光看到他的轮廓。

宋慕星极为不安地坐在了蒋眠身边，深刻体会到了"如坐针毡"这个成语的含义。

蒋眠倒像是个没事人似的，在一旁睡得安稳。

"你们说也真是奇怪了，这千杯不倒的蒋眠，竟然也会有这样的时候。"江文翊一边开车一边还不忘打趣，"今天只是小酌几杯，就醉成这个样子，一路睡到现在了。"

他果然是喝醉了。

宋慕星心中忽然松懈了下来，觉得事情没有她想的那样焦灼。可是想起两人方才的举动，她又不免失落，如若他清醒，应当不会做出那样大胆的举动吧。

那他对自己的情意，究竟有几分是真，几分是假呢？

04

"时间过得真快，一转眼就大四下学期了，感觉和高三毕业也没什么区别。"江文翊今日似乎有些过分活跃，"你们毕业后有什么打算吗？"

"不知道啊，"陈笑眉一向是乐天主义派，直到火烧眉毛才会紧张的类型，"等着看有没有公司愿意要我吧，没有的话，我就死皮赖脸凑上去。"

江文翊失笑："真不愧是你，陈笑眉，这么多年一点没变。"

"我的话，应该会去光汇设计院。"宋慕星也紧随其后。

"厉害，提前拿到光汇的 offer（录取通知）可不是件容易的事情。"江文翊立刻恭维。

"宋慕星，你说你这么优秀一个女孩子，为什么不考虑谈个恋爱呢？"不知为何，在开过一个十字路口的时候，江文翊忽然问。

这样正经严肃的一个人，从他嘴里说出这种八卦的问题，总觉得有些莫名其妙的诡异。

"啊，我……我可能还没遇到合适的，如果一直遇不到的话，一辈子不找也说不定。"

话音刚落，一旁的蒋眠忽然身体抽动了一下，宋慕星反复确认了好几眼，生怕是自己看错了。

"不得不说，你和蒋眠还真像啊，仿佛一个模子里刻出来的。"江文翊打趣着。

宋慕星一愣。

车已经开到了学校门口，江文翊打断她的思绪："好了，你们先下去吧，我去停车。"

待到两人都离开，江文翊直接"重重"打了后座上的人一拳："好了，别装了，这下子帮你套话套得全面了吧。"

蒋眠侠义抱拳："够义气。"

"那你接下来打算怎么办？"江文翊开始寻找停车位，眼神中多了一丝茫然。

"追呗，这次我不会再尿了。"

"那，祝你好运。"

也不知是不是"因福得祸"，学院辅导员不知从何处知道宋慕星学过跆拳道的事情，请她去参加新生的军训，还促使她成了特邀嘉宾表演跆拳道。

宋慕星的初心其实是"凡事做最坏的打算"，出于让身体素质变好一些的目的，才趁着课余学习了跆拳道和空手道，实力一般但胜在努力。

她没拒绝对方的要求。

京华生源优秀，老师们想要学生德智体美劳全面发展也是情有可原，然而，当宋慕星一袭武道服出现在众人面前时，她还是有些消极怠工的情绪在其中的。

直到她在新生军训仪式现场，看到了一个再熟悉不过的身影。

这一届的教官会从警大里面挑一些优秀的学生教官，宋慕星略有耳闻。可是她没想到，和蒋眠的第二次重逢竟然会来得这么快。

明明是穿着和大家一样的军训服，他却分外显眼，无须在人群中多看，便能轻易将他认出。不得不说，警校的男生气质确实是一等一的好，那样正气凛然的模样，配上他们挺拔的身姿，真是过分优越。

而令她吃惊的是，在校长宣布教官代表发言时，蒋眠走了上去。骄阳似火，她用手遮住阳光望向主席台，一时间竟然忘记了鼓掌。

宋慕星的跆拳道表演任务有些令人啼笑皆非，需要在每个连面前表演一遍跆拳道，再从有兴趣学习的同学中选出身体素质不错的，汇集到军拳队伍中去。

轮到蒋眠带的那个连时，竟然有学生想要和她一较高低。

宋慕星看向男生好胜的面庞，没有拒绝。

上一秒，众人还在诧异这样瘦弱温婉的一个人能使出多少气力，下一秒便见那男生坐在地上苦苦求饶。

她打赢一个普普通通的大学生，还是可以的。

随后的局势便一发不可收拾，有更多的挑战者走来，说要和她比试。

宋慕星不是会拒绝人的性子，看到大家如此积极，她几乎是全部应了下来，比了三四个，她的状态明显下降，开始有些乏力。

　　"行了行了，都别比了，"蒋眠忽然出声，厉声喝止，"全部给我归队。"

　　"教官，你和这位美女学姐也比一个呗。"

　　"比一个，比一个！"

　　"比一个，比一个！"

　　他们俩站在一起，莫名地有种天生一对的相配感。学生们的呼声越来越高，宋慕星看向蒋眠，轻声说了一句："来吧，比一个。"

　　蒋眠知道自己拗不过她，只得屈服，默默接受安排。

　　宋慕星其实心里很没底，她不知道他要怎么和自己比试，按他的真实水平，指不定自己要输得狼狈，甚至被打趴下也不是不可能的事情。

　　宋慕星做好应战准备，摆好姿势等待蒋眠进攻。

　　没承想过了半天也没见他有什么大举动，一直在前后做可有可无的徘徊，少有的几个假动作也很假。

　　于是宋慕星不再和他进行无所谓的拉锯战，径直发起了进攻。

　　蒋眠如同一位演技拙劣的龙套演员，还没等宋慕星的拳头落到实处，便直直倒在地上，露出痛苦的表情。

　　宋慕星诧异至极——我都还没用力呢……

　　立刻有不少学生喝倒彩，对他的行为表示鄙夷，蒋眠都一一驳回："都散了，赶紧开始训练。"

　　待到蒋眠中午时分散训，宋慕星还站在一旁的树荫下等他。

　　"你刚刚，其实不应该让我，"宋慕星极其认真的口吻让蒋眠心中一怔，"用你真实的实力和我来一场比赛吧。"

　　"你确定？"男生吊儿郎当地插着裤兜，还打了个哈欠。

　　"确定。"

　　蒋眠却不怀好意地发问："那要是你输了，怎么办？"

　　"任你处置。"宋慕星毫不胆怯，"当然，你输了也一样。"

　　"哦。"蒋眠倏地把手上的水瓶扔在地上，语气很轻飘飘，带着挑逗的笑意，"这可是你说的。"

　　蒋眠也不再收敛自己的实力，摆出一副严阵以待的姿势。他在警校的功课学得很扎实，不到两分钟，宋慕星便输了。

尽管他并没有真正打疼她。

宋慕星却揉了揉发酸的腰："愿赌服输。"

蒋眠沉默了几秒钟，然后满意地打了个响指："那就，每天给我送一瓶水吧。"

05

在蒋眠沉默的时间里，宋慕星构想了一万种可能，甚至联想到"做我女朋友"这样的事情，没想到下一秒便听到了如此简单的要求。

她不禁在心里嘲讽了自己一番，还真是过度高看自己了，人家根本没工夫搭理你呢，只不过把你当成跑腿的工具罢了。

蒋眠失笑，拿手在宋慕星面前晃了晃："你那是什么表情。不愿意？"

宋慕星觑了他一眼："愿意。"

说罢，她没有再理他，自顾自赌气似的跑开了。

这任务不难，但不知为何，宋慕星回去后，越想越觉得有哪里不对劲。

翌日，她还算空闲，路过学校的超市时想起了自己和蒋眠的承诺，于是顺手买了一瓶水向操场方向出发。

人头攒动的操场，太阳炙烤着无数军训学子，每一个新生的脸上都写了疲惫。今年的温度很高，还要坚持这般高强度的运动，着实是有点难为他们了。

今日没有着装的要求，宋慕星换了自己上课的装扮，白T恤配牛仔短裤，整个人很是夺目。

蒋眠带的一连就在显眼处，不用多时，她便轻而易举地找到了。

只不过她来得不巧，如火如荼的训练正在展开。于是宋慕星找了块阴凉地，耐着性子在旁边看了一会儿。蒋眠没有注意到她，他当教官时严肃认真，和平日里那副模样大相径庭。

好不容易等到总教官吹哨，他们才静坐在原地，开始喝水休息。

宋慕星也瞅准时机，走上前靠近蒋眠。

在清一色绿油油军训服的映衬下，宋慕星这般模样十分亮眼。她并没有注意到，不少学弟学妹的目光已不约而同地落在了她身上。她身材的比例极好，加上一双长腿又白又直，虽然戴着大大的帽子看不见她的脸，但依旧可以看出是个一等一的美人胚子。

"给你。"宋慕星拍了拍蒋眠的肩膀，直接把水扔给他。

她本以为是一件平平无奇的小事，周围人却突然发出此起彼伏的喧哗声。

"哇哦——"

上一秒还在哭天喊地的学弟学妹们，下一秒便迅速觉醒，脸上又焕发出少年人的生气。

虽然，这动机有点不对劲。

很快有有心之人认出宋慕星是昨天来给他们展示过跆拳道技术的美丽学姐，那个能够"不费吹灰之力"打败他们冷酷教官的奇妙存在。

平日里一丝不苟的教官，此时脸上也露出了一丝微妙的表情。

任凭明眼人一看，便知道其中的端倪。宋慕星暗叫不好，她不适应这样的场合，于是扔给了蒋眠一个眼神。

他也瞬间明白，厉声喝止了身边人的起哄。没承想适得其反，大家虽然噤声，但是眼中的八卦心情显然按捺不住，交头接耳的声音窸窸窣窣。

宋慕星默然离开操场，总觉得中了某人的奸计。

消息的传播速度分外惊人，两人的绯闻像插了翅膀似的在校园里传播，引起了不少人的议论。宋慕星的室友马晴和郑晶莹见宋慕星回到宿舍，便开始了盘问。

宋慕星听着她们说的"两情相悦、他乡相逢、旧情复燃"的传言，只觉得分外离谱。

但不得不说，有点贴切。

宋慕星赶紧摇头，暗暗扼杀了自己这样轻浮的想法。

不过，每日除了给他送水，她这几日还跟着钱教授，赶在毕业前夕立了项，接到了一个公共设施的设计工程。

每天在工作室埋头苦干，宋慕星甚至觉得自己像个没有感情的赶进度机器。

今年，钱教授的小女儿考上了京华大学，三天两头地往他的办公室跑。钱教授是个"女儿奴"，几乎是将女儿的每一句话都细心聆听的程度。

宋慕星不知怎的想起了远在嘉川的孟欣萍，心中蓦然一酸。

事情就是这样凑巧，钱教授的小女儿刚好是蒋眠连下的队员，也不知是她说了什么，或是钱教授自己的猜测，总之，一向待宋慕星如亲女儿的钱教授某天忽然苦口婆心地说："你是个好苗子，现在固然是要抓紧弄事业的时机，但是也要注重私人情感的培养，尤其你那么要强的性格，遇到好的人，可以积极试一试的嘛。我对你有信心，工作和爱情，你肯定能做到两不误。"

宋慕星除了微笑，还能做什么呢？

钱教授想起什么，说："哦，对了，还有一件事情。三楼工作室的钥匙，你可得看好。"

这突如其来的话题转折让宋慕星吃了一惊，问："教授，是发生了什么事情吗？"

钱教授摇摇头："说不准，但最近是有些奇怪。总之，你去工作室的时候多留心些。"

宋慕星狐疑地答应着，心中却还是觉得蹊跷。

"听说了没，实验楼三楼闹鬼啊。"

宋慕星没想到这个疑惑的解答，竟然是去给蒋眠送水时得到的。

不得不说，这新生的消息就是比自己灵通，临近毕业，她对于学校的逸事毫无兴趣，只顾全身心地张罗自己的工作进程。

蒋眠去一旁开会了，宋慕星这回送完水没走，站在一旁和大家聊起天来。

连着几天打照面，大家早已把宋慕星当作了自己人，聊八卦也没有落下她。毕竟美女姐姐不仅比那个整天只绷着脸的教官性格好多了，今天还请整个连的人喝了冰鲜柠檬水。

"真的假的？！"瞬间，全场变得无比安静。

宋慕星虽然觉得荒谬，但还是条件反射性地加入了聆听队伍。

"你们真是消息落后。"连里最活跃的"大喇叭"秦默喋喋不休，

"还记得咱们上星期那个忽然受伤的高数老师吗？他那天就是路过那儿，看到了鬼，这才跌倒摔到了楼下。

"还有三天前那个进医院的管理员，不是对外宣称是晚上检查门锁的时候没看好路，才从楼梯上滚下来的吗？其实真相是，他被某些不干净的脏东西缠住了。"

"天哪！"

大家震惊了。

宋慕星也记起了那两件诡异的事情，但她没想到背后的故事一传十，十传百，竟然变成了这个模样。好些好事的男生还故意装神弄鬼，添油加醋地描述了一番，有几个胆小的女生已经被吓得尖叫。

宋慕星也蓦然感到背后一凉。

"好了好了，你们别多想，还是好好训练吧，不然一会儿你们教官来又要说你们了。"宋慕星摆出学姐的姿态，偷偷摸了摸自己身上的鸡皮疙瘩。

秦默："学姐，你不怕吗？听说你要去工作室，那好像也是在实验楼三楼哦。"

那是自然……怕。

宋慕星联想到今天钱教授对自己说的那番意味深长的话，不由得开始紧张。

她虽然是个货真价实的唯物主义者，但是天生的胆小性子是纵然在进修了无数体能训练的情况下，也无力改变的事情。

"在干什么呢？"幸好，蒋眠的忽然到来打断了她乱七八糟的思绪，"平时训练的时候一个个蔫得跟什么似的，现在又生龙活虎啦？"

"我们在和学姐聊天呢。"秦默继续油嘴滑舌，搬出宋慕星这座佛，"是吧学姐。"

"嗯嗯。"宋慕星仓皇应着，随即顶着一身的战栗回去了。

这八卦还真是不如不听。

06

这一天深夜来临，偏偏就是这样不凑巧，工程对接的甲方忽然发来一堆新的要求，并且说第二天开会就要用到，这便需要宋慕星连夜整改前一套方案。

没办法，实验楼三楼，不去也得去了。

大家各奔东西在即，宋慕星也不想麻烦别人大半夜陪自己走一趟，便独自前去了。

宋慕星的帆布包里装着钥匙，她拿着手机开启了手电筒模式，墙上挂着优秀建筑作品的展示图，光芒在悠长无边的走廊里无比微弱。

秦默的话瞬间又回荡在脑海里。

"相信科学，相信科学……"宋慕星在心中默念。

眼看只差几米便能到达工作室的门口，她身边却忽然刮起一阵风。宋慕星瞬间被冷得发毛，极其困难地回了头，却看到楼道的窗户不知何时被打开了。

但无事发生。

然而，就在她放松警惕，觉得万事大吉时，定睛一看，她竟然真的看到窗户上有一道"奇妙"的影子。一块白色的布料在空中飘扬，随后，一张没有五官的脸忽然抬起，配上一头长长的黑发，显得无比恐怖。

宋慕星被吓得不敢再回头，不知道怎样做，但是依照现下的情形看来，愣在原地无异于等死。再三思考，她用更快的速度向着工作室进发。

可是身后的"鬼魂"竟然也跟着挪动，宋慕星立刻想起了前几日那些老师跌落楼梯的事情，开始后怕起来。

确认不是错觉的时候，她已经神情恍惚地站在了工作室门口，可是钥匙仿佛和自己作对一般，怎么样都无法开启面前的锁。

宋慕星真切地感受到一阵幽风在渐渐向自己靠近，然而她却无能为力。正当她感觉自己要陷入一种诡异的混沌空间时，工作室的门忽然打开了。

紧接着，还没等她看清眼前的情形，整个人便被不小的力道拉进了工作室。

里面灯火通明，呆若木鸡的宋慕星和许多双澄澈而无辜的眼睛对视。

宋慕星一眼便看到了其中的罪魁祸首秦默，白天还在嚣张地宣扬鬼神论，现在却蔫得宛如霜打的茄子。

她还没弄懂情况，便在角落里看到了一个正低头用手机打电话的熟悉人影。

是蒋眠。

可是，为什么蒋眠也会出现在这里呢？他们哪儿来的钥匙？

很快，秦默这个大话痨不打自招，不过表达的方式确乎有些不可理喻："学姐，你刚刚也见鬼了？"

"你才见鬼了。"宋慕星下意识地回了一句，"这大晚上的，你们不好好睡觉，都在这里干什么？哪儿来的钥匙？"

"这不是担心你的安危，我们特地前来'护驾'嘛。"

"说实话。"宋慕星不吃这一套。

"好吧。"秦默向后确认蒋眠的目光不在自己身上后，才压低了声音缓缓开口，"其实吧，我们不是听说了这里闹鬼的事情嘛，就想来一探究竟。没想到啊，还真撞见'鬼'了。幸好教官及时出现，把我们都拉到了这里，不然我们就要被那'鬼魂'推到地狱去了。"

"秦默，你九年制义务教育白学了？"男人猛然一拍秦默的后背，随即用手肘勾住他的脖子，"一点大学生的样子都没有，你再装神弄鬼吓唬人，下次直接给我做一百个俯卧撑。"

"教官，我错了，我错了还不行嘛！"

不过秦默真是头不死心的倔驴："可是教官，刚刚那'鬼魂'大家都看到了啊，这总不能有假吧。"

随即，他身后的那些人也纷纷点头。

蒋眠只是淡淡回了一句："子不语怪力乱神。"他毫不胆怯地走上前，掀开工作室窗边的帘子，"那些说有鬼的人，大可以自己过来看看清楚。"

宋慕星被人群裹挟，也来到了窗边一探究竟。

只见那"白色鬼魂"确实存在，并非空穴来风，但也绝非超自然生物。因为在下一秒，那"鬼魂"忽然停止移动，停在楼道的交界处，被伸出的一只人手揽住。

众人目瞪口呆——那分明是一块再简单不过的白色布料，上面甚至还有极其廉价的黑色假发。而它之所以能够平稳前行，不过是借用了再简单不过的滑轮装置。幕后主使只需待在原地，即能随意操纵这块布，只待有人经过，便可使它偏转方向，造成可怕的视觉效果。

此时，那人见没有得手，便收了家当，今晚的行动似乎要就此作罢。

令众人感到更加不可思议的是，操作者蓬头垢面，身上衣服破烂，是个瘦骨嶙峋的女人。

趁其他人的心思都在外面，蒋眠在宋慕星耳边低声说："别怕，是人。知道这件事后，我特地从你们老师那儿拿的钥匙，你工作室在这儿，有点担心。"

宋慕星看了他一眼，轻嗬道："谢谢。"

窗外，那女人拨开头发，露出一张毫无生机的脸。

宋慕星觉得对方眼熟，恍若似曾相识。

她皱着眉头在脑海中仔细回忆，这才想起对方是她初中辅导机构旁边超市的老板娘，宋慕星对她印象很深刻。老板娘人很好，有一次下大雨，孟欣萍没来得及接她，她在超市待了很久，有小孩对她做鬼脸，是老板娘将她维护在身后，还为了她和对方家长争执。

只是，后来超市关门，宋慕星去了嘉川，就再没见过对方了。

宋慕星不敢相信，但事实确凿，就是那位为人宽厚的老板娘在实验楼演了这样的一出戏码。

"虽然不知道她是出于什么目的把那些老师推下楼梯，但可以肯定的是，她已经涉嫌故意伤害。我刚刚已经报警了，警察应该很快就到，因为不能确定她的精神状况，所以你们就给我乖乖在这里待到警方来为止。"

秦默一众人乖乖点头。对上蒋眠的目光时，宋慕星也条件反射地点了点头。

很快，有呼啸的警笛声传来，几个警察控制住了门外装神弄鬼的女人。

宋慕星发愣之际，蒋眠坦率地走了上去，和为首的警察进行攀谈："辛苦师父了。"

"你小子怎么在这里？"

"白天听到学生说这事的时候留了个心眼，没想到还真能帮上忙。"

原来他们认识啊。宋慕星愣了一下，忽然记起蒋眠的警校生身份。那么，他认识一些警察前辈也是再正常不过的事情，有缘的话，说不定日后还能成为同事。

警察对老板娘进行了例行询问，前面几个基本的身份问题，她倒也支支吾吾地说了出来："俞如意，四十七岁……"

"你为什么要这么做？"

说到自己的动机时，她就像是换了个人似的，不仅说话颠三倒四，就连行为举止也变得诡异："是你们逼我……是你们逼我的，不，可可也喜欢画房子……"

俞如意拽着身边警察的衣角，眼中是无限的愤怒："你们害死我的女儿，你们都该死！我没有错，一点错也没有！我是清白的……清白的……"

女人尖厉的声音像是威胁，又像是祈求。

见她状似疯癫，警察只能先将她带回警察局，综合调查后再开展下一步行动。

正当看热闹的大家以为这场闹剧终于可以谢幕，意外却突然发生了——那女人失去理智，直直挣脱了警察，冲向楼梯口想要逃离，却撞上了正好站在那儿的宋慕星。

她这冲击的力度不小，宋慕星被撞得滚下楼梯。

疼痛感袭来的瞬间，宋慕星的意识一点点消逝，她只觉得自己翻转了许久，最后陷入一片漆黑。

她的腿疼得无法动弹，身上也有了不少擦伤，殷红的鲜血流淌，场面顿时变得乱起来。

"宋慕星！"蒋眠单膝跪在她旁边，手一边颤抖一边拨通了120。

STAR 07

小羊和小狗一直是好朋友

01

因为送医及时，宋慕星的伤势没有大碍。

处理完所有伤口后，医生开始对宋慕星滔滔不绝："你这小姑娘还真是不当心，怎么摔成这个样子了，最好住院观察几天……"

宋慕星为了自己以后生活得安然无恙，选择谨遵医嘱，在医院里住了下来。

唯一的好消息是，甲方决定暂时不改方案了，她可以好好养伤。

一个人在安静的环境待着的时候，会想起很多事情。宋慕星自诩是一个无趣的人，她不喜欢看泡沫剧，也不喜欢追星，生活中除了学习就是工作。

看着病房的电视里主持人和几个明星嘻嘻哈哈地玩游戏，她忽然觉得这世界上似乎只剩下她还在自己简单而单一的生活里打转。

幸好住院前她带了几本书、日记本和一些设计要用的纸笔。

味同嚼蜡地看了几本小说之后，她有些百无聊赖，疲惫地揉了揉眼睛。

在医院的时间似乎过得特别慢，宋慕星再抬起头时发现才下午五点。

她看了眼包里的东西，草草地拿出了自己的设计图纸，快速打了个底，三两根线条的组合排列，便使得错综复杂的建筑有了基本的雏形。

她工作起来便分外忘我。

把复杂的工作当成单纯的任务去完成，宋慕星觉得这比生活中大部分的事情要简单许多。陈笑眉打趣她"在二十一世纪还保留着每天写日记这种原始习惯的人，恐怕也只有你了"，宋慕星从不会去反驳，只是觉得贴切。

此刻，处理完工作后，她拿着笔，思索着最近发生的事情，像小学生记流水账一般写下日记的开篇。

这么些年来，她在语文方面的造诣实在是乏善可陈，不过也算是另外一种形式的自由，日记是写给自己看的，所以不用像等待老师批改的作文那样追求辞藻，也不必突出文章的主旨。

九月三号 天气晴

今天我住进了医院，腿伤好像有点严重，出乎我的意料，不知道老板娘是因为什么才变成那个样子的，希望她家里没有出什么事情才好。哈哈，我明明都因为她受伤了，却还要去担心她，这么多年了，这个老毛病还是很难改掉。

昨晚真的好险，好在有蒋眠，下次有空可以感谢感谢他。说起来，我真是欠他很多呢。

虽然已经二十一岁了，但总是觉得自己非常小家子气，胆子不够大，想问题也过于简单，听到"鬼"这种字眼竟然还会害怕……

宋慕星写完日记，拉开窗帘，开始描摹星空。

她对于色彩的把控极其敏锐，能够寥寥几笔便将生动形象的场景跃然纸上，因此老师也常常称赞她的设计效果，褒扬她天生为设计而生。

"咚咚咚！"

门被敲响时，宋慕星手上的最后一笔刚好停下。

宋慕星抬头，从门口的玻璃窗里看到了陈笑眉龇牙咧嘴的笑脸。

"我可以进来吗，大美女。"

"进进进。"

宋慕星沉寂了一天，除了和护士医生交流的寥寥几句，便再没开过口，如今看到自己的交心好朋友前来，她是喜出望外。

陈笑眉拿着一个大饭盒和一个红色大马甲袋，透过透明的材质可以看清里面是苹果和香蕉。另外，她的胳膊肘上还挂了一个果篮，里面放着许多个头可爱的小橘子。

在嘉川的习俗里，这是看病必带的水果嘉宾。

因为她后背的书包也鼓鼓的，最后就只能艰难地用脚把门带上。

宋慕星要不是受了伤还不能动弹，早就上去分担陈笑眉身上的重物了。见她气喘吁吁地把装备放在桌上，宋慕星忙不迭地把自己的水送上去：“喝水，喝水。”

“重死了，救命啊！”陈笑眉瘫坐在凳子上，“星星，我真是太爱你了，这么好的闺蜜，现在就算提着灯笼也找不到咯。”

“爱你爱你，太爱你了。”宋慕星疯狂噘嘴做亲吻状，她知道陈笑眉最喜欢这一套，“你就是我最爱的好闺蜜。”

“这还差不多，也不枉我爬五楼给你把这些东西带来。”陈笑眉用手指着自己的脸，“你看，我的妆都花了。”

两人聊了一会儿，陈笑眉将面前的大饭盒打开，一层是色泽金黄剔透的乌鸡汤，看上去分外诱人，另外两层分别装着红烧猪脚和糖醋排骨。

她还把身上的书包取下，里面装满了零食。

“不是都说吃哪儿补哪儿嘛，我可是特地给你做了这些。这只乌鸡是我从王姨手中抢过来的，加了十块钱的高价呢。”

“天哪，我真是太感动了。”宋慕星装作夸张到感激涕零的模样，事实上她确实格外受到触动，陈笑眉对自己的好是不计回报的。直至后来，宋慕星回想起这些事情来，依旧会觉得遇到陈笑眉是自己一辈子为数不多的幸运。

陈笑眉拿起水果刀，一边削苹果一边说：“多吃点啊，都给我吃光，医院的菜哪有本小姐做得好吃。”

和她的外表大相径庭，宋慕星的胃口一直都不小。因为近几年来没有恋爱的打算，她更是完全放飞自我。不多时，满满当当的一桌子菜，外加水果作为饭后甜点，她做到了完全光盘。

就连陈笑眉都不敢置信地确认了好几遍，看着宋慕星将最后一点酱汁吃光抹净，她不由得竖起了大拇指："牛啊，体训队的那些大老爷们都没你强。"

此时，病房的门恰好被人叩开，蒋眠和江文翊带着探病的东西从门口进入。

02

"吃得挺饱啊。"蒋眠打了个哈哈，不过这话听上去总让人觉得有哪里不对劲。

江文翊则比较含蓄地活跃了一下气氛："伙食不错。"

宋慕星只能保持微笑，幸好陈笑眉的话痨属性及时拯救她于水火之中，她一把接过两人手上的东西，示意二人坐在一旁的空床上，便和他们开始聊起来了。

两人照例慰问了一番宋慕星的病情。

宋慕星则像个乖巧的学生，十分认真地回答他们的问题。也只有沉浸在交谈之中，才能让她暂时忘记那种无名的窘迫。

"明天可能会有警察来找你了解情况，你不用担心，简单地回忆一下就好了。"蒋眠对宋慕星进行了事先报备。

一听这话，陈笑眉当即和江文翊对上了视线："啧啧啧，想不到蒋眠还有这么细心的一面。"

面对这么敏感的话题，宋慕星只能悉数收于心中，不敢多言。

想来，感情这件事情，旁人总是容易比当局者看得清楚，可她习惯了害羞和回避，不敢有任何作为。

好久没见面的老同学之间总是有说不完的趣事，不论是一起吐槽，还是谈论学生时代的某个焦点人物，往往聊到投机处，是可以兴奋到直拍大腿的程度。尤其是有陈笑眉这个"八卦收割机"在场，内容便变得更加精彩起来。

此刻她马力全开，完全释放出自己的天性——

"对，就那余舒怡，平时不是可拽了，恨不得把尾巴翘到天上去，你们猜现在怎么着，"陈笑眉捂着嘴偷笑，"听说高考没考好，就去做生意了，后来把家产败光了。

"还有秦斯然，去当空少了，听说现在风光得不行，在哪个航空，好像成了校草。上回他前女友和现女友直接为了抢他掐起来了，闹得不可开交……"陈笑眉的语气和精彩描述将这些画面变得生动形象。

宋慕星唏嘘不已，想不到四年过去，那些故人已经经历了全然不同的光景。

"'曾姨'，你们都还记得吧，今时不同往日，她现在变成副校长了，事也比之前多了不少。"陈笑眉看起来分外愤慨，"你们说现在的家长也真奇葩，他们自己的小孩上课玩手机，他们还非要说是老师管教不严。"

正讲到兴高采烈之处，突如其来的一个电话不留情面地打破了这气氛热烈的场面。

陈笑眉接了电话后忽然脸色大变："什么，今天来查寝？不是前两天才查过的吗？"

陈笑眉："还是导员亲自来了？得得得，我马上回来，你们先替我挡一会儿。"

"我今天有点特殊情况。"陈笑眉遗憾地看向宋慕星，然后转身和那二人交接"任务"，"那今晚我的星星就麻烦你们俩照看一下了，告辞告辞。"

"等一下，我送你回去吧。"江文翊从座位上起身，"大晚上的，你一个女孩子也不安全。"

"太麻烦班长了，万分感激。"陈笑眉没有客套，分外匆忙，"那我们先走啦，拜拜。"

"拜拜。"

宋慕星挥挥手，不舍地看着陈笑眉的背影。

等到两人将门关上后，宋慕星这才惊觉房间里只剩下自己和蒋眠独处。

她的心脏忽然开始"怦怦"直跳，仿佛要冲出胸腔。

好像连周围的空气都在升温，下一秒就要将她炙烤得毫无形状。

也不知道是什么时候开始，她冰封已久的心门，好像有一把滚烫的钥匙正在不断试探着开启。

这会儿的蒋眠看起来体贴备至，比起宋慕星浮于表面的慌乱，他似乎毫不紧张，不论是脸上的表情抑或手上的动作，都显得无比冷静。

时间已经不早，病人更需要好好休息。

他替宋慕星掖好被角，安置好她的伤腿，还帮她整理好枕头，无微不至。宋慕星好像一下子回到了幼儿园时代，乖巧地看着老师为自己忙东忙西一般。

"这样可以吗？"蒋眠问起她枕头的高度。

"可以可以。"

宋慕星躺在床上，以一个奇妙的视角仰视着蒋眠，他下颌线分明而凌厉，整个人显得比以前成熟。

有点帅……不对，是好帅。

宋慕星忽然在心里很没原则地花痴起来。

但很快，这种想法被一件更加危险的事情疾速抹杀——日记本不知何时，掉在了地上。

日记本被她随手放在被子边，没有任何遮掩，因为陈笑眉的到来，她一时忘了这事。此刻又因为一个无心之举，让蒋眠发现有东西落地。

房间很安静，这日记本的落地声显得分外突兀。

宋慕星似乎已经能够看到"蒋眠"的名字被放大缩小无数遍，呈现在蒋眠眼前。

而更加令人窒息的事情还在后边，宋慕星珍藏的那张照片，那张在"鬼屋"前神情不自然的、旁边还站着秦斯然的、属于她和蒋眠唯一亲密的照片，此刻毫无保留地暴露在空气之中。

正面朝上。

宋慕星确信蒋眠是看到了什么的，因为他的动作忽然顿住，眼神中也带着一丝怔默。

他会怎样看待自己呢？宋慕星不禁担忧起来，这仿佛是将自己的秘密放在大庭广众之下宣读。碍于身体状况，她无法迅速反应，整个身子往那个方向挪了一大截，呈现出一种奇妙的扭曲感。

蒋眠很快帮忙捡起宋慕星的日记，并且很有道德地一眼没看，合拢放在桌上。

可是那张照片，他拿在手中，不仅没有放下，反倒还多了一丝细细端详的意味："这你还留着？"

语气过分云淡风轻，宋慕星不知道这算什么，询问、质问，抑或打趣、嘲笑，似乎在蒋眠看来，自己和他唯一的合照在他心中并没有多少分量，甚至可能算作是一件累赘。

宋慕星忽然就有些泄气了，没有在第一时间回答他。

蒋眠也没有急着等待回应，而是把照片夹到日记里面，随即看向床上的宋慕星："这么紧张干吗？怕让我知道你喜欢秦斯然？"

宋慕星扶额无语。

"今天真是谢谢你啊，还特地来看我。"越慌张越是要装作坦然，宋慕星似乎早就将这种手段熟稔于心。

她毫无征兆的发言甚至把她自己都吓了一跳。

"应该做的，没保护好你，也有我的责任。其实当时我大意了，在俞如意情绪还不稳定的情况下，我不应该疏忽对她的看管。"蒋眠语气认真。

他已经事先了解过那女人的身份，再结合宋慕星看那女人的眼神中那种无法掩饰的同理心，不难推断二人先前应该是有些交集的。

宋慕星静静听着他的话，他全程没有用任何类似于"犯人""罪人"的字眼，也没有把俞如意发疯一般的举动描述得过于粗暴。

在事情的真相被查明前，擅自将人进行善恶的定性，是很片面的。

宋慕星忍不住想，他以后若是成为警察，肯定是一名好警察。

03

"我给你讲个故事吧。"蒋眠忽然搬了椅子坐在她床边，清了清嗓子，看起来无比郑重。

这一下让宋慕星感到了说不出的紧张，明明是平等聊天的姿态，却显得过于暧昧。

"从前，在丛林里住着幸福快乐的小羊一家。"

讲故事，这样说用在二人之间真的算合适吗？宋慕星总觉得蒋眠会和自己说一些正事，而不是和她开安徒生童话般的玩笑。她疑惑不解，直到看到蒋眠说公事一般的严肃神情，她才没有当即打断。

"小羊有个好朋友，是一只小狗，他们每天都会一起去森林王国里面上课。小羊的爸爸妈妈也很喜欢小狗，经常会邀请小狗来家里做客，他们也会把彼此的好朋友介绍给对方。

"可是这天森林里来了一只大灰狼，他明明是个坏心眼的大混球，却故意装作善良温顺，于是他也和小狗成为好朋友。在得知小狗还有一个小羊朋友时，他打了坏算盘。小狗还不知道大灰狼的目的，便把他介绍给了小羊。

"没想到的是，大灰狼一来到小羊家，就伸出可怕的爪子，开始抓着小羊不肯松手，要把小羊做成鲜美的羊肉汤。幸好小狗及时赶到，才把小羊从大灰狼的嘴里救了下来。"

童话故事戛然而止，结局甚至算不上百分之百的美满。

蒋眠不知道是从哪里看来这个暗黑童话的，这样奇怪的故事走向，说出来怕是能让小朋友们都被吓哭吧？

可此刻，他的眼中却写满恳求，几近于卑微："所以，小羊可以原谅小狗吗？"

宋慕星一怔。

蒋眠的话一语双关，是为小狗发言，也是在为自己争取一个机会。他比谁都清楚宋慕星当年无故疏远他的理由，也知道这件事情绝非坐以待毙能够解决，所以时至今日，他仍在尽全力寻找案件线索。

他在警局外见过宋慕星急切寻找真相的模样，见过她得知结果后崩溃大哭的神情，当时蒋眠站在侧门的一角，因为担忧她看见自己情绪失控，只能找熟悉的前辈警察去照看她的情况。

"也不全是小狗的错，他刚开始也是好心才那么做的，只不过当时的小羊没能明白。"

"那小狗可以重新和小羊做好朋友吗？"

"当然，小羊和小狗，"宋慕星顿了顿，语气分外坚定，"会一直是好朋友的。"

话毕，两人都不约而同地笑了。这一番对话格外有童趣，却有着不一般的意味，他们在寥寥数语之间冰释前嫌。

清晨，当第一缕阳光透过窗棂照进房间的时候，有人动了动蒋眠的胳膊，似乎有意唤醒他。

蒋眠心里觉得这人肯定非宋慕星莫属，昨天晚上两人在有一搭没一搭的聊天中沉沉睡去，蒋眠甚至没有为自己找好安身的位置，便没了记忆。他坐在椅子上，半个身子趴在床边，这个姿势不免腰酸背痛，想来也知道是宋慕星今日醒得早，想先行唤醒他。

于是他佯装还在熟睡，并且极为不厚道地故意抓住了那只手，准确来说，是紧紧抱住了它。

不过，蒋眠越感受越奇怪，因为这只手的尺寸有点超脱他的理解范畴了，没有女孩子的纤细不说，还有着令自己难以理解的粗壮。而且它还意外的劲大，只是轻轻一挥，便将自己弹到了九霄云外，被甩开的手还不小心抽到了自己的脸。

"嘶。"

蒋眠捂着自己的脸，睁开眼睛愤愤不平地开始叫嚣："谁啊……"上扬的语气伴随着看清来者的面容，开始逐渐失去底气。

"师父，您来了。"

"你个臭小子，干吗呢？"鲁能拍了一下蒋眠的脑门。

床上的姑娘还在熟睡，睫毛如同羽扇般轻轻颤动，似乎是被刚刚的动静吵醒。

宋慕星睁开眼睛时有些被吓到，病房里来了几张生面孔。

她迟疑片刻，开口道："你们好。"

"你好，宋小姐。"鲁能极有礼貌，"针对之前的事情，能简单问你几个问题吗？"

"可以。"宋慕星答应得果决。

"能具体描述一下当时你看到的场景吗？"

于是宋慕星开始回忆，将案发经过一五一十地说了出来，生动形象地还原了当时的场景。

鲁能根据她的回答又问了一些细节，随行的女警察事无巨细地记录下来。

鲁能继续问："你和俞如意，是之前认识吗？"

想起这件事情，宋慕星不免感慨："认识的，她以前是我初中辅导机构旁边的超市老板娘，人很好，但后来超市突然关门了，就再也没见过了。"

"你对这么多年前的人还有印象？"

宋慕星说："因为这个老板娘很好，我那个时候身体不太好，在她那儿买东西，她很照顾我。"

"我们会去调查的。"鲁能看上去分外严谨，"那最后一个问题，你认识她的丈夫冯利吗？"

这个名字于宋慕星而言很陌生，她从未听说过有这号人，但是不知为何，听到这个名字时，她心间忽然升起不安的感觉。

"不认识。"宋慕星回忆老板娘的模样，问，"她……为什么变成这样了？"

"我们正在调查中，宋小姐，感谢你的配合。"

"不客气，慢走。"

蒋眠说："师父，我送送你。"

鲁能瞅了蒋眠一眼，默许了。

他少见蒋眠殷勤的时候，方才他在询问宋慕星的时候，蒋眠紧张得跟什么似的，时刻盯着人家小姑娘看。

"唉，你小子，太过感情用事，将来怕是要摔个大跟头才能长进喽。"鲁能只让蒋眠送到门口，摆了摆手。

04

在多方殷切热情的关怀下，宋慕星的身体恢复得很快，甚至幸运地赶上了军训结束前的迎新晚会。作为大四学姐，又在新生面前展示过跆拳道，所以她还是选择前去观看。

然而，等到新生表演结束，身边只剩下教官和少数收拾会场的学生时，蒋眠突然上台了。

"最近不是快中秋了吗，我想把这首歌送给场下的一位故人。"蒋眠今日穿着白 T 恤黑裤，却有种说不出的俊朗，"《花好月圆夜》。"

众人望向舞台，耳畔歌声响起——

明月美呀美
只怪花好燕单飞
谁在唱呀唱
拂揽春意笑画眉
…………
正等你呀你
飞天再去遁地
趁花好圆月弯弯
不玩把戏

一曲终了，宋慕星看着台上的男生，出乎意料，有些惊讶。

在她的心中，蒋眠和文艺沾不上任何关系，至少在唱歌这件事情上，他看上去是毫无天赋。所以，当她看到蒋眠的举动时，她虽然内心期待，但也不觉得他会唱出怎样动听的歌谣。

可现在，一首拗口的粤语歌，他发音的平仄起伏意外悦耳，男生的嗓音干净清冽，像是山间清亮的泉水，又像海岛爽朗的清风，抚平人心里龃龉的狭隘。

正逢今夜明月圆满皎洁，更添一丝美感。

蒋眠的话语在扩音器里分外勾人："宋慕星，你听到了吗？"

听到自己的名字，宋慕星几乎是条件反射似的愣了一下。

霎时，天南地北的风好像交叉拂过自己的灵魂，她恍然如梦。

"花好月圆的每个夜晚，你都可以在我身边吗？"

该怎么形容她现在的心情最贴切呢？宋慕星全然不知道自己该如何进行下一步，她呆愣在原地，任由周围的人冲她投来八卦的目光。

蒋眠还在台上等待她的回答。

这算表白吗？宋慕星不知道蒋眠是如何定义喜欢的，也不知道他的话是否就是自己理解的那般意思。

时间足足过去了一分钟，留下来的学生此时在兴奋和尖叫，一个比一个积极地大喊："答应他！答应他！"

在众人瞩目之下，宋慕星忽然有些慌乱，明明是喜欢的，却没有勇气说一句"好"。

她没有尝试过开启一段恋爱的感觉，她不知道自己的感情，能不能符合她以往的所有期待。因为被众人见证的爱情总是如同初现的昙花，是那样耀眼，又是那样脆弱。

其实，蒋眠并不急于要一个答案，只是他的性格藏不住事情，有什么话就得马上说出来才好。这份感情他按捺了多年，见到宋慕星刚才睁着双大眼睛看他时，他突然就冲动了。

他紧紧攥着话筒，知道这次是自己过分唐突了，也许再过些时候表明心意会更加合适。

"我第一次见你……"蒋眠正打算说点什么来缓解宋慕星听到表白的惊讶，缓解现场过于激动的情绪时，有人制止了这种局面，蒋眠的上级厉声让他停止这样的举动，叫停大家无休止的起哄。

宋慕星看见他跟上级教官说话，心不在焉地离开了现场。

宿舍楼前有家便利店，宋慕星进去买了瓶冰汽水，她一直没能集中注意力，导致汽水刚拿到手上就掉到了地上。宋慕星捡拾起来，走到了旁边湖畔的座椅边。这是一个著名的情侣约会胜地，此刻她却孤身只影。

周围人成双成对的身影在水中清晰可辨，宋慕星打开汽水，不料汽水由于刚刚的撞击变成白色的泡沫状冲了上来，不偏不倚在她身上沾染了大半。

她的衣服被弄得湿透，场面一时间很是狼狈。

"没事吧？"幸好，身后有人递来纸巾，江文翊忽然出现，在她身旁落座。

"没事没事。"

"我们聊聊，可以吗？"不知为何，江文翊的形象总是带着一种普渡众生的光辉，虽然这样说有些奇怪，但在宋慕星的心中，江文翊谦和有礼，又懂得体察别人的情绪变化，实在是一个很完美的人。

"可以。"她知道江文翊要聊什么，她明明没有遭受任何委屈和谩骂，可好像忽然之间没有了任何依靠一般，明明幸福和爱情就在前方招手，幻想了那么久的事情终于要变成现实，她却开始打起了退堂鼓，谁都会不解。

"你现在心里是怎么想的？"

宋慕星忽然间心一横，对着江文翊说出了自己的真实想法："我也喜欢他。"

江文翊有一瞬间的茫然，但并没有持续多久，紧接着他点了点头："蒋眠人挺好的，其实如果你也有这个意思的话，完全可以试一试。"

"蒋眠家的店被收走了，"他话锋飞转，"这些年来都是他在赚钱支付他的学费和奶奶的养老费，其实也挺不容易的。"

江文翊说："你知道蒋奶奶为什么要叫蒋眠'老三'吗？其实那并不是蒋眠的什么小名，而是蒋眠的爸爸在家中排行第三。蒋奶奶的精神早就出问题了，就连谁是谁都很难分得清，这么多年来，她一直错把蒋眠当成了自己的儿子。

"蒋眠应该很久之前就喜欢你了，你给他讲过题的试卷，他翻来覆去看好多遍，至今都好好地放在他家里。你毕业时送给我们每人一张的画像也被他好好保存着，还有那张你和他的合影，说起来可能你都要忘记了，就是'鬼屋'那次，蒋眠一直把它放在他们家相册里的第一页……"

江文翊说了许多，像是回忆往事，又像是缅怀青春，字字不提爱，却又句句不离爱。

宋慕星心中怔愣，蒋眠总是喜欢把自己藏得特别深，绝对不轻易对别人袒露心扉。大家总是看到他刚毅的一面。而实际上，他比谁都脆弱，一个人扛着所有的痛苦。

"宋慕星。"江文翊看着远方波光粼粼的湖面，不知道这句话是对着谁说的，"生命短暂脆弱，总该留下些难忘的回忆，不求事事圆满，但求无愧于心。"

宋慕星忽然坚定地点了点头。

原来，蒋眠对自己的爱从不是空穴来风，那些她孤身一人的日子，他也在努力向她靠近。

　　"谢谢你。"她起身转定，和江文翊告了别。

　　江文翊看着她远去的背影，忽然欣慰地笑了。

　　他知晓她心中已有了自己的定夺，她本就该拥有幸福，而蒋眠是那个带给她幸福的人。

　　05

　　迎新晚会已经结束，蒋眠所在的教官团也即将回到自己的大学，这意味着一片灿烂交集过后，他和宋慕星又将回到很长时间见不到面的日子。

　　因为刚才的事情，方凯同把蒋眠狠狠训了一遍，恨铁不成钢地说："你的审核好不容易顺利通过，都到了最后一步了，你非要这么做吗？这个恋爱非谈不可吗？而且，你就算喜欢人家姑娘，你换种方式不行啊，非学电视剧里那一套，我告诉过你几遍了，高调不是件好事情。"

　　"尤其是，对你来说。"方凯同越说越生气，每一句都带着上扬的语调。

　　"是我想得不够周全，但是我不觉得我有错。"

　　"蒋眠，我看你是昏了头，"方凯同被气得不行，"那以后你的事情你都自己做主吧，别来问我。"

　　"不好意思。"

　　一个轻柔的声音打断了两人僵持的气氛。

　　方凯同还在气头上，但总不至于朝着外人发火："请问你是？"他打量着面前的女生，总觉得对方有一种说不出的反差感。

　　"我是宋慕星，这个学校的学生。"宋慕星似乎也隐约察觉到气氛不对，试探地开口，"请问，可以暂时，借用一下蒋眠吗？"

　　方凯同瞬间明白，这是女主角亲自来了啊。

　　他扭头看向蒋眠，蒋眠眼睛不眨地盯着宋慕星。

　　方凯同顿时没了火气，明明应该是展示自己坚定立场的时刻，他应当严正教育，并且表现出对于二人纠缠的严重不满，可不知为何，面前的女生让他分外语塞，蒋眠的眼神又让他十分心疼，甚至一下子记忆流转，回到了自己年轻冲动的那段时光。

其实蒋眠如果真的能找到自己的幸福，他也替蒋眠高兴，血气方刚的年纪，感情本就炽热，更何况蒋眠吃过那么多苦，经历过那么多残缺不全的生活，如果有一份爱意能够长久陪伴他，倒也算是另一种救赎。

"去吧去吧。"于是他摆摆手，不再多计较。

宋慕星领着蒋眠走到了一旁的空旷地，她不断捏着自己的衣角，显得有些忸怩。

"你刚刚问的那个问题，可以再说一遍吗？"

蒋眠如梦初醒，却由于一时的紧张忘记了自己准备好的措辞，他挠了挠头，显示出和形象不符的憨厚："可以……做我女朋友吗？"

宋慕星认真地抬起头，两人目光交汇，她许久没有这样几近虔诚地凝望过一个人了。眼神里的爱意不会骗人，那是无法掩盖的炙热情愫，在空气中逐渐弥漫。

宋慕星深吸了一口气："可以。"

仅仅是这么简单的两个字，便让蒋眠在一瞬间忘记了所有言语。

这一刻，他等了六年。

远处不知道是哪里燃起了烟花，呼啸而过的绽放声似是仲夏的协奏曲，有细密的洒金在天地间翻飞，刹那间绘制成无限的绚丽。

蒋眠曾想过，像宋慕星这样美丽娇艳的温室花朵，理应遇到如秦斯然般光芒万丈的阳光，而不是和从来居于阴翳的自己谱写命理的奇遇。

但那份埋在心底的喜欢却在数年的挣扎中渐渐长成了参天大树，他也渐渐生出渴望，直到发现她不会拒绝自己的靠近，看向他的眼神中也并非只有冷漠……那些点滴化成了现在的一腔孤勇，他想试一试，抑或赌一把，把她留在身边，让世界于他而言，不再是单一的灰暗。

从此，他的人生也多了一份期盼。

转折来得太突然，以至于和蒋眠挥别的时候，宋慕星自己都怔住了。

也许明天真的会变得不一样了，她想。

陈笑眉听到这消息差点没从床上滚下来，她的盘问电话足足和宋慕星打了三个小时。

宋慕星在宿舍外找了片空地，坐在上面的台阶上和她有一搭没一搭地聊着。直至宿舍阿姨喊她的时刻，她才步伐虚浮地开始前进。

这会儿宿舍还灯火通明，室友们一见她便开始揶揄起蒋眠这个追求者的炽热。

"我答应了。"宋慕星也不知是怎样的心境，忽然间变得坦诚。

再次把自己被告白的经历一点点剖开细讲了一遍，宋慕星在脱单的第一天感受到了一种喜悦的疲惫。

这还真不是件简单的事情。

临睡前，宋慕星才发现自己许久没有看手机的消息了。之前蒋眠借"谢她送水之恩"的事情，愣是留下了她的微信联系方式。但她没想到，空空如也的对话框，一开口竟然是如此的身份转换。

蒋眠在好几个小时之前就给她发了消息。

蒋眠：今天你也累了，早点睡。

蒋眠：晚安，女朋友。

这字字句句有头有尾，符号标准，还真有种说不出的正经。

宋慕星脸红地盯着"女朋友"三个字看了好久，她觉得发什么都不合适，手机里只有堪堪几个系统的自带表情，所以回了一模一样的话语：晚安。

她把手机捧在手心，翻来覆去睡不着，于是点开蒋眠的头像，那是一只可爱的柯基。

宋慕星的记忆在瞬间被唤醒，她点开自己的头像，当初自己随便换的白色小羊，倒是和他的意外般配。

也不知怎的，她忽然就想起了小狗和小羊要永远做好朋友这件事情。

还真是预谋已久的故事。她轻笑，嘴角弯弯，说不出的蜜意铺天盖地地漾开。

成为男女朋友之后，许多事情和计划都得开始新的篇章。这个周末她难得清闲，于是便坐车去了蒋眠的学校。

因为少有和男孩子单独见面的机会，宋慕星总觉得浑身哪儿哪儿都不自在，好像不管哪一个举动都不够优雅大方。前一天晚上她挑了好几套衣服，就连护理都从头发丝做到了脚趾，全身任何地方都不放过，生怕对方觉得自己不够好。

陈笑眉还非要塞给她一件蕾丝内搭，被宋慕星尖叫大喊着"变态啊"，并且毫不犹豫地拒绝。

陈笑眉却露出了高深莫测的笑容："年轻人，可不要见识短浅哦，你都有男人在身边了，这点东西还不赶紧开始准备？"

"闭嘴啊。"宋慕星羞红了脸，目光却忽然停留在了那件物件上。

"所以啊，收着吧。"陈笑眉打开宋慕星的手，"男人们都喜欢这种成熟的。"

宋慕星下意识地护住自己："你怎么知道。"

"因为，我有透视眼。"陈笑眉又开始没正形起来，对宋慕星上下其手。

两人又嬉闹了好一会儿。

不过，宋慕星最终还是按照自己习惯的穿着前去赴约了，毕竟一下子成为陈笑眉说的那种人，也不是她现在能够做的事情。更何况，比起接触缠绵的欲望，她更希望遇到灵魂契合的恋爱。

而且她坚信，蒋眠肯定也是这么想的。

宋慕星穿了条绿色小碎花长裙，还特地化了个精致的全妆，临出门前，又被舍友调侃，她脸颊绯红，想起蒋眠说进入他们学校需要报备登记的嘱咐，细心地把身份证装进包里。

提早了半小时抵达约定的地点，宋慕星自己都有些恍然。

听蒋眠说他还在训练，还需要十分钟才能到达，她便站在树荫下玩起手机来。

"哟，这么巧。"

宋慕星一抬眼，与卢玥正面对视。

06

对于卢玥的记忆，停留在宋慕星心中一个奇妙的结界里。

她承认，时至今日，见到卢玥，她的心底仍会有一种难以消解的自卑。

她曾在意、羡慕、嫉妒，也真诚地欣赏过。

卢玥明媚张扬，恣意奔放，却有资本和一切叫板，可她又和大多数锋芒毕露的女生不一样，她清楚地知道自己想要什么，人生走的每一步都有着她自己的考量。当年她参与的学校宣传片拍摄如此，让她走入影视圈的清纯写真亦是如此。

照这么看来，她喜欢上不拘一格的蒋眠，倒也算是有迹可循。

蒋眠不循规蹈矩，却能在自己的领域闯出一方天地，而他的真诚和炽热，又和那些沉浸社会多年的人不同。那是在她一无所有的年纪里，就可以独当一面的特别男生。

宋慕星想起那天蒋眠当着自己的面和卢玥分清关系的情景，便大抵明白他对卢玥的心意。

如今她和蒋眠的关系已经有了进一步的跨越，对于卢玥，于情于理，她都不应再怯懦，而且除了感情这件事，她对于这位女神还是分外敬重的。

"嗨。"宋慕星挥了挥手。

"你和蒋眠？"

宋慕星此刻也不再遮遮掩掩，直接宣示主权："我们在一起了，我现在就在等他呢。"

"果然被我料到了。"卢玥轻轻微笑，"恭喜啊，郎才女貌，真的很般配。"

宋慕星听着卢玥的祝福，一时间觉得自己无缘由的敌意倒是狭隘了，于是她也释怀一笑："谢谢。"

"哎哟，我的宝贝儿，怎么跑这儿来了，张导正找你呢。"

来人正是金牌经纪人程梦雪，女人一头小金毛外加保暖小外套，是很前卫的穿法。她凭借着毒辣的营销手段和强硬的培养方式，在娱乐圈初现繁荣的时代便抢占了极大的先机。

这是很奇妙的画面，宋慕星莫名有些心情复杂，她竟然真切地看到了电视里才会出现的人。

卢玥乖巧应着，和程梦雪交谈如姐妹般毫无距离。宋慕星看了一眼，便在一旁继续装作低头玩手机来掩饰自己的尴尬。

"这位是？"

"宋慕星，我的高中同学。"

程梦雪的目光流转到宋慕星身上，宋慕星感到不自在，但是卢玥这样自然而然地接过话茬，她又只能点头佯装坦然。两人没有在她的身上做很多的话题纠缠，程梦雪以一种打量般的眼光将宋慕星扫视了个完全，随后毫无感情地移开了视线。

宋慕星忽然觉得自己像是一只被装进了玻璃箱里展览的洋娃娃，没有任何气力去对抗，甚至还隐隐生出了一丝隐秘的窒息感。

幸而两人很快赶回片场，她才松了一口气。

警大是卢玥最新一部电视剧的取景地，所以近期她会在这里工作。

手机铃声忽然响起，是莫文蔚的《盛夏的果实》。宋慕星很迷恋这首歌，明明没有尝过感情的伤痛，却意外领会得到歌词中若隐若现的哀愁。好像少男少女总是有一份隐秘心事，所有无法铺张的情绪都被写在名为青春的复杂容器中，就连忧郁也成为平淡生活的一种常态。

她很青睐这种沉静的情调，这个特立独行的铃声，她也已经用了许多年。

"不好意思，可能要麻烦你再等一下了，我们加训了，然后……"

手机里传来蒋眠仓促的声音，还不等宋慕星回答，对面热闹的场景似乎便在眼前出现。

"蒋眠，干什么呢！"

"报告，在打电话。"

"打什么打，还理直气壮的，给我挂了！加练，通通给我加练，尤其是你。"

随后，手机里便传来忙音。

宋慕星摇头，抿嘴，无奈微笑。

想也不用想，她便知道接下来会发生什么。

宋慕星并不恼，收了手机便往操场走去，一路上乐得清闲。

因为赶上了学校的午饭高峰，来来往往的人流从她身边路过，她虽是孤身，但并不觉得十分寂寞，心中有了想见的人，走到哪里都称得上有盼头。

她远远站在操场的一边，看着着装整齐的人在对面挥汗如雨。

训练一结束，宋慕星便来到了蒋眠的身边，这是很奇妙的视觉冲击，像是一匹桀骜不驯的野马寻觅到了自己的一方草原，从此奔波万里不愿走，只独守春秋。

平日里和蒋眠要好的几个兄弟已经咋咋呼呼开了。

闹腾了半天，最终还是得女主角亲自登场来解释，才放他们去约会。

两人走在一起，作训服和碎花裙意外和谐，在那个肆意生长的年纪，构成了一道靓丽的风景线。

"不好意思，今天让你等了这么久。"蒋眠自然地接过宋慕星手上的包，看上去颇自觉，"为表歉意，请你吃我们食堂，如何？"

"我都行。"宋慕星还没能适应身份的转换，看着蒋眠和自己近在咫尺的距离，总觉得有些不真实。更何况，蒋眠这样的存在，走到哪里都引人注目，她走在他的身旁，心里也会无缘无故升起一丝慌乱。

"小心。"

她心思太纷繁复杂，没有看清面前的路，险些被绊倒，幸而蒋眠眼疾手快，先一步将她揽到身边："想什么呢？这么出神。"

宋慕星这会儿乖乖巧巧地跟在他身后，一言不发了。

"你不用紧张，也不用想那么多，当我们和从前一样就好了。"

"嗯。"虽是嘴上答应着，宋慕星心里还是有些乱的，和从前一样，怎么会一样呢？

蒋眠握着她的手，没有再松开过。

07

食堂里面人来人往，"客流量"强大。每一个窗口前大排长龙，让空气中除了弥漫着饭菜的香气以外，还带着人声鼎沸的热闹。

于是二人转换场地，去了三楼。

蒋眠询问宋慕星想吃什么，在思考之后，为防止一会儿眼泪和鼻涕一起倾泻而下的尴尬场面，她摒弃了自己喜欢的麻辣烫和螺蛳粉，选择了恬淡温和的水饺。

水饺是称重制，宋慕星不想让蒋眠觉得自己胃口大得能和男人媲美，于是只拿了几个，便蜷缩在一旁去付钱。

"刷我的。"蒋眠把饭卡放在支付的机器上，一下子结了两人份的账。

"今天怎么吃那么少？"蒋眠坐在对面，一边给她递筷子，一边打趣。

宋慕星起初没有听出他的揶揄之意："我……我一直都这样吃的，不是很吃得下。"

"哦，"蒋眠略带笑意地望着她，"那可能是我看错了。"

"什么？"宋慕星一脸茫然。

"那天在医院，看到一个人长得和你一模一样，胃口却是你的好几倍。"

宋慕星的记忆一下子被深深刺激，她狼狈且粗鲁的模样果然被他尽收眼底，这样的糗事，他竟然还敢拿出来重提。

见到女生慢慢噘起的嘴，蒋眠不由得收敛起来："好了好了，是我看错了。不过你一会儿要是饿了，可以吃我的。"

瞬间在心里无缝衔接地原谅他。

宋慕星觉得自己实在是很没有原则。

因为方才人多，两人随意找了一桌客人刚吃完，才离开的座位。唯一美中不足的是，这个座位似乎有些过于瞩目，周围经过的人实在是太多，投来的目光也太多。

宋慕星和蒋眠边吃边聊，倒也扛得住。

这时候，周遭忽然传来一阵喧哗。宋慕星看往人群的方向，再次捕捉到一个熟悉的身影。

卢玥竟然也会来这里吃饭，她总是带着惊艳出场，时刻抓住了所有人的目光。

明明之前还打过招呼，宋慕星也在心里告诉自己要释怀，但不知为何，仅仅从直觉上来说，她还是对卢玥喜欢不起来。

"我可以坐在这里吗？"她站在宋慕星身边开口，目光却向着蒋眠。

"可以。"宋慕星忽然来了一丝酷似决战的气焰，倔强的战斗欲被激起。她没有什么理由不让卢玥坐下，就好像是找不到借口去拒绝一场威胁自己的鸿门宴般。

"不好意思啊，打搅你们约会了。"卢玥的声音听上去无比真诚，"我想请蒋眠帮个忙，行吗？"

卢玥说："是这样的，我们剧组明天有个场景，是关于训练的，能不能借你们的队伍用一下呀？"她似乎很会拿捏求人的语调，"我知道你们队伍里面都是些好苗子，而且个个都身手不凡，等到时候这部剧播出，也算是给你们学校直接做了宣传吧。"

"这样两全其美的事情，想必宋慕星也不会拒绝吧？"

宋慕星没作声。

"不好意思啊，"蒋眠的语气慵懒而随意，以至于让这句不假思索的回答带着点挑衅的意味，"剧组如果需要警校学生出镜，麻烦向上级领导打报告，而且我一向对抛头露面的事情不感兴趣，更何况，训练是我们的本分，不是拿来哗众取宠的。"

"是我唐突了。"

良久的沉默过后，卢玥忽然笑得开怀。

她手拍在宋慕星的肩膀上，似是被蒋眠的言论笑到："你看看你们家这位，真是一点都没变，说话还是那么较真。那就当我开了个玩笑吧，其实我们导演应该也是有人脉的，只不过我想着把这些事情交给熟人更方便些。"

卢玥说："那既然如此，我就先告辞了，打扰你们约会实在是很过意不去。拜拜。"

宋慕星扯了个笑容，告别道："拜拜。"

这回，卢玥又是迎着人群的目光离开。

她从侧门出了食堂，外面是一片香樟林，大片的阴翳随意铺洒在地上，这里偏僻，几乎没有人，足够让她有地方宣泄自己的情绪。

卢玥觉得自己真的是疯了，看到他们甜蜜恩爱的瞬间，一些可怕的想法竟然毫无征兆地出现，蔓延到每个神经末梢。

午休时光，周遭明明没有人，她却恍惚间在面前捕捉到一个清晰的人影，依旧穿着那身一年四季也少换的装扮。人们常说白色高洁圣灵，但在他身上，却显得像是灵堂里的纷飞白幡，似是通往地狱的方向。

　　那段时光明明已经过去很久了，可是依旧会不定时在自己脑海里浮现，像是来自另一个平行世界的压迫，告诉自己什么是万劫不复。

STAR 08

重新认识一遍 ▽

01

走在蒋眠身边，宋慕星总有一种不真实的感觉，时刻都想贪婪地将周围的空气吸入胸膛。

她感觉自己每时每刻都走在末日的边缘，相处的时间每多一秒，人生就似乎会少一部分。与他在一起的每分每秒，于自己而言，都弥足珍贵。

走到交叉路口的时候忘记看路，宋慕星结结实实撞到了蒋眠的后背。

"在想什么？"蒋眠似是能窥探到她的情绪，一边抬手揉她的额头，一边询问，语气平和，"这样出神。"

"在想……"宋慕星不知道该怎样装点自己的说辞，话却早已脱口而出，"你。"

在想你。

这回答多是一种暧昧的纠缠，但确乎是她现在的心境。

原来陈笑眉以前"嘴里跑的火车"并非空穴来风，她如今谈了恋爱就跟变了一个人似的，老是会无缘无故地想这想那，生怕自己哪里做得不够好，抑或怕自己配不上对方。她明明成天叫嚷着"爱自己是终身浪漫的开始"，现在却不时升起自卑的炊烟。

"想我？"蒋眠的语气带着些许揶揄，"我有什么好想的。"

"感觉……很不真实。"宋慕星支支吾吾半天，最后总算是掐着裙子的边边，略显艰难地说出了自己的心声。

蒋眠怔了会儿。

"老实说，我也觉得不真实。"他说出了和宋慕星同样的感受。

"可是，那又怎么样呢？我反倒觉得这是一件好事。"蒋眠揉了揉宋慕星的头发，"这证明我们都在认真考虑我们之间的关系。毕竟，追求你是我忽然提出的事情，你觉得唐突也在所难免。是我做得还不够好。"

宋慕星忽然觉得内心那块巨大的石头坠了地，她一直思量着想要的感同身受终于来临。

蒋眠，是懂她的小情绪的。

"那怎么办呢，我的女朋友？"他佯装苦恼。

"我也不知道啦。"宋慕星被他直勾勾的眼光看得不好意思，慌乱地扭过了头。

"我有办法。"蒋眠攥着她的手，倏忽间十指紧扣，看上去分外自然，"重新认识一遍吧，从我们丢失的那四年开始。"

下午两人去逛了商场，蒋眠给宋慕星买了个水晶发卡，和她今天衣服的颜色很是相配。两人边聊天边逛街边的特色小店，单单是吃了不少小吃，都感觉分外满足。

夜渐渐深沉，两人就这样默默无言地走到了车站，路灯将影子拉得很长，像是在诉说着一场无言的离别。

又是一个惹人无限垂怜的时刻。

车站旁有一个报刊亭，老板正在打瞌睡，广播里还放着晚间电台的声音。宋慕星一眼就看到了摆在架子上的《青刊》，忍不住拉紧了蒋眠的手。

时间不早，路灯的光线代替了烈日下焦灼的气息，风中有了秋天的味道。

两人上了同一班车，坐在邻座，对方的呼吸声都清晰可辨。司机似乎也是个浪漫主义者，开车的速度并不很快，乘客还能借此不紧不慢地观赏窗外的景致。斑驳陆离的光影盘旋交错，像是末世的古老皮影戏。

宋慕星把窗开了一条缝，任由清风拂过脸颊。

"其实后来，《青刊》的每一期我都买，"蒋眠的话懒洋洋的，听不出他的情绪，"你猜我最喜欢里面的哪个部分？"

宋慕星心中一滞，不知道作何回答。

难道他已经发现了？

"我最喜欢里面的插画。"

蒋眠说："你是个优秀的画家，将来也会成为一个优秀的设计师，"他语气悠然，像是在叙述别人的故事，"宋慕星，你这个人好奇怪，明明比谁都脆弱，却又比谁都强大，永远有一股狠劲，怎样也用不完。"

公交车开过高架桥的下方，倏忽生长出一片苍凉。

"说实话，那天我一眼就认出你了，没见你之前，大家都说你变了很多。可是我只看了一眼，就知道你还是以前的那个宋慕星。尽管你把自己的外表变得不好接近，但你实际上还是和以前一模一样，内心柔软，容易掉眼泪。"

宋慕星只觉得心中有块地方被照进了一道光线，不知道是车子开出了隧道的原因，还是蒋眠的话窥探了自己的心事。

"如果一直放不下，那么，要回去一趟吗？"

她忽然忆起周家那段难挨的日子，以为是救赎，没想到坠入更深一层的地狱。现在她的妈妈还在那里。每个朝夕里，她即便想去自渡，也难以真正逾越心中的黑暗。

恰似长路漫漫无归期，只恨踏足无踪迹。

理行李这件事情，宋慕星来来回回弄了好多天，每次都停在中途，随后又蹲在地上开始胡思乱想，直到最后，也只堪堪收拾了一些简单的贴身衣物。

"他真和你那么说的？"

陈笑眉在电话里叽叽喳喳，尤其是听到了宋慕星的描述之后，情绪更是分外激动。

"对啊，然后我就答应他，国庆一起回去看看。"宋慕星把手机夹在肩膀上，连她自己也没有察觉，这次说起回家，她的语气竟然变得轻快起来，"笑眉，那，你回不回啊？江文翊也去，估摸着这次还能见到不少高中同学。"

"本公主贵人多忘事，早就把他们忘得七七八八了，就记得你们几个了。"陈笑眉努努嘴，"而且，回去八成又要听我妈叨叨，我现在大四了，不光找不着工作要被骂，就连找不着对象也要被骂。"

好姐妹之间总是没个正形，宋慕星难得不怀好意地打趣："那你更要回去选个好夫婿了，高中的人都知根知底，你留几个备选刚刚好，你看，咱们的江班长就那么优秀……"

"打住打住啊，江文翊这种栋梁之材，哪是我能随便亵渎的？"

"那就吴志豪，听说他这几年忙着健身，还变帅了呢，我总觉得他以前就对你有意思。"

"别别别，你可别！"陈笑眉光是想着，就开始害怕起来，"我跟他对视一眼就能掐架，当兄弟都很勉强，别说进一步发展了。"

两人嬉笑打趣良久，才悻悻作罢。

国庆那天，绿皮火车带着呼啸的轰鸣送他们回家。

四年的时间似乎万分漫长，却又转瞬即逝。嘉川的某个古镇被评为5A级景区，现在正是旅游业蓬勃发展的时期。商业的发展日新月异，难谈永恒昌盛这一说，老百姓创业成功的比比皆是，身边的生活早已发生了翻天覆地的变化。

周遭的摩天大楼拔地而起，像是开了时光加速器一般，将古朴的一面和现代的一面划分得泾渭分明。

周家虽气派尚存，但早已褪去了当年的光辉，甚至在故步自封中显得落魄起来。而且，前不久宋慕星听说，周勤这几年投资的项目几乎都失败了，她打电话给孟欣萍询问情况，孟欣萍却说家里日子过得还可以，让她好好地在外面生活立足。

宋慕星告别陈笑眉和江文翊，蒋眠则是借着顺路的由头，殷勤地帮她提了一路行李。

"现在见你爸妈可能还不合适，我送你到门口吧。"蒋眠知晓分寸，随后把自己买的水果递给宋慕星，也算是一种心意。

然而，就在二人分别之际，周家的大门忽然在一声重击下打开了。

随即，有鬼哭狼嚎的声音传来。染着黄毛的一个小伙打着银色的耳钉，嘴角带血，一边跑一边叫苦连天。

身后的周勤已然苍老许多，步履也不似以往矫健，手上拿着笤帚，此刻俨然怒火中烧。

而那小伙也得亏了一旁不断劝架的谢琴娟和孟欣萍，才保住了自己的平安。穿着校服的周天宇则是在一旁看着这场闹剧，一副见怪不怪的样子。

宋慕星在原地呆愣许久，直到那小伙发疯似的躲在自己身后，她才缓缓看清了来人的庐山真面目——是周铭。

02

今非昔比，宋慕星早已不是以前那个任人欺负的无辜小女生了。

周铭八成是情急之下把她认成了外人，这才想着躲在她身后，好免于周勤的拷打。

宋慕星只愣了一秒，嘲讽地看了他一眼，便随意抓了下周铭的衣袖，借力将他不偏不倚带到自己面前，随后又用了巧劲，三两下便在无形中让他在周勤面前暴露无遗。

"好你个小兔崽子，看我不抽死你！"

不等周铭反应，周勤手上的笤帚就狠狠抽打了下来。由于距离的拉近，每一下都可谓是重击，结结实实地落在了他身上。

"你说，你有没有错？"周勤歇斯底里地怒吼着，和过去那副温文尔雅的形象大相径庭。

"我没错。"周铭忍着疼痛，说出来的话却很大声，只不过在此时听上去，显得像是垂死挣扎的最后一丝倔强。

"没错没错，你还好意思说没错！"周勤手上的力道不断加重，得亏是谢琴娟心疼自己的孙子，死命拦下来，"瞧瞧，都是你宠出来的好孙子，现在倒好了，把人家小姑娘肚子搞大了，叫我们怎么办啊！"

这句话让一旁的宋慕星听了也不免呆愣一会儿。

原来是发生了这样的事情，难怪一向以面子为重的周勤变成现在这个样子。

一回到家就有个烂摊子摆在眼前，宋慕星心中平添一丝烦躁，但她也并未过多在意，毕竟和周家人之间，她一向泾渭分明。

"妈，爸，奶奶，我回来了。"在这气氛奇诡的时刻，宋慕星这声泰然自若的招呼就显得有些过于镇定了。

周勤被气得一时间竟忘记放下手中的笤帚，而是和谢琴娟一样瞪大了眼睛，不可思议地望着女大十八变的宋慕星，不知道作何反应。

"小星，回来啦？"

孟欣萍依然保留着当初的那份从容，说出来的话温温柔柔的。岁月只蹉跎了她的容貌，那些刻在骨子里的教养不会变。只不过，宋慕星单是对视一眼，便生出错觉，她妈妈好像多了很多白发，面容也更加憔悴了，少了许多朝气和生机。

"妈妈。"宋慕星不自觉地又唤了一声。

蒋眠一直等到帮宋慕星把行李搬进去，看她平安进门，嘱咐道："有事给我打电话。"

见宋慕星点头，他才放心离开。

周家人忙着处理周铭的事情，没有匀下一些多余的打量给这边，只有孟欣萍为宋慕星忙前忙后，表达着家人最基本的关心。

宋慕星不恼，只觉得落得清闲，她也懒得和他们逢场作戏。

孟欣萍打量了一眼门外蒋眠离开的背影，好奇心不免让她多问了一句："这是谁啊？"

"我朋友。"宋慕星脱口而出，不是她想掩盖什么，而是现在的时机着实是有些不成熟。更何况周家现在这样复杂的情况，想必孟欣萍这段时间也没少操心，宋慕星不想给她添烦恼。

"小星，你可别骗妈妈。"不过，孟欣萍这眼力一如既往，先前蒋眠和周铭在家里打架的事情她还记得清楚，"这不是之前韩黎家那个小孩嘛，叫什么……蒋眠来着，是不是？"

宋慕星失笑："妈，还真是瞒不过你，不过你呀，就别担心了，有什么事情我以后都会和你细说的。"

她推着孟欣萍的肩膀进了屋，这么些年来她也学会了大人避重就轻的艺术，转移话题："里面什么情况？"

"唉，你说铭铭，"一提到这件事情，孟欣萍瞬间换上了一脸愁容，"真是作孽了，刚刚毕业就让女朋友怀孕了，昨天她爸妈还来质问我们怎么办呢。"

周铭高考那年原形毕露，他耍不了以前的那些小算盘，最后的成绩自然是很糟糕，离本科线差了一大截。周勤想了很多办法才让他留在了嘉川最好的职校念了个会计，却不想他的人品和作风如此有问题，三年的学业结束，他闹出这样一茬。

下午，周铭的女朋友又带着她的父母来了一趟。

宋慕星正躺在楼上和陈笑眉打电话，就听得楼下有人吵吵嚷嚷。挺着大肚子的一个女生，染着和周铭同款的发色，正在门口叉着腰破口大骂。她的父母也不是吃素的，见着街坊邻居都好奇地探出了头，便将周铭的罪行一一抖搂。

言语难听至极，宋慕星听了都不想承认自己是周家人。更别说周勤是个最注重名声的人。

周勤这次不开门了，而是在家里不安地来回踱步。

宋慕星虽然不喜欢这家人，但也算受过他们的些许恩惠。她试探着让周勤和对方先好好沟通，兴许事情还没到那么坏的地步。

不过，这次的事情显然超出了她的理解范畴。

孟欣萍也在一旁摆手，示意她不要再说下去了。

"打掉，就要出手术费，还有杂七杂八的住院费，加上他们说的精神损失费。"周勤的状态实在是可怕，语气既像是恫吓别人，又像是自言自语，"不打掉，那就要一辈子养着这个小孩，还要把那样的儿媳娶回家，我真是上辈子欠你们的。"

周铭站在一旁的墙角，似乎过去了这么二十多年的岁月，他才第一次成长，知道自己莽撞的行为会带来不可挽回的后果。

宋慕星看了他一眼，便嫌弃地移开了目光。

却不想，周铭在心中思考了一会儿，视线忽地投向站在孟欣萍旁边气定神闲的宋慕星身上，很快有了自己的考量："妹妹，听说你在大学成绩一直很好，没少拿奖学金吧？"

被突然提及，宋慕星便知道自己是被惦记上了。

"那都是多久以前的事情了，奖学金早就被我当生活费花光了。"

"哥哥知道你不是那样的人，你肯定都偷偷寄给你妈，对不对？"

被他看穿这点，宋慕星依旧不和他一般见识。

"我听说了，你那个专业热门，好赚钱，你还经常帮人设计东西赚外快呢，对吧？"周铭说着说着，面目分外可憎，"你说你已经被设计院要走了，不可能没啥补贴的吧。至少你导师那边的油水，你总有机会吧。"

"关你屁事。"宋慕星很少骂脏话，但是这一刻，她实在是有些忍无可忍。

"爸，你看你养的白眼狼，都什么时候了，她也不愿意帮衬帮衬我们家。你快说说她呀。"

令宋慕星震惊的是，周勤一向和自己保持着礼貌的父女关系，这回却扯开了那一块道德的遮羞布。

"你哥哥说的，是真的吗？你现在身上，有没有点积蓄，能帮衬一下你哥……"

"周勤！"孟欣萍罕见地叫了他全名，却被他一个眼神火速瞪回。

宋慕星只觉得啼笑皆非。那个昔日财大气粗的周老板到了如今这步田地，倒是不在乎所谓的面子了。

"小星，听话，你要是没有爸爸，谁给你治耳朵，你和你妈这么些年，能这样安稳过下来吗？现在爸爸有难，你出力帮帮忙，不是天经地义的事情吗？"

话虽如此，但他完全可以以一种家人平等沟通的姿态来解决眼前的事情，而不是要挟绑架。

宋慕星表情渐渐冷下来，这样决绝恶心的话语……她看了一天的"笑话"，早已有了让母亲离婚的打算，所以她们和周家的恩怨，如果说非要两清，也不是不可以。

只不过，不该浪费在这种事情上面，让自己做冤大头收拾周铭的烂摊子，门都没有。

"爸爸，你说得对啊。"宋慕星偏偏避重就轻，"可是，我的那些小钱，都是攒了给你和妈妈、奶奶养老的呀。要是现在全部给哥哥了，以后你们的生活谁来管呢？"

"你看哥哥，像是以后会孝敬你的样子吗？"

"你！"周铭气得发昏，上前作势就要和宋慕星理论个明白。

周勤倏忽拍案而起："够了，你个逆子！没你妹妹万分之一有用，整天就知道拈花惹草。"

宋慕星嘴角不自觉地上扬。

03

陈笑眉点了两杯珍珠奶茶，嘴里"嘎吱嘎吱"嚼了半天，还是没缓过神来。

"怎么会有那么离谱的人，怎么会有那么离谱的一家子人！"

坐在对面的宋慕星只能摆手耸肩，看上去很是无奈。

蒋眠端着给宋慕星点的巧克力蛋糕，一举一动小心翼翼，像是在呵护什么了不起的宝藏一般。冷面无情大帅哥与奶油小蛋糕同时出现在视线中，倒是幅意外和谐的画面。

"要是周铭再敢这样要挟你，你就告诉我，"蒋眠语气冷淡，"跟他这样的人没必要废话，给点颜色看看就好了。"

"打住。"宋慕星一脸惊慌地遏制蒋眠的话，"拜托，你以后可是要当人民警察的。"

"你放心，我有分寸。"蒋眠摸了摸她的头，"但是对待周铭这种人，真不能来客气那一套。星星，别怕连累我，发生什么事情，都第一时间告诉我。好吗？"

"嗯。"宋慕星乖巧点头，内心安定不少。

"啧啧啧，我就不该来。"陈笑眉表情揉作一团，看上去莫名诙谐，"与其看小情侣卿卿我我，还不如在家里被我妈数落呢。"

陈笑眉说："星星，你是真的命好，事业爱情双丰收，钱也不愁，爱人也有，真是人生赢家啊。"她拿勺子挖了一大口蛋糕，才算善罢甘休，"不过你那傻子哥哥，你确实得提防着点。"

"好。"

陈笑眉忽地挎起小包，便要离开："时间不早啦，我妈整了个相亲局，我去会会。"

宋慕星诧异："相亲？可是你才大四啊。"

"大四怎么了，我不得先谈个几年作为观察期。"陈笑眉脸上一乐，"再说了，这次可是个高学历海归，老总的儿子，一米八，估摸着要继承家业了。金牛座，最会疼老婆。"她朝宋慕星眨眨眼，"我先去见我未来老公啦，拜拜，你们吃好喝好。"

"行行行，你快去吧。"宋慕星忍俊不禁。

陈笑眉这人时常不靠谱，今天还穿了高跟鞋，一激动没留神扎了个猛子，险些脸着地。

"笑眉，你小心点啊。"宋慕星不放心地叮嘱。

餐厅里人来人往，一旁的蒋眠拿起勺子，为宋慕星送去一口蛋糕。

宋慕星有些不自在地张了嘴，毕竟她上一秒还在为好姐妹担心。

蛋糕很甜，但是却不黏腻，植物奶油有一种清冽感，尝起来是一种奇妙的味觉碰撞。蒋眠饶有兴趣地看着她脸上的小表情，似乎还打算这样不紧不慢地喂下去。

"我自己来吧。"

宋慕星脸上的红晕显而易见，炽热情感的灼烧加上甜蜜的味觉刺激，实在是极容易让人沦陷的蜜色陷阱。

"好啊。"蒋眠看到她嘴角残留着一丝奶油，心中不知为何掀起了巨浪惊涛，没有表露在脸上，他扯了纸巾，轻柔地为她拭去。

"要是家里不消停，就多出来走走，我陪你。随叫随到。"

宋慕星乖乖应和。

两人的相处模式其实蛮少见的，暧昧不清的阶段不多，便直接到了确定关系那一步。他急于要一个回答，而她也急于给一个回应。因为已经错过了太多，害怕再多走一步，便会失去机会。

但是这样，也必然会带来不好的后果——初期的陌生和不适感会不自觉放大。

蒋眠说重新认识一遍，便确乎这样实践。

两人回到嘉川，打算重温一下过去的那些回忆。照理说这样发展迅速的城市，去哪里都是一种不错的体验。情侣之间常见的吃饭、看电影、逛商场的活动都不失为一种不突兀也不失望的选择。可蒋眠偏偏另辟蹊径，他计划带她去的地方，是嘉川独特的另一面。

嘉高周边的路边摊来了又走，店主的面庞也开始陌生起来，很少还能认出几个。

蒋眠和煎饼馃子的摊主打了个照面，大婶倒是一下子从昏昏欲睡的困倦里面长出了点精气神："哟，你是蒋眠吧？"

"李婶，还记得我呢？"

"怎么不记得呢！"李婶来了兴致，立马开始摊饼，手上动作娴熟，"当年啊，你没事就来照顾婶的生意。那一回婶收摊晚了，你还送了婶你奶奶做的馄饨呢。这么多年没见，都长那么高了，你等着，婶送你个饼。"

李婶问："在哪儿念啊？"

"京华那儿，警校。"

"好啊好啊，好。"李婶愣了一下，随后立刻扯出笑脸，"要是我那小子争气，估摸着也和你一个岁数了。"

李婶递饼的时候，又看到了一旁羞涩的宋慕星："这是？"

"李婶，这我女朋友，好看吧？"

"李婶好。"宋慕星羞涩一笑。

"好看，一看就聪明伶俐，你小子有福气啊，"李婶看上去非常热情，"姑娘，婶也送你个饼。"

"李婶，不用麻烦啦。"

最后，拗不过李婶的一番好意，两人还是接过来两个热气腾腾的煎饼馃子。蒋眠道着谢，可是宋慕星分明看到他往李婶的收钱罐里扔了两张纸币。

"好吃哎。"宋慕星咬了一口，有种梦回高中的错觉。

"嗯，多吃点，不够的话，我的也给你。"蒋眠温柔地看着她。

听到这话，宋慕星轻轻捏了下他的手臂。

蒋眠挽紧她的肩膀，语气低沉："李婶的儿子，十岁那年走丢了，再也没回来过，和我同岁，一个人怪不容易的。"

宋慕星一愣，再看向李婶的时候，她才真真懂得，女人脸上的招牌微笑其实是掩饰伤疤的最后一丝乐观。

宋慕星高中的记忆结尾并不快乐，所以本能地抗拒想起这一段时光。蒋眠知晓宋慕星的顾虑，问了她的意思，才买了礼物，领着她去看曾好。

这是个刀子嘴豆腐心的女人。

"挺好，挺好。"这是曾好对二人说得最多的一句话。

三人坐在一起，不聊生活压力，也不聊过往坎坷。宋慕星和蒋眠说着自己近期的生活，曾好也跟他们分享些学生们有趣的故事。

办公室坐了那么打眼的两个人，就连来问问题的学生也一下子多了不少。

有个文文弱弱的小女孩问了一首诗的解析，这首诗不长，读来也朗朗上口："淡然执手度清平，山盟不弃白发生。朝夕眼里映欢笑，静夜倾谈鉴月明。"

"相处的每个朝夕中，彼此眼中都能满是欢笑……就算是寂寥的夜，也能一起欣赏月光的皎洁，这首歌赞美了忠贞不渝的爱情。"曾好解释了一番，给她讲解意思、立意、主题思想，女孩表示理解后才离开办公室，中途还忍不住偷瞄了眼身旁气质卓然的一男一女。

曾好忽然看向面前的宋慕星和蒋眠："能走到今天太不容易了，你们要长长久久、美满一生。老师祝福你们。"

宋慕星又在心中默念一遍——淡然执手度清平，山盟不弃白发生。

语文老师的祝福还真是别有一番色彩，仅仅几句话，竟然让她有一瞬忘却了这些年所有的苦难。

路过熟悉的班级，宋慕星觉得她忽然顿悟了诗中那句"物是人非事事休，欲语泪先流"。建筑还是当年的模样，里面的人却来来往往，换了又换。

两人驻足在班级外许久，吸引了不少视线。

这时候恰好下课，班会结束，学生们拿出了不少零食与蒋眠二人分享，其乐融融的氛围中，有人问起他们大学的生活，也有人问起高中功课该怎么学习。

更有学生胆子大，八卦起二人是怎么在一起的："到底是谁追谁呀？"

宋慕星早已羞红了脸，一旁的蒋眠倒是泰然自若，俨然一副胜券在握的模样。

"你们的学姐，可是不好追啊……"

04

追忆青葱岁月过后，两人的关系似乎拉近了不少，连带着回去的脚步都轻快起来。

蒋眠知道宋慕星虽然表面上不在意外面的新鲜事物，实际上也是个完完全全的小女生。大街小巷大头贴风靡，她看了一眼，眼睛里的兴趣是明明白白的。这的确是新奇的活动，可以自己挑选款式，并且任意搞怪拍摄。

他给了钱，带着她进到里间。宋慕星起初在相机前只能不自然地微笑，在发现身旁的蒋眠扮鬼脸扮得得心应手后，也跟着笑得粲然。

两人的午饭吃的是路边的大排档，身边是嘉川最真实的烟火气。

宋慕星没想到，在这里还能遇到周铭捅的娄子。只不过那女生的孕肚完全消失，发色也换成了粉红，此刻正在和对面的男人对瓶吹。

"讹不到？"

"你别说，还真不是那么好骗的。"那女生完全换了个人似的，"要不说风水轮流转呢，按照他们家那个抠搜劲，哪怕我们再怎么跟他们闹，我估计到最后也捞不到什么油水。"

"那怎么办？"

"自认倒霉，能敲一笔算一笔，下次还是得挑对人下手，周铭这种又抠又色的男人，也就长得还行了……"

男人语气轻蔑："你别说，还真是有其父必有其子，我看他那个爸爸，也不是什么好东西。"

"这谁不知道啊，估计也就他那个傻老婆还蒙在鼓里了。"

宋慕星手上的拳头一点点攥紧，两人说的每一句话，都真真切切传到了她的耳朵里面。

她刚想站起来和二人理论个清楚，便被蒋眠一把拉住。顺着他手指的方向，宋慕星看到了孟欣萍。

"妈？"宋慕星不禁有点诧异。照理说，超市离周家很近，步行一会儿就能走到，孟欣萍犯不着来这么偏僻的城东，蹲在地上和小贩一毛一毛地砍价。

宋慕星突然有些鼻酸，曾经那样骄傲的母亲，如今变成了这副模样，自己作为女儿，却无能为力。

蒋眠拍了拍她，此时无声胜有声。

孟欣萍回头，看到了宋慕星，也看到了一旁的蒋眠。她沉默地垂下了眼，没有解释自己的行为，也没有苛责宋慕星。

"小星，跟妈妈回家吧。"

蒋眠朝孟欣萍点头，算是打了个招呼。他又看向宋慕星，语气柔和："回去吧，照顾好自己。"

正是中午的时候，日头不算太烈。母女俩走在回家的路上，一前一后，宋慕星才忽然发现自己的影子已比母亲高了一个头。

"妈……"

"不用说了，妈妈知道，"孟欣萍语气诚恳，"蒋家那小子虽然做事不算规矩，但也不至于出格。你跟着他免不了受些苦吃，但他估计也不会让你受委屈。"

宋慕星默默无言。

那你呢？你的爱情和幸福呢？宋慕星想开口，但终究没有勇气再追问下去。

"妈妈，我想一辈子都不结婚，不生小孩。"晚上，宋慕星帮孟欣萍梳头时，忽然看到了许多白发。

"为什么呢？"孟欣萍有些惊讶，却也没有责骂她的意思。

"因为我就是小孩啊，我知道小孩多会添麻烦，如果你和爸爸的生活没有我，应该会快乐很多。"

"傻瓜，那你知不知道，妈妈生了你之后有多开心。你知道妈妈为什么会和你周叔叔结婚吗？"孟欣萍并未停下手上的动作，言语却娓娓道来，"我记得那好像是一个雨夜，那时候你刚从初中退学。妈妈太想给你找一个合适的老师了，可是哪里都没有，不管我怎么找、怎么问，他们都不愿意收你，一个都没有。"

孟欣萍止不住地叹气："然后我偶然来到一个辅导机构，你周叔叔是投资人，当天刚好来视察，听了你的情况，当即就答应帮你。我临走之前，可能是他看我太惨了，还把他的伞送给了我。

"我记得他是那么说的：'我不用伞，给你吧。'

"我一下子就想到了你爸爸。他那时候真是个愣头青啊，说着自己不用伞，然后转身就直接跑回家了，浑身湿透，第二天还发烧了。

"后来你周叔叔说想和我结婚的时候，我就在想，会不会这个人，就是上天派来救我们娘俩的。只不过我到现在才明白，他们终究不会是同样的人。你爸爸把伞给了我，他只能在雨里奔跑，可你周叔叔是坐自己的轿车回去的。

"那都是一把伞，可是那是一个人的全部，是另一个人的九牛一毛。"

讲到后来，孟欣萍似乎变了一个人，也不再去看宋慕星，那些回忆交织的缠绵往事，更像是她讲给自己听的一首陈年旧曲。

05

"有没有搞错，你再说一遍。"江文翊失笑，不可置信地盯着面前的女生。

宋慕星斩钉截铁："帮我拟一份离婚协议书。"

"怎么了？"江文翊依旧云里雾里，"还没结婚，就想着和蒋眠怎么离了？"

"好了，别取笑我了。"宋慕星无奈，"是我妈。"

听完事情的原委，江文翊对整件事情已然有了把握，法学高才生的素养不容小觑，堪堪几分钟便拟好了雏形。

"你看看，还有什么诉求。"

从头至尾浏览一遍之后，宋慕星表达了对江文翊专业水平的认可。只是，她始终觉得对周勤的惩罚力度还不够，而且有一个更加严峻的事情摆在面前——现在周家没落，是孟欣萍又当保姆又当摇钱树，周勤怎么可能会舍得放她走呢？

"如果他不愿意，怎么办？"

"夫妻一方不同意离婚，可以向法院起诉离婚。如果你需要，且你妈妈也认为有这个必要的话，我可以无偿帮你们。"

"那太谢……"

"你先别急着下断论。"江文翊这几天待在家中，情绪算不上高涨热情，"你确定，你做的这一切，真的是你妈妈想要的吗？"

"我要喝水，我要喝水！"屋里忽然传来男人尖厉的叫声，宋慕星被吓了一跳。

江文翊起身，从桌上的水壶里面倒了一杯水："失陪。"

"这是？"

"他……好像精神有点问题了。"江文翊停顿了一瞬，"我原本想和他来个鱼死网破，没想到他的记忆竟然回到了我刚出生的那一年。那时候，他还是个单纯的父亲。"

宋慕星不再言语，怅然若失地走出了江家。

方才江文翊的话一遍遍浮现在自己面前："你做的这一切，真的是你妈妈想要的吗？"

宋慕星给不出答案。

忽然，手机铃声响起。

蒋眠的出现显得分外适宜，既不突兀，也不至于让人无处安放自己的迷茫。她告诉他自己的位置后，便坐在一旁树荫处的休闲椅上等蒋眠。

等待的时间不长，宋慕星却胡思乱想起来，连身后有人靠近也未曾发觉。

看到她愁容满面，蒋眠给了她一个很用力的拥抱，好像要把她揉到骨子里一样。

"疼，我喘不过气了，蒋眠。"

直到她在怀里哼哼唧唧地发出声音，蒋眠才慢慢松开了手。

"发生什么事情了？"他问。

宋慕星低垂着眼，没有说话。

"无论有什么情况，我都是希望你快乐，希望你能一直开心。"

"好了，没事，我还没想好要怎么做，到时候跟你说。"宋慕星只是呆愣了几秒，便拍了拍他的肩膀。

"不管要去做什么，我都愿意始终尊重你的想法。宋慕星，你记住，不管怎样，你都不是孤身一人。"

宋慕星心中一怔，重重点头，随即表现出一副轻松的模样："怎么说得那么伤感啊，姐可比你想象的坚强多了。"

蒋眠还欲追问个详尽，但是下一秒，她踮起脚在他嘴上留下轻轻一吻："谢谢你，我的男朋友。"

蒋眠将她反手拉回，又深深倾注了一吻，缠绵悱恻。

"中午吃什么？"

蒋眠拉住她的手，悄悄地深吸了一口气去平复狂乱的心跳，看上去波澜不惊，甚至问出了极其寻常的问题。只剩下宋慕星被亲得七荤八素，脸上多了抹可疑的红晕，说起话来有些含糊："都行。"

"那我给你做。"

"老三，回来了。"

蒋家的店被收走后，他和蒋奶奶回到了原本的住所。虽说赚的钱少了些，但也不用再和那些市井流氓打交道，左邻右舍挨得近了，彼此也有个照应。小小的巷子里面，分外热闹生气。蒋奶奶躺在摇椅上听收音机里的黄梅戏，落得清闲。

"老三，锅里有粥，自己去热。"蒋奶奶眯缝着眼，手里拿一把蒲扇，看上去甚是惬意自在。

"奶奶好。"

蒋奶奶缓缓睁开眼，和宋慕星打了个照面："你是老三的朋友，那个乖囡囡。"

"奶奶，这么久了，您还记得我？"宋慕星有些惊讶。

"记得，怎么不记得，以前老三就常常提到你喽。"

蒋眠像是个炫耀自己战利品的小孩，语气带着难得的幼稚："现在是老三的女朋友了。"

蒋奶奶又闭上眼睛，看上去心情甚是舒畅。嘴里还哼着《天仙配》的唱词："你挑水来我浇园，你织布来我耕田。寒窑虽破能避风雨，夫妻恩爱苦也甜。"

蒋眠没舍得让宋慕星喝冷粥，而是另起炉灶，开冰箱拿了食材，做了碗最最简单，也是最最温馨的西红柿鸡蛋面。

宋慕星站在一边，看着蒋眠穿着粉红色围裙在厨房里自如穿梭，忽地有些自愧不如，她想不到一个看起来五大三粗的糙老爷们竟然有着这样优秀的厨艺。这样美好的画面，原本她以为只能在梦里看到，如今出现在自己面前，倒显得有些不切实际的圆满。

吃完饭，宋慕星自告奋勇要洗碗。

"哪有让你洗碗的道理？"蒋眠这样说着，准备收拾。

但是他招架不住宋慕星的软磨硬泡，只能乖乖替她系上围裙。

宋慕星把长发绾成一个圈，松松垮垮地垂在肩上，几缕发丝凌乱地散落在外，有一种慵懒的美。她的身段是极好的，每一步的动作都轻轻吸引着他的目光。

倚靠在厨房的门框上，蒋眠觉得自己有些幸福，好像一下子穿越到了几年后，过上了他最期待的婚后生活。

宋慕星的一声惊呼把他拉回现实。

"怎么了？没伤到吧？"蒋眠立刻拿起她的手看，原是抹布上的一块鱼刺，险些将她手指划伤。

"没事，我刚刚没看到。"宋慕星向后一转身，蒋眠正是俯身姿态，她微软的唇瓣轻轻掠过他的脸，带着暧昧的温度。

蒋眠心中一跳，压抑着自己心中的情感，却对上了她无辜可怜的眼神。

"我不是……"故意的。

后半句话没有出场的机会，蒋眠已经吻了上来。

簌簌的水流声还在不断蔓延，两人唇间交错的声响也越发不可收拾。

宋慕星只觉得自己快要被这份爱搅得心猿意马，越是沉沦便越是无法抽身："不……不要。"

"就一下。"他的语气带着少有的沙哑。

"奶奶还在外面呢。"

"她听不见的。"

话毕，蒋眠又加重了这个吻的力道，宋慕星被他禁锢于手掌间，只听得周遭数不尽的水声被悉数放大，最后完全混为一体，变作口中娇弱的闷哼。

这是在蒋眠面前，第一次展现这样的自己，宋慕星羞怯地一路从脸颊红到耳根。

"老三，怎么不关水，浪费哟。"蒋奶奶的一句话忽然叫二人意识清醒大半。

蒋眠拧了拧眉头，缓缓放开对宋慕星的束缚，顺势在宋慕星嘴角留下了离别的赠礼，随后便越过宋慕星去关水。刹那间刻骨铭心的冷袭来，她感受到零星飞溅的水珠轻轻掠过她的腰，像是一种无言的宣誓。

"我来洗，你去休息吧。"

"嗯……"宋慕星任由他为自己取下围裙，脚步虚浮地走到了门外。

蒋奶奶指了指旁边的板凳，示意她坐下，老人家眼神不好，却总是能发现要害："囡囡当心冻伤风哦，脸怎么这样子红啊。"

下午，蒋眠照例送宋慕星回家，短暂的指尖试探后，两人第一次十指相扣。

"听我奶奶说你看上去身体不太好，要不要我给你看看？"蒋眠饶有趣味地打量着她，语气揶揄。

这哪里是关心，分明是变着法和她"耍流氓"呢。

"变态。"她嗔怪着，早就听出了蒋眠的话外之意。

"真的不要？"

"才不要！"

趁他还没反应过来，宋慕星松开手大步往前。

06

两人一路上有说有笑，也不觉得路途漫长。

直到抵达周家的那一刻，宋慕星错愕地看着眼前的一幕。地上是大片的碗盆碎片，看上去尖利危险。笤帚和畚箕也散落在一旁，原本整齐干净的家，变成了冰冷的恶魔炼狱。

"你还骗我？我之前都看到了，你存了不少吧，快给我，都给我！"

宋慕星忙走上前，扶起在地上蜷缩成一团的孟欣萍。

似乎是下意识的逃离动作，孟欣萍害怕而颤抖地望了一眼来者，这才放心递出手，手上的鲜血还在汩汩流淌。

"你在干什么？"宋慕星觉得自己真是疯了，她的脚每踩过一片瓦砾，就发出清脆的摩擦声，像是在人的心口划出一道道裂痕。

"哎呀小星，你误会了，我们没事。"周勤翻脸比翻书还快，变作那副一贯游刃有余的模样，"你妈刚刚洗碗摔碎了点东西，我正在说她呢，不小心才把她推倒了。"

"轮得着你说！"宋慕星从地上拿起一块碎片，冲着周勤比画，"不小心推倒了是吧，那如果我不小心划了你一下，应该也会被原谅吧？"

"你你你，你要干什么？"周勤本能地后退了好几步。

这时，宋慕星的眼前忽然出现了熟悉的身影。蒋眠不知何时已经完全充当了她和周勤之间的屏障："我来吧。"

"相信我。"蒋眠再次强调，这才让宋慕星扔掉碎片，带着孟欣萍上了楼。

"你是蒋家那小子，对吧？"周勤自矜势单力薄，便立刻套近乎示弱，还伸出了手装作礼貌。

蒋眠冲他微笑，眼神却比利刃还要锋锐几分，他结结实实地回握住周勤的手，不多时便叫周勤疼得龇牙咧嘴，随后蒋眠借力转身，周勤一屁股墩坐在地上，模样狼狈不堪。

"你再动她们俩一下，我叫你脸着地。"他只扔下了这一句话，语气平淡得像是在叙述自己中午吃了什么一样淡然。

另一边，宋慕星拿着绷带和红药水，一点点为孟欣萍处理伤口，动作极为轻柔和耐心。

那样无所畏惧撑起自己人生一片天的女人，也会有躲在自己身后啜泣的一天，宋慕星不怨母亲瞒着自己，只怨自己无能懦弱。

长大的这一天，终究来得太迟太迟。

"他除了打你，还干过什么？"

"小星，你周叔叔他……"此刻，孟欣萍的语气是前所未有的陌生，就像个犯了错的孩子一般。

"都什么时候了，你还袒护他！"宋慕星终于和母亲亮了底牌，这些年她一笔一笔的积攒终于有了用武之地，"妈，实话告诉你吧，你不用担心我们亏欠他的，我已经算好了这些年他花在我们身上的钱，我会全部还给他的。但是他这些年对你干的事情，我也会让他付出代价。"

"小星，妈妈不是那个意思。"孟欣萍早已被岁月磨平了棱角，面容上满是低眉顺眼的屈从，"唉，都这个年纪了，况且你也工作了，妈妈的心愿都满足了。现在，真的没什么遗憾了。"

"妈，和我去京华吧，"宋慕星一字一句，"这也是我的心愿，如果你不去，我大概这辈子都解不了这个遗憾了。"

宋慕星攥紧了孟欣萍的手，皲裂的皮肤昭示着母亲不再年轻的事实，像是被岁月淘尽，只留下干涸的河床。

嘉川的夜晚，几颗星星孤零零地躺在天上，宋慕星靠在窗边，忽然想起她刚来嘉川时，那个晚上的星星也很少，空气经历了长久的炎热，闷得不像话。不知为何，她赌气般许了一个"下雨"的愿望，结果第二天真的下了一场暴雨，洗干净了城市四处遗留的灰尘，空气中只留下了清冽的气味，她当时只觉得鼻尖萦绕着全新的气息。

像是一种新生的呼唤。

宋慕星拿起手机，拨通了蒋眠的电话。

对面很快接起，她说："蒋眠，我想带我妈去京华。"

宋慕星想，她可以的，一定可以的。

翌日清晨，周勤起得格外早。

宋慕星紧随其后，把给孟欣萍的红包放在显眼处，果然见周勤二话不说拿了就跑。

于是，宋慕星下楼邀请谢琴娟和周家两兄弟去参加自己的庆功宴，为了庆祝自己拿到设计院的 offer。

"这么重要的事情，你怎么不早点说啊？"谢琴娟已经全然忘记了自己的立场，现如今自己的儿子和孙子不争气还败家，她就只能在这个和自己丝毫不沾边的孙女身上找找存在感了。

"你爸现在也不知道去哪儿了，这可怎么办？"

"奶奶、哥哥、弟弟，外面的车子已经来了哦，再不去的话，就坐不上白色宝马了。"

一听这话，谢琴娟也不管三七二十一，赶紧拉着自己两个不成器的孙子上了车。

江文翊从反光镜里看到三人小人得志的表情，只觉得一阵恶心。

坐在副驾驶的蒋眠忽然开口，把后面还在兴奋的三人给吓了一跳："车门关好，要开了。"

谢琴娟贵人多忘事，早就把蒋眠这个人给忘得干干净净了。倒是周铭还记得以前和蒋眠针锋相对的事情，不过他们多年不见，也没有出现新的矛盾，便算是井水不犯河水了。只不过，这样"共处一室"的尴尬距离还是让他有种无地自容的感觉。

"怎么选了这么个地方啊？琴娟，你不晓得，我孙子都是去五星级大酒店的。"

"我孙女啊，都是男朋友请的，哎呀，酒店名字我倒是不知道啊。但是那天来的那些车子，真的只是电视上才见过的。"

这是一家饭馆和旅馆二合一的酒店，称不上高级，甚至还有些陈旧。谢琴娟原以为只是来长个面子，没承想宋慕星把自己那些个七嘴八舌的老姐妹请了个遍。

今时不同往日，谢琴娟完全没有值得炫耀的资本，只好坐在自己的老姐妹之间，像个霜打的茄子般耷拉着头，偶尔吹捧着宋慕星的优秀之处。

"小星，真的这么做吗？"孟欣萍在门外拉着宋慕星的衣角，仿佛此刻她才是那个需要被呵护的小女孩。

宋慕星言语间没有丝毫犹豫。

"哟，瞧我这记性。"宋慕星冲着满桌的人赔不是，"要不说怎么还不上菜呢？原来是我记错房间了，劳烦大家换个地儿，这服务员刚刚催我半天了。"

众人虽不解，但还是跟着宋慕星上了层楼，去到了另一个房间的门口。

气氛已经开始不对劲，周遭窃窃私语的声音越来越大，眼前的房间门锁紧闭，哪里像要上菜的前兆。

察觉到宋慕星情绪的不对劲，蒋眠站到她身前，默默接过她手中的房卡，随后只轻轻用它刷了刷门，伴随着"吱呀"一声，房门便轻而易举地被打开。

那个拿着红包出门的周勤正搂着一个女人躺在床上。

众目睽睽之下，场面不可收拾。

周勤慌张得差点从床上滚了下来，旁边的女人也赶紧用被子挡住自己的脸。

"爸，我说怎么哪里都找不到你，原来你在这儿啊。"不知为何，宋慕星说出这些话的时候，再也没有那份怯懦和害怕，好像她已经打败了从前畏惧的很多黑暗。

"作孽啊，哎哟哟。"

周勤抵不过周围人的舆论压力，终究是签署了离婚协议书。孟欣萍怎么也没有想到，自己原本想隐忍一辈子的苦楚，竟然能够被自己的女儿化解。

她终于被拯救了，彻彻底底、完完全全地。

STAR 09

初吻对象

01

宋慕星是带着孟欣萍一起回的京华，两人在嘉川待了这么些年，行李却屈指可数。

来的时候一腔热血，离开的时候满心疲惫。

宋慕星的心中莫名水汽氤氲。

"喝吗？"蒋眠变戏法似的从身后掏出一瓶橘子汽水，上面还冒着细密的水珠，看起来是刚买不久。

宋慕星一愣。

瓶盖早已被他贴心地打开，宋慕星挑了根粉红色的吸管，似乎与那个夏天的迟暮撞了个满怀。

"好好喝啊。"宋慕星对着蒋眠说，不知为何，话一出口，两人都笑了起来。

"哎哟喂！"陈笑眉在一旁龇牙咧嘴地表示没眼看。

她倒是看上了宋慕星手上那瓶小汽水，只不过名花有主，她也不好意思再像以前那样欠欠地去喝一口。于是，瞅准了江文翊手上那瓶没开封的菠萝汽水，她目光可怜："班长……"

不料下一秒江文翊打开瓶盖，瞬间咕咚咕咚半瓶下肚："确实好喝啊。"

陈笑眉默默翻了个白眼，不想给我喝可以直说。

宋慕星靠着蒋眠的肩膀，在旁边笑得开怀。

几人在国庆时返校，短暂的相聚后又是不知何时再见面的分离，这一天就干脆好好地玩了一把。

如今孟欣萍跟着，加上宋慕星大四这一年可以不回宿舍，于是乎，在校外寻个好住所便对她分外重要。蒋眠陪宋慕星去看了几天房子，最后敲定了一处离学校和设计院的距离都折中的地儿，水电全包。

蒋眠是有私心在其中的，毕竟这里离他的学校仅仅只有几分钟路程。

得了孟欣萍的默许之后，他几乎一有空便提着些水果和蔬菜来拜访，有时候还亲自下个厨。

这样的日子惬意自在，没有波澜倒也乐得清闲。

孟欣萍操劳了大半辈子，总是闲不下来，宋慕星于是叫她去楼下学跳广场舞。

"我跳不来。"

起初她还满是拒绝，后来半推半就间选择试探性迈出几步，结果就这么坚持下来了。每天一小会儿的时间竟开始让孟欣萍变得容光焕发起来，也让她在这个陌生的城市里有了几个可以说话的伴儿。

周末，蒋眠特地提了个大蛋糕来看望宋慕星母女俩，上楼梯的时候恰好和孟欣萍打了个照面："阿姨好。"

"小眠啊，又来啦。"

孟欣萍烫了时髦的波波头，旁边的阿姨八卦心按捺不住："这是你女婿啊？"

还没等孟欣萍回答，那阿姨就竖起大拇指："帅的。"

男生幼稚的好胜心被满足，蒋眠一路小碎步走得欢快，敲门的时候嘴上还哼着小曲。

熟悉的身影很快出现。

"刚刚有人夸我帅了，"蒋眠没个正形，一放下东西就把她抱进怀里，随后小声地在宋慕星耳边说，"咱妈的广场舞好姐妹夸的。"

"咱妈知道你这么叫她吗？帅哥。"宋慕星好笑地调侃。

她在家总是自由自在的，穿着白色睡裙，发型是随意的丸子头。蒋眠紧紧抱着她，只觉得宋慕星整个人香香软软的，他猛亲了一口，看着她的眼睛，忍不住咽了一口口水。

"我妈马上就回来了。"宋慕星说。

"不会的，她刚下去。"蒋眠哪里愿意给她离开的机会，他轻轻咬她耳朵，"很漂亮。"

宋慕星挣脱了，娇嗔地说蒋眠变态。

蒋眠只觉得胸腔里一颗心跳得强烈。一些压抑的情愫化作风里缥缈的云烟，只有自己看得清那罕见的风景。他时常觉得宋慕星反应太慢，一句话要说好几遍才听得清。

他真的有很多话，想对这个迟钝的女孩说。

"宋慕星，你有时候真的很古板。"

"宋慕星，你能不能强硬一点，别人欺负你的时候可不可以凶一点啊。"

他顿了顿，看到女生扑闪的睫毛微微颤动了一下。

"宋慕星，我喜欢你。"

临近毕业，宋慕星除了要为自己的毕业论文烦恼外，还得围着设计院的任务打转，只能偶尔找个短暂的时间喘口气。

孟欣萍劝她注意身体，她却总是一笑而过。

没办法，她现在太需要迅速站稳脚跟了。只有靠着笨拙而坚定的努力，才能支撑起这个羸弱的新生小家庭。

等到宋慕星终于有假期的时候，蒋眠联系了江文翊和几个铁哥们，很快敲定了放松计划——毕业旅行。他们去海边，看一场浪漫的日出，感受海风咸咸的气息，晒个完美的日光浴，再不济，捡拾到几枚心仪的贝壳也算圆满。

宋慕星听到这想法的第一念头是惊喜和意外，她还一次没去过真正的海边。尤其是最近忙昏了头，完完全全被图纸淹没，如果能真切地放松一回，那这段时间的辛苦也不算白费了。

于是乎，她第二天就拉着同样兴奋的陈笑眉去商场的实体店选泳装。

两人同等年纪，审美却是天差地别。

宋慕星习惯把自己打扮得闲人勿近的模样，衣柜里常常是一件件色彩鲜明的长裙，这一下子要去选布料稀少的泳装，还真是有些羞涩。

尤其是当她把一件深蓝色连体泳衣展示在陈笑眉面前时，更是收获了这样的滑稽场景——陈笑眉捂着肚子，起初只是肩膀抖动，到后来整个人就像被上了发条一样一直笑。陈笑眉笑她看似性感大美女，实际保守小白兔。

"这，其实，我觉得还行啊。"

宋慕星今日戴了银白色流苏耳坠，穿了条白色雪纺裙，俨然故事里的白雪公主，此刻脸上严肃又认真的表情更是让人忍俊不禁。

"不过，公主穿这种衣服的，我还是头一回见，"陈笑眉扶额沉思，随即语出惊人，"说实话，我妈好像有件和你手上这件一模一样的泳衣。"

宋慕星无语。

"这件。"陈笑眉火眼金睛般扫视了一眼四周，很快就拿起了自己挑中的心仪对象。

那是一件极其张扬性感的泳衣，大红的配色鲜明夺目，但是并不艳俗。上半身的形状是两个小三角，下半身则是几条丝线的组合，那细线旁边的蝴蝶结，可能是通体设计中最保守的部分了。

宋慕星看着它，脑海中想象自己穿上的模样，脸几乎要红成刚采摘下来的小草莓。

店员走过来："小姐，是去海边吧？这件泳衣可太适合你了，回头率百分之百。"

宋慕星不免更加羞怯。

陈笑眉也在身旁两眼放光地看着她："买它吧，买它吧！"

最后的结局得到欧亨利大师的真传，既在情理之中，又在意料之外——宋慕星买下了两件泳衣。

02

第一次坐飞机，蒋眠贴心地给宋慕星买了靠窗的位置。一路上她都特别兴奋，像个好奇的孩童第一次去游乐园一般。

自从宋慕星生活忙碌起来，她总是保持着成熟稳重的形象，难得愿意在人前做真实坦率的自己。蒋眠就这样饶有兴趣地听她说窗外的云像棉花糖，像小狗小猫，不时还揉揉她的头发。

"好开心啊。"她笑得粲然，双手托着脸颊，就这样慢慢看着窗外的景色逐渐变化。背影像是一只向往未知生活的小仓鼠，好奇地张望着。

明明是那样简单一句话，尾音却因为女生愉悦的心情而显得有些绵长和耐人寻味，活像是撒娇。这样忽然的反差萌，在宋慕星身上就显得格外珍贵和有趣了。蒋眠觉得自己的心就好像被小猫咪的爪子刺挠了一下，怪痒的。

于是，他忍不住靠近，轻轻捏着她的下巴，在上面轻啄了一下。

坐在前一排的陈笑眉因为早上吃太晚，正对着面前的飞机餐发愁，刚好转头："我这份估计是不吃了，你们要不？"

陈笑眉将这一幕收入眼底。

"哎哟，大中午的就让我看见这个，本来吃得太撑就烦。"她还用胳膊肘悄悄捅旁边的江文翊，"班长，后面在直播喂'狗粮'。"

江文翊刚刚用完餐，看起来不为所动，拿出餐巾纸，似乎是要擦嘴休息了。

陈笑眉郁闷，心说："不看就不看，装什么高冷。"

不料这位下一秒摘下眼镜，开始用纸巾仔仔细细地擦拭着镜片，随即戴上，飞速转头。

"是挺撑的，少看。"

陈笑眉心中气道：你看就看，谁让你发表"影评"的。

一下飞机就有几个熟悉的面孔出现。

吴骏达、陆豪早已站在了接机口，冲着蒋眠一行人龇牙咧嘴地笑："蒋哥，这儿呢！"

宋慕星可太熟悉了，这不就是当年帮蒋眠偷试卷的那两个小弟嘛。这么多年过去了，一个变高一个变壮，唯一不变的就是眉宇间的憨厚劲。

"蒋哥，这位不是那谁吗？"

"没礼貌。"蒋眠双手按在宋慕星的肩膀上，"得改口了，这是嫂子。"

"陈话痨。"

陈笑眉还在一边充当吃瓜群众的时候，后背忽地被人拍了一下，她捋起袖子刚准备破口大骂，被眼前人震惊了一番："吴大头，你怎么也在这儿啊！"

"你朋友圈不是暴露行踪了吗？我寻思来个偶遇。"吴志豪挠头，不好意思地说道。

"咦——"

如此直白露骨的真情流露，也就陈笑眉这样的烈性子能弹人家纯情男生一个大大的脑门："都是兄弟啊，别恶心我。"

至此，整支队伍总算是集结完毕。

众人忙着叙旧，江文翔掏出手机看了看时间和地图："再不去酒店的话，我估计我们今晚应该能一起吹海风了。"

吴骏达带了女朋友，是导游专业，叫小叶。

有了小叶的路路通属性，众人很快安置好家当，随后便换了行头在沙滩畅玩，在四处逛了逛，他们打算来一个海边必不可少的项目"沙滩球"先热场子。

八个人很快分好了沙滩球的组合，非常合理地让两对小情侣自成一组。

"看我们'单身狗'如何扭转乾坤！"陆豪下手没轻没重，几乎是使出了吃奶的力气要和对面来个鱼死网破。

另一边，两位男士自然是各自护着自家的女朋友，蒋眠一边接球一边纳闷："陆豪这小子吃错药了，怎么今天这个样子？"

吴骏达一边护着小叶一边喘气，看上去很是狼狈："别提了，刚被女神踹了，这会儿还沉浸在失恋的痛苦里面呢。"

这场比赛越打越激烈，宋慕星却觉得自己毫无游戏体验。

这个活动对她来说，与其说是沙滩球，不如说是老鹰抓小鸡，她全程都听着蒋眠的话，乖乖躲在他身后，不仅没怎么参与，甚至连战况都没机会看到。

不过，陆豪打过来的球，她也确实是接不到。

就这么一个愣神站在原地，宋慕星便成为对面的活靶子。

"小心。"蒋眠很快赶来，将宋慕星推到了安全地方。

宋慕星转身回望，只觉得大事不妙。按照这个角度和力道，球恐怕是要命中蒋眠。宋慕星的物理一向是超群水平，此刻她的脑子里不断模拟着那个球的行动轨迹，整个人几乎是屏息凝神的程度。

太痛了。

她不知为何，好像能感受到蒋眠的疼痛，已经拿手捂住眼睛。

幸好，这次的理论抵不过实践，科班出身的蒋眠仅仅是随手一抓，便阻止了这场悲剧的上演。

"嫂子，看来蒋哥是真爱你啊。"陆豪还在对面幸灾乐祸。

"无关人员请先撤离，不好意思啊，大家配合一下。"就在这时，远处的扩音喇叭甚是扫兴地响起，随即有大批人马开始在海滩边拉起隔离线。

旅客们只能开始退场。

03

身边的喧嚣骤然褪去，只剩下潮汐翻卷着云雾。众人还在百思不得其解之时，被簇拥的女人摘下墨镜，露出了一副姣好的面容。

"这不是卢女神吗？"陈笑眉眼神好，一下子就把对方给认出来了。

老同学见面分外难得，卢玥倒是落落大方："这么巧啊，你们也在这儿？"

大明星的主动寒暄，除了宋慕星和蒋眠、江文翊三人默不作声外，其他人都争抢着去应答。

"是啊，我们来毕业旅行。"陈笑眉此时分外热情，"卢女神，你还记得我不，我们曾加过好友的。"

"记得。"卢玥浅浅一笑，虽然礼貌，但看上去并不愿和陈笑眉做过多交流。

"我是来这里拍旅游宣传片的，如果你们不介意的话，这次我请客，大家在这里随便玩。"

"这么大手笔！"吴志豪一下子就叫唤开了，被陈笑眉笑话没见识。

"小事啦。"卢玥脸上云淡风轻，就像是叙述今天的天气一样稀松平常，"我和这里的开发商认识，和他提一下就好。"

卢玥说："刚刚他们那样子吓到你们了吧，别往心里去，该怎么玩就怎么玩，要是有人赶你们就和我说。"

吴骏达拍拍蒋眠的肩膀："这排场还真是大，咱算是免费旅游了。"

"你很缺钱吗？"蒋眠明显毫无波动。

"哎，蒋哥，你说话带刺呢。"吴骏达感觉自己怪委屈的，"这天上掉馅饼，我接一下还不行了？"

卢玥先是让助理给他们送些饮料，再让负责人给他们专门辟了一块阴凉地来休息。

陈笑眉没想到，平时只能在网上见到的著名化妆师翁淼淼竟然还能和自己近距离拍照，于是心情倍棒，不仅话是平时的好几倍，就连玩的兴致也高了起来。

众人吃了顿烧烤后，再次回到沙滩。

"真心话大冒险，玩不玩？"陈笑眉一向是一群人里面的气氛担当，这种传遍大江南北的游戏又怎能轻易错过呢？而且，这游戏绝对是打探八卦和看别人出糗的最好机会。

只不过，其中的前提就是，自己运气足够好，才有资格对别人开涮。

陈笑眉等着看别人的八卦，却不想下一秒她就被拎出来当众处刑了。

"真心话还是大冒险？"

"真心话吧。"陈笑眉只好自认倒霉。

"我来问，"吴志豪猛地举手，"谈了几个啊？"

"吴志豪，不带你这么玩的！"想不到一开场的问题就那么刺激，瞬间让沉闷的气氛被调动了些许。陈笑眉一边"殴打"吴志豪，一边磕磕巴巴地答了："三个、三个。"

"哦——"全场开始怪叫连连，惹得陈笑眉都红了脸。

"继续玩，看我转你们！"话毕，她开始转动瓶子，暗戳戳下决心要让下一个人好看。

没想到，这瓶子偏偏不如人心意，只随意扭了几下，便停留在了宋慕星面前。

得，转到自家人了。

陈笑眉脑子里构思好的劲爆问题瞬间开不了口，只化作宠溺的眼神："星星，你要真心话，还是大冒险？"

"大冒险吧。"宋慕星害怕有人问出奇怪的问题，到时候她万一觉得隐私不好回答，让气氛尴尬就不好了。

她话音刚落，便听到陆豪那小子贱兮兮的声音："那就，选择在场一个异性，和他近距离对视十秒。

"不准笑啊，要是笑了，就给我当众亲吻十秒。"

宋慕星瞬间后悔了，这挑战，还不如选真心话呢。

想也不用想，宋慕星扭头，和旁边的蒋眠开始对视。

原本，正经八百的两人应当是能够平安无险地顺利完成任务的。不承想，宋慕星转过头的第一秒，蒋眠一边的嘴角便已经上扬。憋笑的样子莫名诙谐，宋慕星一下子没反应过来，整个人的正经状态完全垮掉。

"笑了啊，笑了啊。"陆豪马上来了劲。

"亲一个，亲一个！"

陆豪和吴骏达带起节奏，陈笑眉也看热闹不嫌事大，众人一边拍手一边坐等好戏。

蒋眠笑了笑，把宋慕星揽入怀中。

"等一下，等一下。"陆豪得理不饶人，"顺序可别反了，是嫂子亲你，不是你亲嫂子。"

宋慕星的脸泛起红晕。

没办法，速战速决吧。她咬咬牙，贴上蒋眠的唇……

十秒的时间不长不短，蒋眠的双手放在两侧，没有一点动作。江文翊坐在一旁，随意打量着，只瞥到了蒋眠的喉结一次次上下来回滚动，看起来是在刻意压抑，他忍不住撇过头笑了一下。

几人又玩了好几局，除了江文翊外，都被转到了瓶子。

突然，卢玥笑脸盈盈地走过来："玩什么呢，这么热闹，不知道我有没有荣幸能够加入呢？"

真是应了那句古话，伸手不打笑脸人。陈笑眉和吴骏达已经默默为卢玥腾位置了。

卢玥今日穿的是极其性感的豹纹比基尼，外面套一件长款衬衫，将自己的美丽毫无收敛却又若隐若现地展示了出来。

这一把是宋慕星转瓶子，不偏不倚，瓶口对准蒋眠。

"那就，去摸一下你初吻对象的头吧。"卢玥突然开口。

宋慕星实在是没想到她会这样出牌。

难道自己以前对她的敌意都是多余的吗？莫不成是自己一直在以小人之心度君子之腹？该用什么样的姿态去迎接蒋眠的抚摸才好呢？宋慕星想起陈笑眉之前跟她说的那些歪七扭八定理，决定试一次，便装作毫不在意、漫不经心的样子，显示出自己的高傲，等着蒋眠来摸她的头。

然而，事情的发展却并不如她预想的那样简单。

蒋眠嘴角抽动，似是有什么难言之隐："换一个吧。"

在座的人无不目瞪口呆，只觉得故事变得扑朔迷离起来。

宋慕星的心中也忽然"咯噔"了一下。身后有人拍了拍她，陈笑眉低声耳语："蒋眠肯定开玩笑呢，或者有外人在，他不好意思了。"

这些话让宋慕星稍稍定心一些，可她还是继续目不转睛地盯着蒋眠，女人的第六感告诉她，其中有蹊跷。

"我不换，就这个吧，"卢玥打开饮料喝了一口，看起来态度散漫，"怎么，玩不起了？"

蒋眠深吸了一口气。

"玩。"随即，他迟缓地站了起来，径直越过宋慕星，来到了另一个人面前。他伸出自己的手，在卢玥的头上轻轻点了一下，然后回到了自己的座位。

刚刚发生的场景迅速而无声，但好似一枚炸弹在众人之间被引燃了一样。碍于宋慕星在场，大家也不好再多说些什么，但宋慕星的脸色已经不对劲了。

卢玥却得意一笑，似乎对一切都尽在掌握："好啦，就是个游戏，大家别往心里去。"她还别有深意地望了宋慕星一眼，"继续玩呀。"

于是，卢玥开始转动瓶子。

偏偏天公不作美，瓶子又停在了蒋眠面前。

"真心话还是大冒险？"现在这时候，在场的人也就她敢不嫌事大地说话了。

"真心话吧。"蒋眠冷冷道。

卢玥抿嘴："那就，描述一下你初吻的场景和感受吧。"

众人几乎是震惊到合不拢嘴，陈笑眉的下巴从刚刚开始就一直保持着半张开状态。

蒋眠蹙了蹙眉，似乎是想找个理由搪塞过去。

"说啊，怎么不说了，玩不起吗？"这声音轻柔但富有力量，大家纷纷侧目，宋慕星一字一句，"蒋眠，你最好不是个胆小鬼。"

"没感觉。"

没有人注意到，他说出这句话时，卢玥脸上的表情一僵。

蒋眠的眼睛看着宋慕星，不知为何开始说起短句："刚下训，她突然来看我，走到路口，她偷亲了上来，我根本没反应过来。"

宋慕星只觉得心中有什么牢固的信仰在刹那间破灭了。

在这寥寥数语中，她已经能将故事的所有场景悉数想象出来，不是亲眼看到，却胜似切身感受，宋慕星觉得自己是疯了，一定要把那把刀亲手刺到心口，才肯善罢甘休，自讨苦吃也不过如此："不好意思大家，我身体有点不舒服，想先上楼休息一下。"

下一秒，她便起身离开，蒋眠追了上去，却被无情地甩开了手。

"你别生气，我没和你说清楚之前的事，是我的不好。"

宋慕星这回迅速挣脱了他的拉扯，丝毫没有理会他刚刚的话，而是兀自反问："所以你的那些什么接吻技巧，都是和她练出来的吧？"

他们在一起的恋爱进度几乎都是蒋眠在主导，不管是牵手拥抱还是接吻，宋慕星从来都只是被动接受，她自认为这是他爱意的一种展露，却从来没想到……

"我说我是天赋异禀，你信吗？"蒋眠的话音在耳边盘旋，"真的不骗你。"

"放屁。"宋慕星很少说脏话，今天破戒。

04

"星星，你去哪儿啊？"不知何时，陈笑眉已经在电梯口等着了，看上去十分担忧，"你可别想不开。"

她的低马尾散下来了，飘逸的发在空气中飞舞，有好闻的花香味。

"我去楼上换身衣服。"

宋慕星坐在镜子前，看着那个穿着性感张扬的红色泳装的自己发了好一会儿呆，她还是被这突如其来的好胜心给吓了一跳，此刻的她是前所未见的特别模样，这样少有的展现自己美丽的时刻竟然是出于这样的心理，她不免开始感到些许荒诞。

论样貌，论学历，她自是有条件去和卢玥相提并论，可当二人真正交锋的时候，她内心却总是会升起无名的自卑。

那种感觉，让她窒息。

她像是眼睁睁看着自己喜欢的糖果被别人抢走，像是无奈接受自己承办的项目被别人接盘，像是等了好久好久才上线的限定产品，一下子被别人插队买空了一般。

可是，明明是自己先来的。

"爱情嘛，本来就是没有先来后到的，"陈笑眉开始苦口婆心地对宋慕星说，"你啊，就是太在意蒋眠了，在意到有点自卑了。我觉得这样不合适，太不合适了。"

小叶在一天不到的时间里和大家打成了一片，此刻看到宋慕星的遭遇，她表示非常能共情："虽然卢玥是大明星，但是我说实话，不知道为什么，她总是给人一种很不舒服的感觉。"

小叶姑娘看起来非常豪迈，找不到特别合适的形容词，她挠挠头心直口快地说："就是感觉好像，宫斗剧里面能活到最后一集的感觉。"

陈笑眉猛点头，还和小叶侠义握手："我也是这种想法！就是总感觉这人不简单，一般的人可能还真玩不过她。"

"就是这种感觉。"小叶表示异常赞同。

宋慕星深叹一口气，还在气头上没法适应。

陈笑眉拿胳膊肘撞她："不过嘛，咱们家星星现在就是活脱脱一个辣妹，我看哪个男人看了不心动！"

在一旁的小叶也竖起大拇指："就是啊，星星姐，你男朋友肯定追悔莫及，马上就来和你负荆请罪了。而且估计那就是误会，他把事情说清楚也就没事了。"

宋慕星心不在焉，表面上和她们推杯换盏，实际上心早就飞远了。

翌日，宋慕星早早地出现在海滩上。

蒋眠昨晚给她发了消息，她没有回。此刻，她特地把腰背挺得笔直，用余光寻找蒋眠一行人的身影。

她身姿优美，站在海滩边更是有种说不出的显眼。

"美女，加个微信？"

正当宋慕星半天寻觅不到目标，双腿开始松懈，打算卸下伪装的时候，身旁的一道声音把她拉回了现实。准确来说，是一个"绿毛男"，穿着绿色的沙滩裤，脚踩绿色的拖鞋，忽然出现在了她面前。

宋慕星觉得，若是一不留神，还真容易把他认成盆绿色仙人掌。

"加个微信呗！"男生又说了一遍。

宋慕星不好拒绝，无奈给他扫了码，但等他走后，她也没去加这个好友。说实话，她虽然现在还生着蒋眠的气，但这样做也是不太妥当的。毕竟如果换位思考一下，她估计可能会气得发疯吧。

上面的备注信息是"徐致远"。

倒是与本人形象不相符，如此文艺的名字，那人却浑身上下散发着一股奇异的非主流味道。

陈笑眉和小叶来找她，刚好看见这一幕。陈笑眉打了个哈欠："不打算加啊？"

"不打算。"

"为什么啊？"

宋慕星把手机递过去："喏，你看。"

黑白头像，似乎用的还是自己戴着墨镜的自拍，旁边的网名酷炫又复杂，只可意会不可言传——丿王氏灬贵族丨。

饶是平日里陈笑眉见多识广，看到这个名字的时候，还是陷入了一言难尽的沉默。她嘴角的笑容消失，原封不动地把手机递回："我觉得，你说的，挺有道理的。"

小叶不禁好奇，接过手机打算细细拜读一番。

不过，不同的是，小叶点开头像，惊讶道："这人不简单。"

宋慕星和陈笑眉一呆，停下手中的动作，饶有兴趣地问："此话怎讲？"

"你们看，蹊跷就在其中。"小叶放大他的头像，上面的男生穿着制服，上面的校徽分外醒目——南齐航空航天大学。

陈笑眉心直口快，脑子还没转过来，嘴巴已经在前面跑得飞快："就这样，还是个空少？"

宋慕星环顾四周，赶紧示意她降低分贝："笑眉，你声音轻点，万一被人家听到了多不好呀。"

小叶开始犯花痴："南齐航空航天大学，可是帅哥如云啊。"

陈笑眉这时一拍脑门："对啊，秦斯然不也在那边念书吗？"随即她接过宋慕星的手机，开始轻车熟路地操作，"那这可就不一样了，加，不加白不加。"

"哎，别……"

"别说话，要是你实在不喜欢，可以让他……把他的好兄弟们介绍给我。"陈笑眉目光坚定。

宋慕星伸手去拦，不过显然为时已晚。刚加上，徐致远就回了消息，看起来在那边恭候多时了：给个备注呗，美女。

陈笑眉在一边揶揄：恶心，一上来就问人家要备注。

小叶也紧皱眉头，不知道该怎么回复。

宋慕星只能拿过手机啪嗒啪嗒地打字。

"你回了啥？"陈笑眉问。

这位性感大美女眨巴着灵动的双眼，里面有着一种难以言喻的清澈："宋慕星。"

小叶和陈笑眉简直恨铁不成钢。

不过，回了这个名字后，对面倒是毫无动静了。良久，他发来一个龇牙表情包：美女，你是不是认识秦斯然啊？

宋慕星闲着没事，便和他攀谈了起来：我高中同学。怎么了，你认识吗？

另一边，徐致远发出一声兴奋的口哨声："真是她啊，秦斯然，你小子以前的眼光还真不赖。"

在一旁的男生默默掐掉烟头，继而打开手机，翻开她的朋友圈。

似乎确实是好久不看了，她变了很多，更加好看，也更加迷人。

宋慕星的微信很快在他们手里传开，也不知是谁开了个头，一整个上午竟有来来回回接近十个男生发来了好友申请。

放在平时，宋慕星是最受不了这种怪异的交际的。

不过今日可就不一样了，蒋眠不知道去哪里玩人间蒸发了，到现在为止，整整过去了几个小时，他竟然还没有任何负荆请罪的意思。宋慕星干脆坐在躺椅上不紧不慢地学着小叶的模样，挨个研究起他们的头像。

"忙什么呢？"

背后忽然有人按住她的躺椅，宋慕星一下子浑身不自在。

一回头，蒋眠一脸黑线地站在身后，手上捧着一个巨大的椰子，满头大汗。

"关你屁事。"宋慕星第一次丝毫不领他的情。

蒋眠也不恼，把自己的外套披在她身上，随后把椰子递了过去："椰子也不要了？"这是他一大早跑了好远的地方，特地现摘的椰子。

宋慕星气急，转过身去，接过："我要。"

"星星，其实事情不是……"蒋眠沉寂了一会儿，便缓缓开口，看起来是斟酌了好久。

宋慕星闷闷地吸了一口椰汁，打算听他解释。

然而，有人打断了他的解释，秦斯然出现在宋慕星跟前，兀然摘下墨镜，递给她一杯鸡尾酒："很久没见你了，喝一杯？"

他自然是看到了蒋眠，但丝毫不在意，而是继续问宋慕星："现在不忙吧？"

"不忙，挺空的。"

反杀成功。宋慕星把椰子递回给蒋眠，头也不回地就走了。

陈笑眉和小叶在身后目瞪口呆。

只留下蒋眠盯着她远去的方向，无计可施，也无可奈何。

"最近过得怎么样？"

"挺好的。"

"我毕业就能当飞行员去了，你呢？"

"我应该在设计院。"

秦斯然不着痕迹地笑笑："要不说还是你厉害呢，你真是我见过的女生里面，最会念书又最漂亮的一个。"秦斯然瞥了眼蒋眠的方向，提议道，"我教你冲浪吧，刚刚看你在那边坐了好久了，估计也挺没意思的吧。"

"好啊，走吧。"

蒋眠一个人喝着闷酒，看见宋慕星把自己的外套脱下，轻轻地叹了口气。

"我早上摘椰子的时候忘带钱了，去给老板送个钱。"他和江文翊打了声招呼，又向他示意了宋慕星的位置，"她还在生我的气，估计一时半会儿不会理我，麻烦照看一下。"

05

冲浪一向是海边的热门项目，而此时，卢玥正在拍摄这个镜头，剧组这次没有选择清场，但旅客也主动不去凑近他们了。和一般人不同，卢玥身边有专业教练，甚至有设备能够控制小范围的海水。

宋慕星跟着秦斯然学冲浪，这会儿正笑得开怀。

不得不说，秦斯然确实是会说话的，虽然满嘴"跑火车"，但是太有水平了，宋慕星的心情都不知不觉好起来了。她从站上冲浪板到能够控制身体前进，对技巧逐渐熟稔，全身心沉浸其中，也离岸边越来越远。

一个小浪打来，宋慕星平稳度过，还朝转头离她渐远的秦斯然笑了笑。

卢玥在一旁看见她这副模样，心里莫名有点不是滋味。剧组的工作还在继续，她突然让工作人员调整了机器的强度，瞬间海浪翻滚。

宋慕星蓦地在海浪里摔得毫无形象。

刹那间，她整个人失去重心，铺天盖地的水流猛地灌向她，她条件反射地挣扎求救，结果却是徒劳。

又一个巨大的浪向她扑过来。

海浪越发汹涌，秦斯然一愣，顿住了脚步，陷入迟疑。

江文翊在不远处看到这一幕，瞬间有些慌乱，三步并作两步冲向海里把宋慕星带了回来。他情急之下放下的酒杯还在摇晃，随后从桌上滚落掉在沙滩上。

"耳朵进水了，有点痛。"宋慕星孱弱之际，只能小声呢喃。

他一字一句："我送你去酒店的医务室。"

"这下暂时是没什么事情了，先让她休息一下。"医生一边收拾自己的用具，一边对着旁边看起来心急如焚的江文翊吩咐着，"冲浪本就危险，你们年轻人追求刺激也要有个限度，防护措施得做好啊。

"还好送来得及时，基本的急救措施我已经帮她做到位了，等她醒来，你再来叫我检查。"

"好，谢谢医生。"江文翊诚挚道谢之后仍觉得有些心事放不下，"她以前耳朵有点问题，这样子会不会有影响啊？"

"嘶……这倒还真不好说，"医生显然被问到了非专业领域，"我建议你过会儿带她去医院看看，这样也好放心点。"

"谢谢医生了。"

宋慕星紧蹙着眉头，看起来异常痛苦。她今日穿得单薄，看起来和平时的模样大相径庭。想也不用想，江文翊便知她意图为何。

刚才的心悸与慌乱渐渐缓过去，他垂下眼，随后动作很轻地为她披上一条保暖的毯子，防止她着凉。

倏忽间，她手指微动，而后嘴唇翕动，轻轻地说出了几个字。

江文翊以为是她意识清醒，想说些什么诉求，于是便凑近了听。她翻来覆去，连发音都艰难，却只是在说着两个字："蒋眠。"

江文翊没有作声，倒了一杯水后便出门去寻找医生的踪影了。

刚出房间门，他就看到蒋眠匆匆赶来的身影。

像是无声的交接，江文翊扯了个笑："她在里面，快去吧。"

蒋眠拍了拍他的肩膀，似是感谢，又像是一种默契的示意："谢了啊，兄弟。"

　　蒋眠少有这样慌乱的时候，在他的世界里，兴许天塌下来比这件事情还要影响小些。宋慕星就是他的软肋，他不仅让她生气，而且还因为吃醋赌气没在她有生命危险时去救她。

　　听到消息的那一刻，蒋眠的心仿佛是漏了一拍一般，他疯跑了过来，如今走到房间门口，他倒是开始"近乡情怯"。

　　"咳咳咳……"

　　宋慕星忽然的咳嗽让他心中一阵慌乱，他迅速拉开门，径直走到了她的床前扶住她："星星。"

　　宋慕星睁开眼睛，便将他的身影收入眼帘。

　　"星星，你身体还好吗？"

　　"还好。"宋慕星只是轻轻回应，依旧执拗，背过身去不愿再看他。

　　"星星，我错了。"蒋眠不知道怎样去挽回面前的一切，"我刚刚不该走的，我也不该和你隐瞒的，都是我的不好。"

　　不该隐瞒，就活该让她伤心吗？

　　宁可让一个女生在游戏里不尴尬，也不愿意让自己的女朋友少受伤害吗？

　　宋慕星的想法有些偏激，她突然想质问蒋眠，是不是从来没有把自己放在过很重要的地位。忽然间，这份感情似乎也变得不再纯粹，因为有人分享过同样的甘甜，于是爱意也不再特殊。

　　"那个吻真的是个意外，我跟卢玥真的没有关系。"

　　蒋眠叹了口气，帮她把毯子盖好："这件事情，我本来不打算告诉你的，或者说，我想等事情有个结果了，再告诉你。"

　　宋慕星依然不为所动，一股委屈涌上心头，眼泪缓缓地从她的眼角流下。

　　蒋眠看着她，更觉得心痛得无法呼吸。

　　他抬手擦过宋慕星的眼角："我一直在调查你父亲的那个案子。大二实习期间的一次机缘巧合下，我知道了当年那个时段进入大楼的人，除了我爸，还有另一个男人。

　　"年代太久远了，当时又只在大楼门口装了摄像头，只照到了一个人影，没有任何方式能了解到其他的信息。事情进展得很不顺利，我得不到任何答案。"

宋慕星坐起身，面上还生着气，心里却忍不住去心疼蒋眠这些年的艰难经历。

蒋眠停顿了一秒，继续往下说："那个时候，卢玥知道了我的事情，她人脉广，给了我不少帮助。我没有对这个案件的调查权限，是在卢玥的帮助下，我才拿到了当年爆炸案的目击证人名单。资料上显示有证人说他撞见有人鬼鬼祟祟，形迹可疑，身上穿的衣服，有点像是一件员工厂服，他好像见过，只可惜他记不清了。

"我想，万一有人在这些年里又想起了什么呢？我就拿着监控摄像头拍下的那个人的画面，一个一个找，结果真让我找到了。有个叔叔，他当年年纪不大，爆炸案发生前，他在工地附近捡矿泉水瓶，路上碰到了那个人，因为当时夏天热，大家穿得少，那个人包裹得严严实实，所以他多看了几眼，才能回忆起来，他说他想起那人的右手上有条疤。我当时觉得这是一个巨大的进展，但这个线索……想在人群中找到这个人，可谓是大海捞针。那段时间我和卢玥的关系走得近了些。但我发誓，绝对没有任何越界的事情。"

宋慕星原本沉浸在对案件的复盘之中，听到这句话，重心突转："初吻，还不算越界吗？"

蒋眠愣在原地，他知道这是个过不去的坎。

"这件事情我不辩驳，它确实是发生了。但是我当时真的没反应过来，是她偷亲的，等我反应过来的时候已经晚了。是有我的责任，所以我不想让她误会，我当时就和她说清楚了。"

"推卸责任呗……"宋慕星越说越委屈，话一出口竟带了哽咽。

"我不会让你再失望了，星星。"蒋眠抱住她，异常坚定，"我太害怕失去你了，不管是以前还是现在。今天秦斯然站在你旁边的时候，我感觉我真的一下子不知道怎么办才好了。你们看上去是那样般配，当时的我看上去真的很多余。我一直害怕你会奔向比我更好的人。那我呢，你知不知道……"

就算是你奔向比我更好的人，我也不会阻止。

因为我始终觉得我比你，更爱你。

"所以我，不会让你失望的。"蒋眠越说越激动，似乎眼角即将流出泪水，"我一定会把这件案子的真相给查明白，给你一个交代。

"至于如何去爱你，我可能第一次谈恋爱没有经验，以后我会更加在意你的感受的。

"今天体会了一把吃醋的感觉，以后不会再轻易让你吃醋了。"

宋慕星抱着蒋眠的腰，一切从昨晚开始的烦闷情绪消失得无影无踪。

"这是给你新买的椰子，喝一口好不好？"他好言好语，像是在哄小孩，"我错了，张嘴好不好？"

于是宋慕星张开嘴，接受了他的投喂，算是和好了。

江文翊透过门上的玻璃窗将一切看了个透彻，他手上拿的是一碗热姜汤，不过此时看上去是毫无用武之地了。

于是他没打招呼，转身离开了。

"身体还难受吗？"蒋眠继续问。

宋慕星皱皱眉："有点不妙，耳朵有点疼。"

"那我送你去医院。"

"坐我的车去吧，会快一点，到时候你们可以直接去看专家门诊。"一道声音响起，听上去透着关怀。

卢玥不知何时突然出现，她过来拉住宋慕星的手："都是我的不好，你别往心里去。"

尽管对于卢玥没有好感，但她确确实实在那段时期对案件的推进发挥了巨大作用，宋慕星便也和她维持着表面的和平。

蒋眠这回没有再犹豫："我们自己去吧，不麻烦你了。"

宋慕星则是不着痕迹地松开卢玥的手："谢谢你的好意。"

卢玥抿嘴，没有再言语，站在原地目送他们离开。

旅行也算是人在他乡，人生地不熟。两人在门口徘徊站队许久也没能挂到号，再这样下去，一下午的时间转瞬即逝，若是最后没看上医生，这一天算是白白泡汤。

"你先在这里等一下。"蒋眠担心宋慕星的情况，拍了拍她的肩膀，整个人从队伍里脱身，"我去看看还有没有别的办法。"

宋慕星手里拿着蒋眠的外套，站在队伍里看他。一米八几的男人，走在医院来往的人群里，是那样突兀而醒目。他却完全不在意旁边人的目光，极为认真和诚恳地询问着来往的护士和医生，渴望在其中看到一丝希望。

这个时间点接近晚饭，前面的夫妻因为忘记带医保卡而争吵，后面的爷爷奶奶忧愁地抱着怀里的小孙子。

你说什么是幸福呢？

宋慕星突然觉得耳朵有些刺痛，脑子里好似有翻江倒海的回忆奔涌而来。有最近蒋眠惹她生气的，有先前一段时间关于周家父子的……还有小时候爸爸离开的痛苦回忆。

她越发站不稳，朝着蒋眠离开的方向趔趄了几步，便失去了意识。

06

"星星，你醒了？"

再次苏醒时，已经换了一个环境，宋慕星伸手一撑，身下是柔软的床榻，周遭是消毒酒精的味道，却意外让人安心清静。

蒋眠红着眼睛，看上去一宿没休息好，眼里写满了憔悴，他紧握住她的手，仿佛是在害怕。

"这是哪儿？"

"医院的病房，"蒋眠摸了摸她的额头，"退烧了，那就好。"

"我怎么了？"

陈笑眉在旁边一脸悲怆："还说呢，你昨晚真是吓死人了，高烧不退，烧到了四十摄氏度。"

"怪不得。"躺了太久，身体不免酸痛，宋慕星试图伸一个懒腰，却被手上的针管束缚住了。

"挂盐水呢，"蒋眠帮她重新调整好手的位置，"先不要乱动。"

"我去叫下医生。"江文翔刚刚站在窗边静静守候，这会儿兀自往门外去了。

医生很快赶来，娴熟地为她进行了几样基本项目的复查，还十分有耐心地告诫了她好些调理的事宜。

"还有啊，你的耳朵，"医生说到这里的时候明显停顿了一下，"以前是受过伤吧，这次的意外，好像让那些后遗症有放大的趋势。你以后要更加注意保护自己的耳朵，具体的事情我已经和你家属说过了，他们到时候会转达给你的。"

"谢谢医生。"

宋慕星礼貌答谢，不知为何，她觉得这次遇到的医生态度好得出奇，对自己细致入微，她颇有些受宠若惊。

"星星，你昨天晕倒真的吓死人了，你知道是因为什么吗？"陈笑眉抱着她嗷嗷大叫。

"是因为发烧了吗？"宋慕星试探地问了一句。

"不止，你……"

"压力大头晕，这是由于长期压力过大以后，头颅的血管发生收缩引发的头晕。"江文翙如同背课文一般，忽然接了下半句话。

"都怪我不好。"蒋眠不善言辞，在表露心意上总是显得有些笨拙，他此刻千言万语的情感在心里即将决堤，却只能说出三个轻描淡写的字，"对不起。"

蒋眠掏出准备了好久的甜汤送到宋慕星嘴边："快一天没吃东西了，先填一填胃。"

"好点了吗？"卢玥从门口进来，拎了一袋进口水果放到了一旁的桌子上，"走得急，也没给你带些好东西。这几天多吃点水果吧，希望你能早点好。"

宋慕星愣在原地，却见她补充了一句"有什么问题都可以找我"后，便自然地离开了房间。

卢玥的经纪人跟在她身边催促她戴好墨镜和口罩，还念叨着："我的小姑奶奶啊，你总是这么善良，帮别人那么多也不知道是不是吃力不讨好。"

宋慕星呆呆地看着卢玥。

她知道自己这次能这么顺利看到医生，并且住到 VIP 病房，定然是受了卢玥的帮助。

"是我去找的她。"陈笑眉垂下头，"你在急诊躺着实在是不太方便，来来往往的人多，声音又嘈杂。这不是当时实在没办法了，我正好又有她的联系方式，就……"

宋慕星不知道该怎样去描绘自己现在的心情，可能真的有些百感交集。她和卢玥的无声纷争，究竟几时才能了呢？

"你不用担心，我会处理好的，"蒋眠给足了她力量，"我们不能亏欠人家，但也不会失掉体面。"

宋慕星眼光流转，点点头。

在医院住了一天后，宋慕星终于安心躺在床上休息。

蒋眠去给宋慕星买中饭后不久，陈笑眉急匆匆地跑进病房："还在这吃水果呢！"她一边扶着床沿一边喘气，"外面的世界都变天了，你还在这儿潇洒呢。"

"变天？"

宋慕星懒洋洋地拉开帘布，看着外面晴朗的天气："有吗，天气很好啊。"

"你看下面。"

宋慕星的视线顺势往下，只看到医院围栏外乌泱泱的人。

"我有个朋友在电视台实习，说现在卢玥的事情都传成玄乎怪谈了，她给我发了点娱乐简报，你看看。"

《卢玥绯闻男友疑似曝光，系圈外警大大四学生》。

《当红女星与圈外男友罕见同框，背后原因竟然是……》。

《顶流爱上穷小子，为爱放弃前途另有隐情》。

宋慕星不断往后翻找，竟然还看到了一篇排版格外大的更加诡异的报道——《卢玥与绯闻男友医院相会，疑似好事将近》。

宋慕星蹙眉。

就在这时，卢玥和她的经纪人程梦雪来到病房。

程梦雪认为他们一起出面澄清就好了。只要那些八卦的记者看到了人，自然就不会怀疑了。

出面？还是在那样的公共场合？

实在不是宋慕星不想出席，而是以前的经历给她留下了太多后怕之处，这样贸然在镜头前暴露自己，如果被人认出来了，她不知道别人会怎样议论自己，也不知道会不会让人旧事重提。

舆论的利刃太可怕了，字字见血又时时诛心。

"你们可别那么自私，我家卢玥是为了谁才陷入现在这样的境地的？现在新戏被耽搁着，和演员的合作也被放了鸽子。你们说，这样的小事你们都不愿意出面吗？"

"帮。"最终，宋慕星还是这样选择了。

蒋眠回来时，宋慕星和蒋眠说了这件事情，他迟疑地看向她："确定吗？"

"嗯。"宋慕星抱着他。

同时，她在心里默默许愿：希望不是我想的那样。

三人同框走出医院的时候，谣言终于不攻自破。

"你这毕业旅行可是多姿多彩啊。"回到学校，钱教授打趣宋慕星，"还是我女儿说在电视上看到你了，我这才知道你去海边玩了。身体还好吗？听说你还进医院了。"

"是些旧伤了，在海边出了点小意外，"宋慕星不好对恩师隐瞒，也不愿吐露自己太多苦楚，"现在已经没事了，前几天耽误了一些项目进程，实在是不好意思。"

"身体是工作的本钱啊，你要多保重，项目倒是其次。"钱教授叹了口气，"不过有件事情我也想提醒你一下，你现在虽然基本上工作已经尘埃落定，不用和大多数应届毕业生一样奔波，但是呢，你也不可大意放纵了，还是要注意，别丢了重心。"

"我明白了，谢谢教授。"

这天在咖啡馆和陈笑眉进行姐妹聚会，宋慕星忍不住问了一句："你觉不觉得，我和蒋眠在一起之后，变了许多？"

"有。"陈笑眉几乎是不假思索。

"你上大学之后吧，天不怕地不怕，眼里只有钱和事业，"陈笑眉挠挠头继续列举，"还有，你根本不会在意别人的眼光，现在倒是有点畏首畏尾的感觉了，还特别容易吃醋，人也不自信了……"

"那你觉得，这样子是不是不太好？"宋慕星不住叹气，"我以前也不会想那么多，眼里只有我自己，可是和他在一起之后，我无法不去在意他的一举一动。"

宋慕星迟疑地发问："该不该……分？"

"哎呀，分你个大头鬼！"陈笑眉敲了敲她的脑袋。

"你这个人呀，现在一时间状态有点不对，是该稍微反思一下，但是我知道，如果你没想清楚就把这段感情随便结束了，到时候才是你真正情绪出问题的时候呢。"陈笑眉开始为她细细分析，"你啊，就是太喜欢蒋眠了，才总是这样胡思乱想，不过，你也有可能是因为第一次谈恋爱。这很正常的，你别把男人看太重就行，咱谈了恋爱也不能为他们搞特殊化。

"该吃吃，该喝喝，该美还是得美，该飒还是要飒。他找你，你就回几句，他不找，你就也甭理他。咱又不是没人喜欢，盯着一个总纠结干吗呢？"

陈笑眉一语惊醒梦中人，叫宋慕星有如醍醐灌顶，大受启发。

对啊，她多久没有认认真真地为自己争取一些空间时间了。

这些天来，她和蒋眠虽然甜蜜不少，但是矛盾亦有凸显。工作生活、吃喝玩乐，其实很多事情都没有变，只不过是她想得太多，反倒给自己上了很多无名的枷锁。

"就是，太对了！"宋慕星打一个响指，心情忽然明媚起来，"下午陪我去做个美甲。"

蒋眠在她做美甲的时候发来了消息问她的身体如何、在做什么。宋慕星看了看时间，推算着他大概是在训练的休息间隙给自己发的，因为做美甲不方便回消息，她便暂时搁置在一边。

07

回学校的时候，宋慕星路过蒋眠的学校，顺带买了杯奶茶。她是蒋眠女朋友的事情全校皆知，在门口做了登记便进入了校园。

她穿梭在他的校园里面。

警大的男女比例失调，不过还是能看到一些警校情侣在偌大的校园里面并行。很多学弟学妹看着他们，有着说不出的羡慕与好奇。

宋慕星从他们中间穿行，像是在横跨一条时空的沟壑。

人年轻的时候总是享受当下，不会去在意未来的那些颠沛流离，也不知道未来会有什么样的艰难险阻在等待，只知道踏入社会的那一刻有多酷。

殊不知那些学长学姐，也在羡慕着学弟学妹的无忧无虑。

黄昏时分，天色已经有些昏暗，宋慕星慢悠悠地走着，抵达操场时，蒋眠正在训练。

刑侦是个有一定危险性的行业，所以很多训练都需要认真对待。蒋眠现在也算是在同专业里面小有成就，不少人提起他，还会赞叹一番他的综合素养。每回训练他也总是能够充当教练口中的正面榜样，甚至有时候为了提升总体效果，教练还会单独把他拎出来充当标杆。

比如现在，他们面前的这个魔鬼项目，引体向上。

看起来这也即将成为他们今天的收官之作。宋慕星找了个临近的台阶坐下，就当是饭后消食消遣的观影活动。

"来，蒋眠，你先给大伙做个示范。"教练方凯同吩咐道。

"蒋眠！干什么呢？"见他没反应，方凯同抬眼看过去，抓了个正着，"你什么情况？一天天的心思不在训练上。给我出列！"

宋慕星直到现在还没回消息，蒋眠这一天心里都有点不安。

听到教练的话，他默默走出队伍。

得，把自己搭进去了，估计是没什么好果子吃了。

"一分钟引体向上，给大伙打个样，要是没到标准，你把大伙的份全做完。"

快要开饭的时间点整这么一出，原本萎靡不振的一众热血男儿顿时心潮澎湃。宋慕星也被吸引了目光，方才的一切她都看在眼里，见蒋眠被拎出来当众"处刑"，宋慕星不免有些心疼，她默默靠近队伍，替他捏了把汗。

蒋眠深呼吸一口，他知道自己今天做得不妥，也不和方凯同辩驳，闷声不响地就开始做引体向上。

一个，两个，三个……宋慕星和那些观看的学生一样，在心里数出了声音。

多年训练并未白费，蒋眠动作标准、不拖泥带水，嘴边甚至没有过大的喘气声，看上去赏心悦目。他肌肉极其匀称，此时出了不少汗，T恤贴在身上，更勾勒出他矫健的身姿。

"时间到。"

不多不少，三十个，这确乎是极其可怕的体能素质。

要知道这个项目绝对算不上简单。它能够成为体测考核的重难点之一，作为拦路虎和绊脚石而被人诟病至今，绝非意外。

"确实厉害，三十个，我都不一定有你行。"方凯同点点头，算是极大的称赞。

"行了，不为难你了，帮我带带这帮小子训完最后一个项目就算了，下不……"

他的"下不为例"还没说完，蒋眠便提出了新的恳求："教练，我今天可能带不了了，我想早点走。"

"早点走，"方凯同纳闷，这人有台阶下还不要，在训练中玩手机可是大忌讳，"去干吗？"

宋慕星捏紧衣角，不知道他会怎么样回答。

蒋眠一脸焦急："我女朋友最近身体不好，我想早点回去看看她。"

宋慕星站在不远处，心中瞬时一软。

这就是被人牵挂的感觉吗？这样一个看上去玩世不恭的人，竟然也有这样笨拙表达爱意的一面。宋慕星虽然不想承认，但是这一刻不得不说，她觉得恋爱真的好甜蜜啊。

一听到这个，方凯同就气不打一处来，蒋眠这小子是个好苗子，自己千辛万苦地培养，可上次他竟然做出当众表白这种蠢事。他可是被很多人求之不得的好单位看中了，不好好顾惜一下自己的羽毛，反倒满眼都是女朋友。

"那你，再做三组。"

这明显是不可能的事情，下面的人都面面相觑。

方凯同的意思很明显，别太把感情当回事。可是，蒋眠却毅然决然走上前去，似乎还真有点把生死置之度外的意思。

宋慕星恨铁不成钢，以前不怎么觉得，现在倒是完完全全发现了——蒋眠这人，还真是缺心眼。

她于是加快步伐，希望能到他们队伍旁边劝说一下蒋眠。

只不过，关心则乱，在宋慕星大步流星地往前走时，更尴尬的事情发生了。她那美丽银白色高跟鞋的后跟，竟然卡进了操场的一个下水道口子。

这下进退两难。

宋慕星趁着没人注意，赶紧蹲下，用尽了全身的力气去努力抠鞋跟。队伍就在身旁，她只能暗自庆幸他们看的不是自己这个方向。

"算了。"方凯同看蒋眠心意已决，一副偏向虎山行的模样，终究还是心软了，"全体都有，向左转。跑五圈，今天就解散吧。"

宋慕星抬眼，与一众男儿对视个正着。

还有不少人记得她，甚至有人已经大喊出声："这不是蒋眠的女朋友嘛！"

丢脸。

宋慕星庆幸自己是长发，还可以用头发挡住脸装无辜。

蒋眠更是完全被眼前的宋慕星吸引了目光："教练，她好像受伤了，我能去看看吗？"

"都给我安静！"

方凯同整顿好纪律，看向不远处的宋慕星，小姑娘蹲在操场上一动不动，看起来怪憔悴的，指不定是出什么事情了。于是他在众目睽睽中上前："怎么了，姑娘？"

宋慕星抬起头，眼中满是可怜与委屈，随后用手指了指自己的脚。

"脚崴了？"方凯同询问。

宋慕星恨不得找个地缝钻进去："鞋跟卡了。"

方凯同一脸黑线，他撇撇嘴，极不情愿地伸手帮她抠了几下，原以为可以告一段落，没承想竟然毫无作用。

"不是，"方凯同一脸茫然，"姑娘，现在高跟鞋的鞋跟都流行用铁做了？"

"你们看吧，好像是出事了，教练都不回来了。"在这样的窃窃私语中，蒋眠更是恨不得直接奔过去一探究竟。

方凯同总算是认命，开始满头大汗地吆喝："还愣着干吗，赶紧来个人，不对，来五个！"

STAR 10

爸，真的是你

01

蒋眠发了条微信：今天有空吗？我一会儿来你学校找你。

宋慕星很快回复：怎么了？

蒋眠对着宿舍桌子上形单影只的高跟鞋发愣，又忍不住笑了起来：来还公主的水晶鞋。

宋慕星回道：蒋眠，你去死。

宋慕星咬着牙，差点把头上的学士帽晃到地上。

背后的男生被帽檐打到了鼻子，龇牙咧嘴地叫唤了一声。

"对不起啊。"宋慕星倍感抱歉。

男生是班里的气氛担当，这会儿还摸着自己的脸，满是感慨："厉害啊，甩个帽子都差点给我整毁容了。"

这句话导致宋慕星全程憋着笑，毕业照就这样定格。虽然还没有拿到照片，但她已经能想象到自己"面目狰狞"的样子了。

临近毕业，她前一段时间忙东忙西，完成了不少手续，也顺利结束了毕业答辩。到了今天毕业照的拍摄，也算是大学生涯里最后一个体验的告别仪式。大家拍完照片后各自解散，宋慕星则是待在原地等待蒋眠。

室友郑晶莹和马晴拉着她说要照宿舍合照，宋慕星欣然接受，并且和她们一起挑选地方，想了不少pose（姿势），也换了很多角度，几个人说说笑笑，气氛轻松和谐。

　　只不过，经过上次的风波后，宋慕星最近一段时间总能听到一些不和谐的声音。

　　互联网的力量是惊人的，随着卢玥跻身"娱乐圈小花"的行列，她的一举一动都被放大。

　　上次的视频被转载，宋慕星的过去更是一时间铺天盖地地被传播开来。

　　"就是她吧，我的天哪。"

　　"我以前就听说过她，建筑系美女学霸嘛，出了名的，没想到竟然发生过那样的事情。"

　　三人正在拍摄一组搞怪照片，每个人都拗着搞怪的姿势，外界的讨论却让空气一时间开始凝固起来。

　　宋慕星不喜欢与人正面起争执，除非触及她的底线，否则好多事情总默不作声吃哑巴亏，这让马晴和郑晶莹两个急性子看了心里干着急。明明是受害者，却要被人用有色眼镜看待。

　　"你们能不能别乱说。"马晴看不下去了。

　　郑晶莹也使出了平时维护自己偶像那一套坚持："就是啊，咱还是校友呢，无冤无仇的。"

　　宋慕星认得他们，学院辩论赛的时候，他们是对面队伍的，当时输得蛮难看，两方也闹得挺不愉快。宋慕星摆摆手，制止了两个为自己鸣不平的室友："算了，别和他们说那么多。"

　　"你什么意思啊？"

　　就在此时，一道身影适时出现在宋慕星面前。蒋眠从塑料袋里拿出一罐可乐，对着面前的几个人扯出微笑："喝汽水吗？"

　　宋慕星站在他身后，一言不发。

　　马晴和郑晶莹知道蒋眠是宋慕星的男朋友，以为救兵来了。不料这救兵看起来并不着急忙慌，反倒请"敌人"喝起饮料来了。

　　"好啊好啊。"有人伸手要去接蒋眠手中的汽水。

蒋眠倒是大方："别那么客气啊，我帮你们开。"

宋慕星却有一种不祥的预感，忙拉着马晴和郑晶莹后退。

蒋眠拉开易拉罐，里面蒸腾喷发的泡沫形成了不可阻挡的架势，向着面前的人进攻，虽说不是什么致命的武器，但也有似炮弹的压迫感。

更何况蒋眠喷洒饮料的准头精确得吓人。

几个人被喷得"面目全非"，乱作一团，连连后退。

"继续说啊？我真想不明白，你们不去指责施暴者，反而对着受害人指指点点，有意思吗？"蒋眠看着他们，语气冰冷。

他们这才哑了声，不知道说些什么，像是跳梁小丑般面面相觑。

"不好意思啊，刚刚跑了几步，气有点不顺。"

话毕，蒋眠转身便带着宋慕星离开，没有回一下头。

"帅爆了。"马晴和郑晶莹也算是出了口恶气，对蒋眠赞不绝口。

"受委屈了吗，宝宝？"

蒋眠一向直来直往，说出这样柔情的话语，一下子倒是让宋慕星有些措手不及。这样的昵称，她还是第一次听到，这确乎是件奇妙的事情。

不过，感觉很不错。

她刚刚的委屈一下子烟消云散了，似乎在蒋眠这儿，她可以尽情依偎。

"我没想到现在的网络已经这么发达了，其实我自己还好，这么多年也算是勉强走了出来，"宋慕星挽住他的手，"只不过很多人会拿这个来说事，有的甚至还去骚扰我妈，我觉得这有点不可理喻了。"

"他们还去打扰阿姨了？"蒋眠哪听得了这种事情，"谁啊？报警了吗？"

"好了好了，都是些电话和短信轰炸，我已经让我妈换手机号了，"宋慕星叹一口气，"没什么大事，你别总是这样一惊一乍。"

"我知道，但是我不想让你受委屈。"蒋眠像是泄了气的气球，和平日里那副气焰嚣张的模样大不相同。

"我也知道。"

宋慕星踮起脚，轻轻摸了摸他的头，内心有一处柔软的地方被刹那间击中： "我也不想让你为难，宝宝，"宋慕星拉了拉他的手，"最后一天在学校了，吃完晚饭一起回我家吧，我妈给你烧了红烧肉。"

"都听你的。"蒋眠脸上的愁容很快烟消云散。

吃过晚饭，两人一起在校园里散步，也算是和这所大学最后的交集。

宋慕星喝着奶茶，心里愉悦： "喝吗，还挺甜的。"

蒋眠没个正行，也不接她递过来的奶茶，而是把目光看向别处，亲了一下她： "嗯，是挺甜的。"

"蒋眠，你真不要脸。"宋慕星装作恼羞成怒，不再与他并排走。

"时间不早了，咱们再逛逛就回去吧，"蒋眠快步走在她身边，"可以再去一个地方，你选个记忆最深的，也算是最后留念。"

天台上的风有一种浩瀚的苍凉感，两人爬了窗，抄了小道，这才顺利和校园的夜晚撞个满怀。

蒋眠没想到宋慕星这样规矩本分的好学生也会干爬窗这种事情，按照这熟悉程度，估计也不是第一次了。她显然对这里有很深的感情，陶醉地走在围栏前，任由晚风拂过她的长发。这里视角很不错，可以任意俯视整片大学城的霓虹交错。

宋慕星从帆布包里拿出日记，翻到一张空白页，绘起星空的速写来。

蒋眠不懂她的柔情，不过抬眼望天，今天的确是个天朗气清的好天气，星星闪烁，分外灿烂，有种诗意的浪漫。

他打开手机的手电筒，对着宋慕星手上的本子，增添一丝光亮： "这样子会不会好一点？"

"谢谢。"

宋慕星画的线条很凌厉干脆，同时又很有自己独特的风格，景色是最难绘制的，更何况是星空这样单调乏味的景致。她却能只用寥寥几笔，巧妙而精准地抓住画面的主干，其间蕴含的感情，也能叫人一眼看出韵味。

"好看。"蒋眠称赞。

"怎么说，"宋慕星浅笑，"你看得懂？"

"很奇妙，但就是看懂了，"蒋眠注视着她，"我还看出了你今天其实心情有点糟糕。嗯……是不怎么开心吧，画面暗暗的。"

"还真被你蒙对了。"宋慕星偏头，合上本子。

"有的时候我在想，人为什么要活着？"宋慕星用手撑着栏杆，声音也显得脆弱几分。

"可能我太虚妄也太自卑，做不到爱自己，于是我认为，至少该为爱我的人而活着，"蒋眠很少说这样妄自菲薄的话，"然后我就一点点'苟延残喘'直到今天。要是没能和你在一起，我想我不会是今天的我。"

"所以啊，就算是为了我，为了你自己，以后也要更乐观一点。"蒋眠把外套脱给宋慕星，继而环抱住她的肩膀。

二十二岁的他们在星空下接吻。

那是她一生的极致浪漫。

02

这一年年过得尤其快。

那些曾经的孩子早已长大成人，不久前还在收压岁钱的那一批人，都开始为生活奔波了。

宋慕星入职光汇四年多，始终努力保持淡然，保持对工作的上进心，一步步从底层摸爬滚打的实习生做到现在可以独当一面的业内标杆。完成了大大小小不少优异的项目后，她也拥有了自己的小小办公室，有了自己带领的团队，算是完成了从懵懂无知的大学生到自强都市丽人的华丽蜕变。

光汇的三位主理人对她都是极好的，三位前辈年纪比她大一两轮，平日里没事也会和她唠唠家常，日子总算是过得越来越有起色。

然而，最近电视台的一个项目，扰得人心烦意乱。

"这项目大家本该平等竞争，凭什么就分配给她了？"说话的人是程玉，和宋慕星同期进来的一位高才生，这次电视台大厦的设计完完全全对上了她的喜好，而且如果设计得好，可是能出名的好事情。

可不过一眨眼的工夫，这个项目就被宋慕星的团队承包，程玉自然是不服气。

"人家甲方是看过在座几位的代表作才综合选择的，已经算是公平得不能再公平了。"设计院的前辈，也是主理人的周思懿说话一向直白，

"退一万步讲，技不如人，甘拜下风。与其在这里说这些没用的话，还不如踏踏实实做好自己分内的工作，早点追赶上别人吧。"

说罢，他便失望地离开。

程玉更加气急："这本来就不是我的错啊，现在怎么搞得好像我里外不是人一样。"

闺蜜田如惠也帮着讲话："老是偏袒她，明明是她有错在先，却总是睁一只眼闭一只眼，什么意思嘛！"

"少说几句吧。"一旁的盛竹也算是半个前辈，最讨厌这种背后说人闲话的行为，"有一说一，你们确实没她厉害啊。"

"你……"

"盛姐，你要的报价单。"宋慕星拿着文件兀自掠过程玉和田如惠，笑脸盈盈地冲着盛竹示意。

"小宋，男朋友在楼下了。"盛竹用手指点了点楼下，刻意提升分贝，"真羡慕你啊，事业爱情双丰收。"

宋慕星匆匆下楼，蒋眠坐在黑色小电驴上，戴着印了动漫人物的头盔，单脚撑在地上，一手刷着手机，看起来莫名有种喜感。

"车拿去修了，这周末应该就能接回来。"

和蒋眠相恋的第五年，宋慕星褪去了不少青涩和懵懂，两人现在是无话不谈，心意相通，像是久经沙场、常伴身边的战友，说是快要活成一个人都不为过。

蒋眠把头盔递给她："委屈媳妇坐坐我的小电驴了。"他话音一转，调侃道，"其实，如果某人没有昨天开车撞到电线杆的话，那我今天应该还是能开车来接她。"

宋慕星脸一红。

怪不得昨天他一脸同情地抱着自己说"没关系，谁驾龄几年，还没个小擦伤了"，敢情在这儿等着自己呢。

宋慕星狠狠掐了一把他的腰，疼得这位警官龇牙咧嘴。

"比起和歹徒肉搏，还是被自家媳妇欺负刺激。"

"闭嘴吧，欠嗖嗖的。"宋慕星懒得和他一般见识。

蒋眠开动车子。傍晚时分正是下班高峰期，他们在车水马龙的都市里穿梭自如，倒是有些超脱世俗的自在。宋慕星伸了个懒腰，忽然觉得这也许是她一天中最惬意的环节。

"蒋队，你不怕这副样子被你手下的人看到吗？"宋慕星抱紧他的腰，忽然发现制服的质感还真是很特别。

"怕什么，光明正大接媳妇，没什么不能见人的。"蒋眠仍然是满嘴"跑火车"，"而且我媳妇那么好看，让他们看几眼也没事，还能给我长长脸。"

"别贫嘴。"宋慕星靠在他的后背，"你最近工作怎么样，没遇到什么危险的事情吧？"

"最近还好，有个入室盗窃案。"蒋眠越说越来劲，车头开得歪七扭八，又被宋慕星教育了一顿。

"这小偷不够聪明，专挑了个监控密布的小区作案，从进门的那一刻，他的一举一动都被看得清清楚楚。"蒋眠回忆起来自己都笑了，"作案工具都是小区门口的小卖部现买的，我都怀疑他是临时起意想盗窃的，太不专业了。"

放在平时，宋慕星肯定和他一起聊聊，然后两人一起没心没肺地笑会儿，可她今天没有像以往一样的心情。

宋慕星承认，她比表面上看上去脆弱很多。

程玉和田如惠不喜欢她不是一天两天的事情了，进入社会之后，宋慕星才发现——生活真不是与人为善那么简单的事情，你不去招惹别人，照样有千千万万的人看你不爽，给你使绊子。

"怎么了？"蒋眠一下子就看透了她的心事，"谁惹我媳妇不高兴了，我给她来一拳。"

"蒋眠！"

宋慕星叹气："和你说了多少遍了，你现在是蒋队，不能每天总把'打架'这种事情挂在嘴边。万一被人听到，说你纪律松散怎么办？"

"是是是，媳妇教训得对。"蒋眠立马换了语气，"那能不能麻烦您告诉我一下，是什么事情让您烦心了呢？"

宋慕星就是和自己生了一小会儿闷气，这会儿和他插科打诨地说话，心情已经平复了些："算了，也没事。"

"明天是清明节，我想去看外婆和爸爸。"

"好，我请假陪你。"

两人都不说话了，任由往事如烟，飘散在落日的余晖里。

这天吃完晚饭，宋慕星难得没有继续研究带回来的图纸，而是窝在沙发上玩起了手机。

朋友圈里早已发生巨变，五年的时间能够改变多少人和事，恐怕也只有当事人自己才能说得清楚。有老同学还在攻读博士，也有老同学结婚生子，有人在自己的行业里面混得风生水起，也有人在社会里努力摸爬滚打着。

吴骏达和小叶的女儿都会"打酱油"了。吴骏达这人看似糙老爷们，有了娃之后整个朋友圈都是自己的宝贝女儿小樱桃。

小樱桃牙都还没长齐，就会咿咿呀呀地背古诗了："清明时节雨纷纷，路上行人欲断魂。"

"借问酒家何处有？牧童遥指……指……

"樱桃村。"

"哈哈哈，咱们家小樱桃真可爱。"随后便是吴骏达和小叶这一对活宝爸妈在一旁合不拢嘴的笑声。

宋慕星这些年忙着工作和晋升，反倒非常看淡自己的事情。她和蒋眠的婚事八字还没一撇，其中有很大一部分原因是她觉得成家太早不是件好事，而且她私心里认为自己还没到那个觉得小孩做什么都可爱的年纪。

就算对方是蒋眠，宋慕星也觉得欠些火候。

03

孟欣萍在厨房里忙碌，锅碗瓢盆叮当响，就连火都是平时的几倍大，宋慕星闻到一股浓郁的辣椒味。

"妈，你什么时候这么喜欢吃辣了？"

"什么！咳咳咳……"孟欣萍忙着回答，嗓门一大倒是不小心给自己呛着了。

宋慕星望向母亲，这位为自己操劳了半生的伟大女性，如今气色好起来了，也有了她喜欢做的事情，在宋慕星的心中，这便是最大的幸福。

宋慕星逮着机会就会给孟欣萍送些保养品，按摩椅和燕窝人参这些，这也是她发了工资之后必不可少的投入。

门外有人敲门，宋慕星顾不得家里烟熏火燎，赶紧上前打开。

是楼下的宝岗叔，平日里就是孟欣萍的舞伴，这会儿拎着东西还在门口不好意思呢："小星啊，我炖了点牛肉，给你和你妈送点。"

鲜美的牛肉，极为诱人的色泽，飘香的气味瞬间在屋子里弥漫，宋慕星打开盖子，随后便发现了不少红辣椒。

联想起孟欣萍最近的口味，一切忽然都变得合情合理起来。

"宝岗叔，我记得你老家好像是四川那边的吧。"

翟宝岗不好意思地挠挠头，小老头怪有意思的："对的，小星你还记得啊。"

"我妈记得就行，"宋慕星看破不说破，"她正烧菜呢，好像有点困难，您去帮忙看看吧。"

"哎，好。"

"你怎么来了？"孟欣萍诧异。

"来看看你和小星。"

说罢两人便相视一笑。

宋慕星在厨房门外，比自己找到了归宿还要高兴。

谢谢上天，总算是待她不薄。

京华的四月，阴冷潮湿，天气瞬息万变，上午还下着绵绵细雨，下午又即刻放晴。许多叶子上还淌着新鲜的雨水，脚下的泥土松软，让前行徒增了好些难度。

把外婆和爸爸的墓移到京华，是宋慕星的意思。这个她奋斗打拼的城市，这个她视作前进目标的城市，这个如若家人尚且康健，理应是团圆美满相聚的城市。

明明来时已做好了心理建设，宋慕星站在墓前的那一刻，还是有一种无法言喻的抽离感。

宋慕星放上菊花，高洁素雅，却又遗世孤高。

那是吊唁的纪念。

孟欣萍和翟国岗站在一旁，孟欣萍此刻也卸下了多年坚强的伪装。

蒋眠轻拍宋慕星的肩膀，从口袋里抽出一张纸巾帮她擦眼泪："别想那么多，我会陪着你的。"

"蒋眠。"分别之际，宋慕星叫住他。

"我们很久以前就讨论的那个问题，现在我可以给你回答了。"宋慕星停顿了一下，"我同意。"

蒋眠问："你想好了？"

"算是吧，也不能那么说，"宋慕星觉得自己越来越现实，"也到了这个年纪了。"

蒋眠忽然间有一种舒畅感，仿佛是这些年来的付出都得到了肯定，终于有了更多可能性的开始。

"你们是，要结婚了？"

江文翊坐在办公室的旋转椅上，手握一杯美式咖啡，听到蒋眠的电话，一时间还有些愣神。助理还在身旁罗列着委托人的诉求，条条框框，井井有条。杯子因为被放下时不稳，有几滴喷溅出去，差点弄脏了案件的关键资料。

助理疑惑而张皇地看向江文翊，江律一向冷静沉稳，少有这种出错的时候。

"还没到那一步，我们打算先同居，试试看。"

"哦，这样子。是可以试试了，现在很多人不都这么干的嘛，既可以试试对方的真心，也能看看彼此是不是真的适合。"

"还是你懂兄弟。"蒋眠搬着宋慕星的行李，忽然间又浑身充满了力量。

另一边，宋慕星在跟陈笑眉打电话。

"终于还是要到这一步了，别的我不多说，你保护好自己啊。"陈笑眉那边人声嘈杂，宋慕星猜她一准是在跑外景。

毕业后，陈笑眉找工作之路不太顺利，花了一年时间兜兜转转，才在京华的电视台找了个外景记者的工作，条件艰苦，经常无休。这次还是因为上个主持人怀孕休假了，她才有机会勉强替班。

　　不过，运气也算是实力的一部分，宋慕星老是说陈笑眉一看就是有福的人，这辈子过得不会差。

　　转而看向自己，宋慕星叹了口气，纵然是再高档的遮瑕品，也难以掩盖黑眼圈下的憔悴。

　　她挂断电话，照镜子的片刻，竟然发现了自己不知何时长了一根白头发。

　　"其实我一直很好奇，你们女生的行李箱里面都装了些什么，"蒋眠这样旺盛的体力，竟然也会有瘫在楼梯口叫苦连天的时候，"而且你竟然还有五个箱子，属实是震惊我了。"

　　宋慕星手里拿着杯奶茶，走在他身边显得特别轻盈："有首歌怎么唱来着，女孩的心思男孩你别猜。别猜别猜，你猜来猜去也猜不明白。"

　　蒋眠耸肩，这也算是幸福的烦恼了。得亏是自己扛，他虽然装柔弱没骗到媳妇同情，但若是被别人趁机帮了媳妇的忙，他可就不乐意了。

　　等到行李都搬完后，蒋眠猛喝了三大杯水。

　　然后，他眼睁睁地看着宋慕星拿出一箱又一箱的衣服，一箱的绘图工具和一箱的化妆品。

　　还有一个箱子比较特别，看上去有些褪色，图案样式也不是近几年的流行风格，可是宋慕星却对这箱子分外爱惜。蒋眠看她一个人忙不过来，伸出手想替她收拾一番，没承想被一把拉开。

　　"我自己来。"

　　蒋眠很快就理解了为什么宋慕星将它视若珍宝。

　　宋慕星拿出了很多以前的物件，像是金猪储蓄罐、《青刊》的古早绘本、毕业时宋慕星收到的礼物。蒋眠一扫视，便看到了那本出自自己手的《小王子》。他把书拿起端详，语气间满是不可置信："你没翻开来看过？"

　　宋慕星坦白："没有。"

"不好奇里面的故事吗？"

宋慕星有些纳闷，甚至还很真诚地回问："这故事不是都学过吗，你不知道？"

"就没有兴趣再看一遍？"

"没有。"宋慕星懒得和他周旋，"都这么忙了，别说看书，我连电视剧都好久没看了。"

"哦，那你现在看看？"蒋眠今儿不知道怎么了，一根筋轴得很，宋慕星忙着画手里的效果图，没工夫和他打情骂俏。

"下次再说。"

"行吧。"蒋眠把书放在书架显眼处，看起来极为小心翼翼，"那你有空，一定要记得看哦。"

"知道了，别吵。"

宋慕星被他扰得心烦，抄起手边的橡皮就向蒋眠发起进攻。

不偏不倚，正中目标。

"有变态啊，打我屁股，"蒋眠又开始没正形地调戏起她了，"你有没有想过，如果我换个面站，咱们后半辈子的幸福，就不保了？"

"蒋队，我忽然发现，好像也没那么在意了。"

宋慕星抄起手边的另外一块橡皮，看上去大义凛然。

"别别别，媳妇求饶。"

04

这天，宋慕星得了空，买了好些东西，直奔江文翊的律所。

前些天设计院因为一件案子纠缠不休，是江文翊出面，才搞定了不讲理的甲方。在以前的校园生活里，他是可靠班长；如今工作，他成了不可多得的职场伙伴。

"班长……"

话音未落，宋慕星便被江文翊办公室里哭啼的女声给吓了一跳。

"我不要你来帮我，你们都是一样的，都想骗我钱，狼心狗肺，没一个好东西！"一个妇女正在办公室里叫嚷，见着宋慕星来，她才有所收敛。

"怎么了？"

江文翊压低声音说："她老公要让她净身出户，之前和她交接的女律师休假了，便换成了我，可她说什么也不信我，说什么男人都不是好东西。"

宋慕星扑哧一笑："原来，这世上还真有你江大律师搞不定的案子。"

"包在我身上。"宋慕星拍了拍江文翊的肩膀，示意他安心。

"阿姨，您别怕，有啥事和我说说。"宋慕星轻声细语的，让人分外亲切，"这位江律师也是好人，您放心吧。"

她的话像是松软的鹅绒，一点点柔和地击中人的心弦。

警局里，少见蒋眠午休，新来的小刑警邹东东敲了半天门，也没听到有人回应，正在门口踌躇两难，不知怎么办才好，警局里的老前辈鲁能刚好上了个厕所回来，瞥见小伙子戴着个眼镜斯斯文文，看起来急得眼泪都快要出来了，就问是发生了什么事情。

"我在这儿敲了半天门，蒋队也没开。"邹东东把手中的资料递给鲁能，"这是蒋队吩咐我去查的资料，我怕他还是不满意。"

新人初入行，难免畏首畏尾，鲁能知道邹东东心眼好，也是个侦查的好苗子，但无奈胆子太小，很多事情都畏畏缩缩犹豫不前，上次差点因为他的迟疑暴露一队刑警，导致抓捕行动泡汤，最后蒋眠作为负责人挨了好大一顿骂。

把邹东东安排到蒋眠手下是鲁能的意思，一个火急火燎，一个有条不紊，如果能好好配合，效果应该不错。

"你们蒋队，最近状态怎么样？"

"蒋队看起来状态不太好。"邹东东有些局促，上回是他失误，却连累了侦查一大队。蒋队虽然看上去是个暴脾气，却一个人揽下了所有责任，局里这段时间的重要案子都刻意避开他，相当于给他关禁闭呢。

"行了，我知道了。"鲁能接过资料，看了一眼后不着痕迹地蹙了下眉，"你去叫侦查一大队的大伙来一下，咱开个小会。"

集合后，鲁能宣布了局里的决议。

"经过上级商议，决定给侦查一大队的各位放一礼拜假。就当给大家散散心，这礼拜过去之后，就是更难的挑战了。"

散会后，没人敢多说一句，大家知道蒋眠最近心情不好，便也识趣离开。

"蒋眠，你过来。"鲁能冲蒋眠摆摆手。

"你的单位房昨天批下来了，你小子这几年卖命似的猛干，我们都看在眼里，"鲁能拍拍他的肩膀，"工作嘛，难免有不顺心的时候，接下来好好干。"

鲁能顿了一瞬，认真说："你爸爸的案子，你再也不能私自去调资料了。"

"师父，我……"蒋眠叹了口气，似有千言万语。

鲁能知道他脾气倔，于是把话茬引开："上次的伤，没告诉女朋友吗？"

"没，不想让她操心。"蒋眠打马虎眼。他只说了那盗窃犯是如何手法笨拙，却只字未提他是何其凶残，被抓捕后拒不认罪，还持刀行凶，划伤了好几个刑警。

下班之后，蒋眠去修车行取了车，老板人好还大方，免费帮他洗了车，后视镜都帮忙擦得锃光瓦亮。

光汇设计院的楼下，程玉正在和田如惠打出租车，宋慕星也在一旁等待蒋眠。

气氛不免尴尬，宋慕星假意玩手机，并不和她们多交流。

"这车真难打，下班高峰期就是麻烦。"

"就是啊，要是我也有男朋友来接就好了。"程玉昨天看到了蒋眠接宋慕星的全过程，便自以为是地说，"不过如果是电瓶车，那还是谢天谢地算了吧。"

话音刚落，一辆黑色丰田便横亘在三人面前。

蒋眠拉下车窗："今天来得有点晚了，刚刚去取车了。"

"没事。"

宋慕星娴熟地坐上副驾驶，一切尽在不言中。

05

"跟你说件事儿。"蒋眠开了家门，看起来分外严肃，"别让妈租房子了，住我那儿。再把奶奶接过来，老人家身子骨还算硬朗，她们俩住一起也好有个照应。"

"你哪儿来的房子？"宋慕星还有些迟疑。

"单位分了一套小的，我今天刚知道。"蒋眠随后又信誓旦旦地说着，"这几年大大小小也攒了些钱，估计很快就能拥有我们共同的小家了。"

"这样子太辛苦了，我也出点。"

"不用，这本来就是男人该做的事情，"蒋眠靠在她的梳妆台上，嘴角渐渐勾起，"能娶到优秀女人的男人，肯定也得是优秀的。"

"你这几年，嘴皮子倒是越来越利索。"

"跟你学的。"

说罢，他怕被宋慕星一顿好打，便一溜烟跑进厨房了。

宋慕星懒得和他一般计较，又似是想起了什么："今晚我要吃水煮肉片，肉记得要嫩点。"

"得嘞。"

饭桌上宋慕星刚刚结束和甲方的交涉，有些力不从心。

"这脑子是越来越不行了，"宋慕星敲着脑袋，"也不知道是不是最近压力太大了，总感觉耳朵嗡嗡的。"

耳朵，蒋眠一听到这个词就彻彻底底坐不住了。

"这样听得到吗？"蒋眠敲了敲桌子，说是在网上学的距离测音法。

"能。"

他又敲了敲碗："这样呢？"

"能。"

"那，这样呢？"他对着宋慕星耳朵轻轻说了句话，动作勾人。

"你干吗？"宋慕星赶紧捂住自己的左耳，这会儿别说是耳朵，就连她整张脸、整个身体都开始止不住地发烫。

"宝宝真好看。"

宋慕星拿起筷子，对着他划出一条界线："你答应过我的，不许'流氓'。"

"不流氓，不流氓。"

随即他用嘴在她脸上嘬了一口，又收获了宋慕星的一个飞踢。

蒋眠知道她要来，特地把大床换小，寻思着拉近两人距离。没承想宋慕星直奔大床躺下："你睡另外一个房间，床买那么小，真抠搜。"

这下好了，他一个人在粉色的 Hello Kitty 小床上辗转反侧。

周末，赶上宋慕星和陈笑眉都有空，于是迅速安排姐妹小聚。

"我现在也算是和半个圈子是明星的人一起工作了，虽然又苦又累，但总算是有一个好处。"

宋慕星好奇："什么？"

"那个情感调解的节目给了我不少启发，比如婚姻是爱情的坟墓，女性需要自强。"

宋慕星不禁一笑。

"你最近咋样啊，同居感受如何？"

"有点尴尬，吃饭睡觉上厕所，换衣服都要遮遮掩掩，真是很不方便。"

"其实你不要小看这段时间，这可是培养感情和看透人品的重要阶段。"陈笑眉又开始给她上课。

"对了，蒋眠说这礼拜去跳伞，就当给自己放一次假。"宋慕星忽然想起，"笑眉，你去吗？"

"去去去，我怎么可能缺席呢。"

"哦对了，你们家蒋眠呢？"

宋慕星咬着吸管，太阳穴隐隐作痛："他去接奶奶来京华了。"

另一边，蒋眠不知道该说什么，好像有些事情突然发生的时候，语言是极其匮乏的。那些藏在骨子里的本能反应，是掩盖不住的。他不知为何失去了力气，手上拎着的东西在刹那间掉落在地。

蒋家的老宅门口，就这样坐着一个男人。

蒋眠步步靠近，又步步迟疑，好似每往前一点，便是另外一个梦境。

"爸，真的是你。"

温热潮湿的浴室里氤氲着水汽，关掉热水器后，宋慕星感觉到一阵寒冷，条件反射般打了个喷嚏，伸手去拿挂在架子上的浴巾。

在几分钟的搜索无果后，宋慕星终于认命，自己这几天忙糊涂了，连洗澡带浴巾这种大事都忘记了。刚刚还把粉色浴巾放在床头柜上，下一秒就自顾自地陶醉式洗澡了。

"蒋眠，帮我拿条浴巾。"

宋慕星喊了几声也无人应答，她这才反应过来，蒋眠今天回嘉川接奶奶去了，这会儿兴许还在路上。心想着他一时半会儿应该回不来，于是宋慕星深吸一口气，以迅雷不及掩耳之势，抄着小拖鞋就跑出了浴室。

不料此时大门却忽然被人打开，蒋眠风尘仆仆地拍着自己身上的灰，还带回来了一个草莓小蛋糕。

宋慕星大惊失色，只觉得自己浑身上下都被他开门的那阵凉风袭扰。

"啊！啊啊啊，你变态啊！"

蒋眠还没反应过来，便被宋慕星歇斯底里的叫声给震慑住了。准确来说，是被宋慕星扔过来的枕头糊住了双眼。

他伸手去捡枕头的空隙，宋慕星很快用浴巾将自己包裹得严严实实，嘴上却还是嘴硬："你看到了？"

"我……没有。"蒋眠还在茫然，嘴却比脑子快一步。

"说实话。"

他只好坦白："看到了一点。"

宋慕星羞红了脸，看着他一脸无辜的模样，气得有些跳脚。

"没关系的媳妇，"蒋眠这人一向嘴笨，"以后坦诚相见的机会多的是，更何况……"

"闭嘴。"宋慕星气鼓鼓地回浴室，根本不想理他。

"更何况，你也可以看我的啊，"蒋眠说着就开始解自己的衬衫扣子，"现在就可以，你看吗？"

"看你个大头鬼。"宋慕星恶狠狠地瞪了他一眼。她扎丸子头，戴粉色发箍，看上去格外没有杀伤力。

然而下一秒她便是杀敌一千自损八百，没注意到浴室地滑，直直滑了一跤。

幸好蒋眠眼疾手快，赶紧上前几步把她揽下，这才免了一场悲剧。

宋慕星一脸无奈地在他怀中眨着眼睛，觉得又好气又心虚，一时间对他有些莫名的愧疚。直到她的浴巾由于动作幅度过大，终于不堪重负，在顷刻间散落。

蒋眠上一秒还在深情注视，下一秒便觉得心脏突突狂跳，尽管乖乖移开了视线，但还是偷偷瞄了好几眼。

然后他便挨了宋慕星一个响亮的大巴掌。

06

"我说，你这工作还真够危险的，"江文翊坐在副驾驶上，谈好一桩案子后便揶揄好兄弟，"这脸上还有印子呢，歹徒是挺凶狠的吧。"

"是挺凶狠的。"蒋眠摸了摸自己的半边脸，还是有些小发红。

宋慕星坐在后排，又忍不住瞪了他一眼。

一旁的陈笑眉还躺在她怀中补觉，这会儿咿咿呀呀地说着话："星星，你怎么了，谁惹你生气，我一拳给他干飞。"

"哎不对，别吵了，大家好，我是'民生知多少'主持人陈笑眉……"

"这主持人也挺凶狠。"江文翊这几年嘴皮子越来越犀利，"真是三百六十行，行行出状元。"

跳伞基地是一个大型的户外运动场所，坐落在依山傍水的极佳位置，空气清新，鸟语花香，是个隐逸散心的好选择。

想进行一次独特的跳伞体验，有不少手续需要前期办理，也有很多流程不能忽略。众人一路交钱，一路跟随引导人介绍，总算是到了最后一步，签署个人安全承诺书。

然而轮到宋慕星时，却出了问题。

"小姐，你这个情况我们还是建议你不要去跳伞了，因为后续如果真的出什么问题了，我们也是担当不起这个责任的。"

此时距离耳朵的那场手术已经过去了许多年，但引导人这么说，跳伞又被包含在极限运动当中，万一到时候真出了意外，完全是无法挽回的后果。享乐和放松是一时的事情，思虑过后，宋慕星也觉得不能掉以轻心。

"有道理啊星星，你要不还是算了吧。"陈笑眉也觉得怪不放心的。

蒋眠在一旁："我之前问了医生你这个情况能跳伞吗，他说应该是没问题的。"他揉了揉宋慕星的头，"现在这个情况，要不还是算了吧，我们去玩点别的。"

"行，"宋慕星也不强求，虽然有遗憾，但终归还是健康至上，"但你们别白来一趟。你们去吧，我在这里等你们。"

陈笑眉第一个反对："这哪行啊，我们总不能把你一个人扔在这里吧。"

蒋眠也把身上的跳伞设备拆了下来："要不我们这次不跳伞，改成露营吧。"

"我赞成。"江文翊也附和起来。

"没事的没事的，你们不用为了我……"

"怎么了这是？"

听到这声音，工作人员似是找到靠山："秦总，没什么，这几位客人要取消跳伞计划。"

被称为秦总的人一脸不屑，随后一转头，和宋慕星一行人对上视线，他一愣，说："给他们退完钱之后，我亲自找人带他们去露营地。"

秦斯然算是个老朋友了，他还是没个正形，看向宋慕星："上回你不告而别，身体还好吗？"

"有我照顾着，能不好吗？"蒋眠抢先一步插在二人之间。

"这是我家的产业，你们要是一会儿有问题，叫我就行。"秦斯然自知被他压一头，不好再多说些什么，"回见。"

"这里的工作人员怎么这么傲慢，态度好差啊，信不信我下一次节目来这里拍，好好曝光他们。"事情虽然解决，陈笑眉仍在骂骂咧咧。

"为什么秦斯然会在这儿啊？"宋慕星不解。

"他好像犯了严重的纪律问题吧，估计这辈子很难再干飞行员了。"陈笑眉不由得面对着辽阔的山野开始无限感慨，"做个有钱人就是好啊，实在走投无路的时候，还能继承家业。"

蒋眠从口袋里给了宋慕星一颗糖："没事，这次不跳了，我下回带你去玩更好玩的。"

"你们去吧，来都来了，我就坐在这儿等你们。早点跳完，我们早点去露营。"

几人见宋慕星一直坚持，也不好再犹豫拖延。蒋眠把手机递给宋慕星："那我马上回来，帮我拿一下，手机里面下了你最爱看的电视剧。"

宋慕星坐在休息席，看着三人在空中恣意呼喊，心里不免还是有些小失落。

把蒋眠手机点开，看到他手机上自己照片做的可爱屏保，宋慕星才忍不住笑了下，心情舒畅了些，嘴里的甜溢进心里。

她开始专心看剧。

蒋眠他们跳完快回来时，手机忽然弹出了几条消息，宋慕星瞥了一眼，表情却在瞬间凝固。

眠，我已回工地宿舍，你别担心了。那个案子，我明天就和你去警局录口供。

备注是"爸"。

跳伞基地今天没什么游客，宋慕星愣愣地看着远处的群山，心里止不住地涌上一股酸涩。

"这是你爸吗？"蒋眠回来时，宋慕星挣脱开他的手，举起手机问。

见他笑容收敛，她已然心灰意冷。

"他昨天刚回来的，说是忽然想到了重要线索，愿意配合调查。"蒋眠坦诚道，"我没打算瞒你，想着有些眉目了，就告诉你。"

"这么多年了，他……"宋慕星心里一凉，"也许真正的凶手不在这世上了呢？"

宋慕星突然有些情绪失控，她以前不愿意想起或谈起这件事情，是因为事情总是没有进展和线索，是因为她知道蒋眠的父亲是无辜的，是因为她内心的害怕和胆怯，但在突然看到消息的那一刻，她之前的那些理解和平静轰然崩塌，她忍不住地想起父亲的去世，想起那场爆炸。

而且……他还瞒着她。

"你不跟我说，是怕我……"宋慕星说不下去了。

"星星，你听我说……"

这天晚上，宋慕星回了孟欣萍那儿，吃完晚饭后便一言不发。孟欣萍和蒋奶奶问她原因，她也不愿多说。

"出来一下好吗？"电话里的蒋眠显得分外无助，"我在楼下。"

"去哪里？"

"先去弥补你的跳伞遗憾，然后我们再谈别的。"

他一字一句："宋慕星，相信我。"

07

目的地是一所私人科技馆，此时已是夜晚，里面没什么人。宋慕星很少来到这样的场所，于是暂时把和蒋眠的不愉快抛在脑后，转而对面前的一切好奇打量起来。

"他们晚上还营业啊？"

"晚上不营业，我跟老板约了时间。"

宋慕星抬头看了蒋眠一眼，想起他得知她不能跳伞时，说要带她去一个地方。她不禁又问了一句："你今天说的就是这个地方吗？"

"嗯，带你来看看。"

宋慕星看着四周，整个场馆非常有设计感，各种扭曲和交错的处理都巧妙得当，配合在一起给视觉带来了强有力的冲击。毫无疑问，这里的拥有者，一定是个颇有想法的人。

蒋眠一进门便和管理人熟络地攀谈起来。

"董先生，和你约好的那个……"

"蒋队长，我知道的。"董先生戴一副圆框眼镜，看起来像动画片里的博士，"这边请。"

宋慕星于是跟着二人前进，穿越了不少的光怪陆离之景，最后来到了一个类似于拳击场馆的空旷地方。

四面只有几条弹性绳作为围栏，下面的地面是特殊的材质，踩上去有几分不真实的飘忽感。

这是科技馆最新推出的 VR 仿真体验服务，让人足不出户就能够真切感受到实地体验的独特景致。

蒋眠许是当时就看出了她的失落，才想到了这个法子来弥补遗憾。

蒋眠拿着类似于眼部按摩仪的器械走到宋慕星身旁，为她小心翼翼地带上，生怕弄疼她，还轻轻将她的长发拨弄到了一边。实在是很诙谐又很奇妙的画面，因为事情没说清楚，一路上宋慕星没和蒋眠说过几句话，二人这会儿酷似冷战。

宋慕星刚刚按到开机键，整个人便陡然失去了重心，面前是几千公里的高空，脚下却只有虚无缥缈的一块站板供人支撑，再往前一步，便是深不见底的万丈悬崖。

"我扶着你，别怕。"蒋眠很快向她伸出援手。

宋慕星下意识地抓住了他，就像是在水中漂泊无依的落难者，终于抓到了一块浮木一般。不过，在意识到自己立场的不对劲之后，她还是较真地打算放开。

"还生气呢，不要，我可就走了。"蒋眠故意逗她。

"哎，"宋慕星伸手拉他，"别走。"

她实在是有些害怕，也不再去理会面子这件事情，肆无忌惮地抓住了蒋眠。这下算是有了依靠，宋慕星深吸一口气，张开双臂，纵身往前一步，整个人便开始无限往下坠落。

简直身临其境，好似真正从高空坠落，身边的风触感是那样真实，还能感受到浑身都有一种兴奋的战栗。自由的气息和极限的碰撞，让她一下子忘却了许多烦恼。

"感觉怎么样？耳朵还好吗？"

待到体验结束，蒋眠贴心地问她的感受，方才宋慕星说着无所谓，却还是有些恐高，这么一会儿下来，都把蒋眠的手臂给抓得有些红了。不过，蒋眠在她面前极少展示伤疤。

宋慕星盯着他的眼睛，他满目担忧，她却忽然心里一软。

人生在世，不就是一场匆匆的奔忙吗？若是真的走到了生命的终结，也不过白驹过隙、悄无声息。生活还有那么多未知的景致，与其沉湎过去，还不如向前看。

"蒋眠，明天带我去见见你爸爸吧。"宋慕星站在原地披上外套。

蒋眠为她忽然的彻悟而欣慰，也为自己前段时间不合时宜的隐瞒而愧疚，他自以为的保护，没想到会让宋慕星产生那么多误会。

"对不起。"

"你没什么好对不起的。"宋慕星叹了口气，后半句话也不知是对着谁说的，"也许这件事情，困住的不光是我，还有你，也有你爸爸，如果一味意气用事，才是我的不对。"

第二天天气晴朗和煦，当蒋眠驱车带宋慕星向郊外前进时，宋慕星便知道了这场拜访的意义重大。

一处有一处的生计，一人有一人的活法，这是一处再寻常不过的施工工地，城市的角落里随处可见的普通画面，黄沙、水泥、混凝土的味道充斥在空气中，巨大的施工声音在耳边不断回荡，各种机械设备在有条不紊地运转。

蒋眠递了安全帽给宋慕星，为她系上帽扣。

"能行吗？之前去过的施工地比这里的环境要好些吧。"

"这有什么？"宋慕星踩着高跟鞋却看起来如履平地，"那些地方有严格的环境要求。不过事情都是一样的啊。一行有一行的难处，工人们都是勤勤恳恳、吃苦耐劳，他们把每一项任务都完成得非常出色，我觉得这是很令人敬佩的事情。"

"现在网上老是喜欢开玩笑说'读书不好，以后就去工地搬砖'，我觉得他们的话一点道理都没有。工作无贵贱，不管是设计师还是工人，其实都是一样的。"宋慕星说起自己的老本行，便有说不完的话，"比起那些只会在办公楼里耍嘴皮子的人，他们好了不知道多少倍。"

工人们挥汗如雨，穿着马甲或者过时的T恤，在烈日下工作，仿佛是不知疲倦。其实他们心中也有难言的苦楚，那份有关家庭的奔波和现实的残酷是难被他人理解的伤感。

蒋眠紧紧握住了她的手。

不一会儿便是中午的开饭时间，工人们拿着盒饭坐在台阶上畅快地吃了起来，有时候还能和身边的工友唠唠嗑。

"爸。"蒋眠喊了一声，便有一个男人向他们的方向看来。

宋慕星不知道为何，有些无法直视这个男人坦诚而胆怯的目光。他就是那场灾难的亲历者，他就是在父亲生前最后一段时光里与之有过短暂交集的幸存者，他就是父亲拼命也要保全的幸运市民。

他也是一个父亲，可他比自己的父亲幸运许多。

宋慕星尽量平复自己的情绪。

男人慢慢走上前来，宋慕星看清楚了他的样子。

蒋眠的父亲看上去和蒋眠完全不是一个世界的人，年迈、佝偻、沧桑，手上的皮肤皲裂，整个人就像一根衰老的古藤。

"爸，这是宋慕星。"

蒋眠的父亲叫蒋辉，文化程度不高，此时脖子上系了一条白毛巾，看上去分外淳朴。

他原本还算情绪稳定，但一听到宋慕星的名字就嘴唇翕动，整个人颤抖了一下。蒋辉说不出任何话，但是双膝直直跪了下来。工地的地面是极其危险的，沙砾暂且不提，还有可能存在着很多隐藏的祸患，哪怕是一枚螺丝钉，也能瞬间嵌入血肉，带来可怕的后果。

宋慕星上前去扶他，却是徒劳。

"孩子，是叔叔对不起你爸爸，他真是个英雄啊，没有他，叔叔不可能侥幸活到现在的。"蒋辉的这份情感积压了许久，"我这条命都是他的，但是在当年却帮不上一点忙。"

宋慕星深吸一口气，莫名有些哽咽。

蒋眠也忏悔起来："对不起，是我无能，不能在当初为这场案子做出贡献。"

"叔叔，你起来吧。"

蒋辉听了这话，依旧没有要起身的意思，他满脸的泪，宋慕星看着他，心酸更甚。

"对不起……"他一遍遍说着道歉的话，眼角的泪水带着他这些年的遗憾和艰难，一同倾泻而下。

蒋眠的父亲是幸存者也是"嫌疑人"，在那个年代，那样的事情几乎可以让人一辈子抬不起头来，可是他却无力为自己辩解。

宋慕星紧抱着蒋眠的胳膊，眼泪一下子流了出来。

"叔叔，你起来吧。我知道这和你无关。"她说不清自己复杂的情绪，当年她与蒋眠因此事产生的隔阂，知道蒋辉是清白的时候产生的庆幸，之前的置气……一切都是乱的，但宋慕星此时站在这个"年迈"的男人面前，心里只剩下了一个念头——还好他回来了。

她昨天的置气，是因为蒋眠瞒了自己，也因为自己心乱了。

蒋眠轻轻拍着她的肩膀安抚她。

"怪我，本想着怕你担心，打算等我爸配合完调查后，再和你说具体的事情，没想到这样反倒伤害了你。"

"对不起。"蒋眠一字一句，他觉得自己亏欠面前的女孩太多太多，接下来的时间，他将会不惜一切去弥补，"我们一定能揭开真相，重新还你爸爸一个公道。"

宋慕星靠着他的肩膀，最终点了点头。

阳光透着建筑初具形状的窗棂照到了她身上，也许是时候该推开门，向前走走了。

STAR 11 ▽
轻舟已过万重山

01

"这几天，你没让她发现吧？"

一大早，蒋眠借口说单位有急事，便起了个大早直奔门口的轿车。

驾驶座坐的是江文翊，后座是连连打着哈欠的陈笑眉。

这场秘密计划安排得几乎天衣无缝，蒋眠自然是十分自信地摆手："怎么可能会发现，哥们可是专业的。"

"得了得了。"江文翊发动汽车，"你订的那家酒店可真是抢手，我还是动用了不少人脉才帮你预订了生日房的最后一间。"

陈笑眉紧随其后："还有我还有我，为了布置那里可是一宿没睡。"

蒋眠用手作揖："事成之后，必有重谢。"

宋慕星在下班后忽然被陈笑眉装神弄鬼地带走时，还深深陷在诧异之中。

满屋子的鲜花与气球，大大的字体写着"生日快乐"，蒋眠把以前拍摄的生活照剪成影片，于她而言，那是最好的生日礼物。

他抱着一大捧玫瑰站在她面前，很帅，很吸引人。

包厢里只剩两个人的时候，宋慕星从包里拿出了一个小盒子。

蒋眠震惊地看着她，心里涌上无限的喜悦，说话都有些颤抖："你……这是……"

"我买的情侣对戒，"宋慕星笑着看他，"谢谢你的惊喜，这是我给你准备的惊喜，以后你更要好好表现哦。"

"好。"蒋眠眼眶有些发红，忽然抬手向宋慕星敬了个礼。

"我保证，未来无论发生什么事情，我都会守护在你身边，做你最忠诚的骑士。"

"嗯！"宋慕星重重点头。

年少时，宋慕星觉得那些多余的情感对于自己来说是很龃龉的事情，任何一点无处安放的期待在那段时光里都是罪过。可她偏偏在那时遇到了蒋眠，那样特别的蒋眠，就这样突兀地出现在她苍白的青春里。当时她就想，如果有可能，未来的某一天，她想留住他。

如今，也算是守得云开见月明。

电视台的设计案如火如荼地进行，快下班时，蒋眠给宋慕星发消息说因为有个时间紧迫的重要案子，今晚不能来接她。宋慕星刚好在电视台，坐公交也便捷，便也欣然接受，回了个"好"过去。

电视台人流熙熙攘攘，形形色色的人在其中穿梭，运气好的话，还能与明星擦肩而过。

陈笑眉在电话里叫苦不迭："太惨了，可惜我在出外景，不然准去迎接你。"

"宋小姐，这边请。"

宋慕星安慰了陈笑眉几句，随即跟着电视台的项目负责人李姐来到了办公室。

"我们的设想是，这里最好和一号楼能够相连，然后也能兼顾我们的外景拍摄区。设计理念最好能与我们电视台的核心思想呼应，风格要新式些，元素别太单一，还要彰显电视塔的作用。"

宋慕星仔细听着，一一将对方的需求记录在案，同时脑海里也迅速生成了初步构想，将自己的想法与对方进行深度交流后，这初步会谈算是胜利结束。

"小郭，带宋小姐到处看看。"

宋慕星回头一看，有个男生站在自己身后，挂着蓝色工作牌，上面写着摄影助理。

男生看起来怯生生的，脾气很好，宋慕星一路上问些小问题，他不厌其烦地回答着，却从不多嘴。

"小郭啊，你赶紧来演播厅一趟，这里出了点岔子，记得带上备用话筒。"

小郭接到电话后便有些急促："那个，宋小姐，我可能有点事情要失陪一下了，接下来……"

"没关系，你去忙吧，我自己转转。"宋慕星非常能够体谅职场新人的辛苦。

"太感谢了，如果有问题，可以随时联系我。"小郭留了个电话，随即消失在长廊中。

宋慕星继续充实着自己的图纸，走到最高层的走廊过道时，身旁伴随着呼啸的风传来的，还有另外一个熟悉的声音。

"听说电视台要扩建，倒是没想到负责设计的竟然是老同学。"

卢玥出现在这儿并不奇怪，她现在跻身一线明星，身边簇拥着许多工作人员。

宋慕星打了声招呼："好久不见。"

宋慕星看着她的装扮，预想她大概是一会儿要参加什么重要活动，自己没打算跟她聊什么："那你继续忙，我先告辞了。"

"慢走不送。"

程梦雪看到宋慕星，一副非常介意的样子。卢玥说完话后，她就猛地把门关上，宋慕星站在门外碰了一鼻子灰，觉得有些莫名其妙。

最后，宋慕星又实地考察了几个细节，才决定结束今天的行程。

她一边按下电梯的按钮，一边打电话和今天招待自己的小郭说离开的事情。

可就在电梯关上的刹那，宋慕星竟然在转角看到了一个可怕的身影——林峰，那个罪不可赦的狂徒竟然猱在广告牌后，用窥视的眼光看向这边。

宋慕星只和他对视一眼，便失去力气瘫坐在电梯里。

她不知道是自己眼花了，还是心中的恐惧驱使她平白无故增长了几分愁绪，那样恐怖的过往竟然浮现在自己眼前。

宋慕星揉揉眼睛，此时电梯已经往下，她撑着身体站起来，再一睁眼，面前又是人们忙碌穿梭的身影。

"怎么没回家？"

蒋眠今晚下班不算早，临近十点的光景，他才打了个哈欠，顶着说不出的睡意走出警局。

警局的大厅里，宋慕星正坐在椅子上处理工作。见到蒋眠出现，她一下子扑在他怀里，像是终于看到了救赎，一瞬间卸下了所有的防备。

蒋眠一下子清醒了过来，也用力抱住了她，还下意识摸了摸她的头。

他很少看到宋慕星这样的一面，她一向喜欢展示自己坚强的样子，从不会在外人面前做这样的举动。

"宝宝，怎么了？"蒋眠贴在她耳边轻声问。

两人就这样在警局的下班人流里形成了一道特殊景致。

周围有不少的同事是第一次看到蒋队的女朋友，没想到不近人情的工作狂背后还有这样柔情似水的一面。手下好几个小警察这会儿已经聚集起来，窃窃窣窣地开始讨论蒋眠的八卦了。

02

"你说你看到了林峰？"

"嗯。"

蒋眠的表情顿时添了几分工作时的严肃："如果真的是他，他为什么会出现在电视台呢？"

"我不知道。"宋慕星坐在副驾驶，就连摇下车窗看向反光镜的刹那，都能回想起那丝恐惧，"也有可能是我看错了，希望是看错了……"

宋慕星和江文翊的聊天记录还停留在几个月前她询问如果工程方迟迟不愿意付项目尾款，有什么合情合理的方法可以去讨要的事情上。此刻，她从他那儿得知："我查了下，他确实已经出狱了。"

宋慕星心里忍不住更加战栗。

　　也就是说，这个恶魔真的又开始在人世间游荡，并且还不知踪影。

　　宋慕星还为此打扰了多年前的恩师，曾妤极为认真地回答她："我也不清楚，后来还真没听到过了，不过也没见他回嘉川的家，我们都当他人间蒸发似的。"

　　"哦，这样啊，谢谢老师了。"宋慕星心中更加毛骨悚然，恐怖的想法一旦产生，便不可避免地越来越吓人。

　　曾妤没有一下子挂电话，温柔地耐着性子问："小星啊，你还好吗，是不是出了什么事情，需要老师帮忙吗？"

　　"我很好，谢谢曾老师。"

　　宋慕星挂断电话，还是有些感动在心头，同时也莫名地有了些底气。

　　"别害怕，他再也伤害不到你了。"蒋眠一下一下拍着她的手，"你现在可是会功夫的大设计师，而且你男朋友现在是警察了，很厉害的警察。我会好好保护你。"

　　宋慕星看他调侃自己，忍不住笑了笑，看起来分外乖巧。

　　对啊，今非昔比，她在明，林峰在暗，先不说暗处有多么令人绝望，光是明处的那些守卫，就不是他能轻易招惹的。

　　夜渐渐深沉，两个人各自回到房间。

　　窗户映着树影随晚风摇曳，宋慕星在睡梦中越陷越深，额头上的汗水越来越多。

　　已是凌晨，她猛然惊醒，顾不得开灯，便抱着枕头逃也似的离开了自己的房间，一头秀发乱糟糟地垂散在肩膀上，眼角还挂着泪水，鼻尖儿都哭得红红的，看起来楚楚可怜。

　　"做噩梦了？"

　　蒋眠睡眠浅，算是半个职业病，这样方便随时醒来，应对任何突发情况。

　　"我能和你一起睡吗？"女生声音分外惹人怜爱。

　　"来。"蒋眠二话不说，掀开被子。

　　蒋眠曾经想象过很多次这样的场景，但没想到是因为出了这样的事情才发生的。他一边轻拍着宋慕星，一边在她耳边说些安慰的好话，就像是小时候奶奶常对自己做的那样，这才好不容易把她哄睡着了。

他心疼地看着她白皙脆弱的脸，伸手擦过她脸上的泪水。

这床分外狭小，此刻两个人近在咫尺，蒋眠看了好久，终于忍不住移开视线。

宋慕星浑身香香的，就连头发丝都在一点点挠动他。他不自觉往旁边挪了挪，双手交叉放在头下，呆愣地看着天花板。

换他失眠了。

不料，宋慕星下一秒便直直向他靠近，随后整个人伸手环抱住他的腰，一条腿圈住他的下半身。

女生似乎是放心至极，还不时发出熟睡的呢喃。蒋眠心中有如被投进了一颗鹅卵石，倏忽间激起层层涟漪。

蒋眠连呼吸都屏住了，心脏还在扑通扑通地狂跳。

第二天是周六，蒋眠破天荒五点出头便起来做早饭，宋慕星难得有天休息，本该是一个人待在家里补觉的好时机，这会儿却难以独处了。

"我能去你局里坐着吗？就那个大厅就行，我找个角落，不会妨碍你的。"

"好。"得知宋慕星可能看到了林峰之后，蒋眠也放不下心。

警局里来来往往的人很多，他把宋慕星"安置"在离办公室不远的休息区，便去工作了。鲁能刚好从办公室出来，见到这一幕，打趣他："第一次看到工作带家属的，你小子可别太荒谬，工作是工作，家庭是家庭，一码归一码的事情，你可别给我演什么深情。"

"师父，她就来坐坐，不妨碍我们办事的。"

"你说不妨碍就不妨碍啊，我看有些小子的眼睛都快长她身上去了。"

蒋眠这么一瞧，不一会儿就有个警察拿着杯子往宋慕星在的地方去接水了，眼睛还时不时看一眼宋慕星。就一小段时间，过去了五六个人，早上刚装的一桶水都快被他们接空了。

蒋眠深吸一口气，站到了门口。

"看什么看，都回去好好工作。"他忽然出声，喝止了角落窃窃私语的一行人。

只剩下了邹东东。

"蒋队……"

"怎么了，"蒋眠对他也没好脸色，"想要我媳妇联系方式啊？"

邹东东哪敢开这样的玩笑，脸都急红了："不是，是上次您让我查的东西，结果已经出来了。您父亲的那个事情。"

宋慕星听到最后一句话，猛地站起身来。

"那枚纪念币上查到了第三个人的指纹。"

蒋眠突然大脑一片空白。他不知道该怎样形容自己的心情，确认了三四遍，得知是真的，激动得差点抱起邹东东。这是重大的进展，宋慕星听到后直接心跳漏了一拍。

这么多年了，他们第一次感觉到案件的真相露出了关键性的冰山一角。

"那年，市中心商场给第2002位顾客发纪念币，我爸就是那个幸运儿，他下工的时候走得急，兜里的纪念币掉在地上，是另外一个人帮他捡起来的。"蒋眠叹气，"他走到半道又想起有东西没带，回工地，结果撞上爆炸案的事情。

"我爸当时被怀疑，整个人都很混乱，警方拿监控画面给他看，他只知道说不认识，完全不记得那帮他捡纪念币的事情了，他文化程度低，那个时候也不知道有这种调查方法。直到前些日子，他从工地老板那儿听到纪念币保值换钱的消息，这才想起来了的。"

心中的欣喜涌上来，宋慕星不禁抱住了蒋眠。

还在偷看的小警察发出"哇哦"的一声，宋慕星猛地松手："你工作去吧，我在这儿等你。"

蒋眠摸了摸她的头，应声说："好。"

这天，回家的车上，宋慕星罕见地点开车载音响，点了首周杰伦的《兰亭序》。

"情字何解，怎落笔都不对，而我独缺，你一生的了解。"她默默哼唱，不时摇头晃脑。

"你都这样圆满了，好男人就在身旁，还独缺谁一生的了解呢？"

蒋眠很快切歌，"要我说，你还是得听这首。"

前奏一起，宋慕星就知道是《七里香》。

"我接着写，把永远爱你写进诗的结尾，你是我唯一想要的了解。"

蒋眠看着宋慕星，眼里分外缱绻温柔："你是我的唯一，想要的了解。"

"蒋哥你放心，我一出手，你就放八百个心，两张票有什么难的！"吴骏达在电话那头信誓旦旦。

"媳妇儿，媳妇儿，"吴骏达转身在电话那头大声呼喊，"周杰伦地表最强世界巡回演唱会，能帮蒋哥抢两张票吗？要位置好点的。"

小叶很快答应："行，包我身上了。怎么了，蒋哥也是杰迷啊，我俩撞男神了这不是。"

"你说得对，但不全对，蒋哥家那位喜欢，"吴骏达继续和蒋眠唠家常，"怎么忽然就想看演唱会了啊，蒋哥？"

"陪她看个演唱会，"蒋眠看着宋慕星在厨房里忙碌的身影，压低了音量，"顺便求个婚。"

03

电视台大厦的设计方案基本敲定，这就需要马不停蹄地赶工，对于细节，以及完整的设计思路和理念也需要不断细化。

事情压在身上，宋慕星最近的状态下降得肉眼可见。

"组长，两幢大厦之间的通道设计，还是按照之前的说法吗？"

"上次我们开会讨论出来的方案，最后是为什么被对方质疑了？"

"因为设计的主题，他们说没有完全契合一开始的要求，还有……"

宋慕星几乎是花了一整天的时间泡在办公室里，小组里的人先是开好小会，随后又对方案进行修改，好不容易赶出终稿，电视台的人说希望能在上面预留出安装电子大屏的空间，这意味着其中的设计又要进行调整。

也不知是过了多久，宋慕星基本上忙到两眼昏花，这才揉了揉酸痛的太阳穴。

"组长，已经不早了，我还有点事情，可能得下班了。"

"我男朋友在楼下了，我大概也要走了。"

天色昏沉，宋慕星一看时间，都快十点半了。

"你们先走吧，剩下的一点我来收尾，"宋慕星冲组员们抿嘴一笑，"大家住得离设计院都蛮远的，太晚回去我怕不安全。"

"谢谢组长！"女孩们笑盈盈地冲她微笑感谢，随后便一个个开始收拾起自己的包包。

小曲从包包里拿出一个紫米面包给宋慕星："那组长，你也要早点回去哦，我看你中饭和晚饭都没吃，这样下去身体会出问题的，要是实在饿了，就先拿这面包垫垫吧。"

"好的，谢谢你小曲。"

"没事啦，组长再见。"

宋慕星和小曲挥手告别，心中忽然涌起一阵暖流。

她仰头揉了揉脖子，随后继续忙起手上的工作。蒋眠的电话打了好几个，她都是只说了几个字便草草了事。

接近十二点的光景，宋慕星才终于放下手中的活，总算是放松地舒展了一口气。

走出设计院，呼吸到新鲜空气的那一刻，她因为台阶没踩稳而险些摔倒。幸好蒋眠眼疾手快地接住了她："怎么了，还好吗？"

宋慕星分外绵软无力，只是摆了摆手，喃喃道："困了。"

坐上车后，她便在副驾驶睡了过去。

回到家里，宋慕星疲软地倒在床上，连鞋子也没脱，便闭上眼睛开始休息。

蒋眠去厨房给她煮了碗清汤面，没想到端着回房间的时候，宋慕星已经沉沉睡去了，呼吸间还发出了轻微的鼾声。

她最近真的太累了。

蒋眠蹲下身子，轻轻为她脱下鞋子，随后温柔地帮她褪下外套。宋慕星又瘦了，使上一点力气，便能够轻易将她抱起，蒋眠披好被角，将她的手也遮盖起来。

因为宋慕星以前总说带妆睡觉会烂脸，蒋眠便担当了此刻的美容师，他拿来卸妆膏，熟练地在她的脸上开始一番迅速又轻柔的动作。

翌日清晨，宋慕星醒得格外早，她做了个离谱的噩梦，甲方变成了宫里的嬷嬷，嚷着要给自己扎针。

蒋眠打开房门，正好对上她茫然的目光。

"几点了？"宋慕星早已记不清昨晚发生了什么，几乎是肌肉记忆般起床，"我是不是要迟到了？"

"今天，你领导批准你休息一天了。"

"为什么？"

"我带你去散散心。"

宋慕星看着窗外变迁的风景，有些不解："散心为什么忽然要去那么远的地方？"

"你不是很喜欢这几首歌嘛，带你去听现场版。"

一路上宋慕星都是蒙的，从得知要去看演唱会开始，整个人处于宕机状态。坐高铁的时候她都是寸步不离地跟着蒋眠，这才勉强保证自己没丢。

她心里是满满的激动与欣喜，可不知为何，始终提不上劲来，不光脑子里还是那个设计案，身体上似乎也出了点问题，整个人绵软无力，总觉得心口堵得慌。

如果说这些都是熬夜、压力过大引起的小症状，那倒也正常。只是不知道从什么时候开始，宋慕星觉得自己的听力以一种可怕的速度下滑，这并不是什么好的预兆。

联想到最近的种种，她心中总是有些不好的预感。

"我订了酒店，我们中午先去里面休息，然后顺便吃个饭，下午……星星，在听吗？"

蒋眠摇了摇宋慕星，她这才如梦初醒。

"啊，你说什么？"宋慕星的笑容看上去很勉强，但她不想破坏蒋眠的兴致，"可以再说一遍吗，刚刚没听清。"

"我说……"

"等一下，难受，"宋慕星捂住胸口，看上去十分痛苦，"想吐。"

"什么情况啊？"吴骏达的声音在电话里听起来失望至极，"那现在嫂子身体咋样啊。"

"没什么大事，不过她最近没休息好，身体差了不少，以后每个月得去复查一次。"

为此，求婚秘密后援小组还会面了一次。

"我们中途买了回京华的票，然后一下车就直奔医院，演唱会没看成，求婚也泡汤了。"蒋眠摸了摸口袋里的钻戒，有种说不出的怅然。

江文翊揶揄："听过犯罪未遂的，没听过求婚未遂的。"

"怎么感觉最近这么不顺呢？到哪里都是意外。"蒋眠叹了口气。

"你就别多心了，今天还真是突发状况，谁也没想到，"陈笑眉安慰着，"而且求婚嘛，一次不行就两次，两次不行就三次，要是还是觉得不完美，你以后自己补一次都行。"

说起这个，陈笑眉格外专业，像是个求婚专业户似的。

不过，好在宋慕星的另一件事有结果了，电视台那边传来了好消息，几位领导一致同意了这次的设计方案，宋慕星小组的努力总算是没有白费，她的心情也轻松了很多。

宋慕星需要作为代表去电视台和负责人进行最后的交接，如果讨论敲定，那么重要的施工环节便即刻开始。

站在玄关处，宋慕星一边穿鞋一边对蒋眠说着，看起来极为匆忙："蒋眠，今天晚上我在电视台，别走错了。"

"好，我知道了。"蒋眠拿起两个鸡蛋，像个操心的母亲似的，走到宋慕星身边，"拿着，你这个人一工作起来，就跟失了魂一样，要是饿了又懒得去吃饭，就吃个蛋吧。"

宋慕星把两个鸡蛋放在包包里，刚刚煮好还留有余温，她心情瞬间明媚了起来。

"谢谢老公。"说完这句话，她便率先出了门。

"哎，再叫一遍嘛。"蒋眠听着她的关门声欲言又止，随后赌气似的猛喝了一口粥。

04

警察局里，蒋眠站在鲁能身边。

他这些天始终愁眉不展，虽说表面上装着云淡风轻，内心却始终放不下那块心病。

"很多事情，不是你想的这样简单，你不能意气用事，自作主张去查，只要真相，不要前途了。"警局气氛格外凝重，鲁能知道蒋眠最近私下调查的行为，便在门口等他，又强调了一遍。

蒋眠不明白为什么："可是，师父，这难道不应该是我们的职责吗？"

"那你的职责多了去了，你怎么不去兼济天下呢？"鲁能终究再说不出狠话，"行了，不和你多说，这里有桩棘手的案子，估计要你出马。"

"卢玥？"蒋眠瞪大眼睛，听完这一切后几乎是无法言语。

宋慕星今天工作交接得分外顺利，中午大家伙一起吃了顿饭，晚上还开了个最后的小会。

"慢走，宋小姐，"负责人和她握手，"合作愉快。"

"合作愉快。"

事情结束，宋慕星心情大好，拿着文件便下楼，不过今天电梯不凑巧坏了，她只能慢慢走台阶。

略显黑暗的楼梯间，依稀传来这样一段对话。

"你以前念书的时候，可不是这样对我的。"

"今非昔比，你还以为你是个无法无天的狂徒吗？"

男人的声音歇斯底里："你疯了，你以为这样做，就没人知道你的那些破事了吗？"

"林峰，你去死！"卢玥拿起手上的刀，直直向林峰刺去。

如此骇人的画面，宋慕星吓得一下子说不出话来，脚上的步伐也变得似有千斤重，根本动弹不得。

林峰还在挣扎，怎肯轻易就范？

他看到了宋慕星的身影，顾不得手上被卢玥划开的伤口，便直直往宋慕星的方向跑去。

身后的卢玥已经"杀红了眼"，全然没有了平时的端庄美丽，此刻挥舞着凶器，向着宋慕星的方向进发。可谁知林峰突然转身一把夺过她的刀，抓过她，转身便要下手。

就在这千钧一发之际，一队人马破门而入。

蒋眠飞身踢掉了林峰手上的刀，迅速查看卢玥的伤势："没事吧，要不要紧？"

"疼。"卢玥迅速挤出几滴眼泪，看上去很是楚楚可怜。

随即蒋眠搀扶她起身，抬头的那一刻，他发现了在一旁的宋慕星。

把卢玥交给队员，他起身要往宋慕星的方向走去，却被卢玥拉住手臂："蒋眠，我得快点去医院，等下还有活动。"

"好，稍等。"

卢玥却突然抓住他哭了出来。

楼下有人喊"蒋队"，蒋眠又看了眼宋慕星，短暂的眼神纠缠后，他示意队员去帮忙："星星，我等会儿来警局接你。"

宋慕星是被后边的小刑警送走的。

接下来的时光里，她独自度过了已逝去的人生中，最无助的一个夜晚。一个人做笔录和案件口述，蒋眠说会来接她，可直至行动的人都回来了，他也始终没出现。她一个人站在路口打车回家，却在上车后看到他带着卢玥回到警局。

宋慕星站在家门口前，才发现钥匙没拿，就这样蹲在门口待了一夜，蒋眠电话不通，消息不回，第一次一夜未归。

宋慕星翻来覆去地想，忽然觉得她和蒋眠的过往在此刻崩溃了，长久以来因为卢玥而积压的情绪，因为林峰的出现而产生的无措和害怕，因为今天这件事而激起的慌乱和失望终于决堤。

第二日一整天，蒋眠都没有联系她一次。

直到这一刻，宋慕星也始终觉得自己没有生气，更多的是描述不出的失望。他总是说自己有千千万万个苦衷，可为什么每到要紧时刻，都要瞒着自己呢？那些他说过的不离不弃，到最后竟然是选择放弃吗？

繁芜的人生让人眼花缭乱，那么多过客来了又走，谁能永远彼此相依呢？

"那个西藏小学的公益项目，我想申请由我来设计。"宋慕星对着三位主理人，语气坚决。

"程玉、田如惠，京华电视台大厦的设计就交给你们小组了，盛姐你作为组长，带好头。"

"她怎么了？"程玉一边嚼着话梅干一边拍了拍田如惠，"吃错药了？这么好的机会不要，还让给我们了。"

"谁知道呢，会不会有诈啊？"

宋慕星一边收拾自己的工位，一边将她们的话悉数听了个全面。

"能有什么诈？好好做，加油。"宋慕星这儿会看见两人对自己的态度，内心竟然毫无波澜。

她说走就走，当即订好了去西藏的票。

"怎么忽然间就要去西藏出差了？"孟欣萍还在为孩子担心，"你老实告诉妈妈，是不是犯错了，领导让你去冷静冷静的？"

"没事，我接了个项目而已。"

蒋奶奶在一旁也放不下心来，宋慕星故作轻松地解释："这是设计院的正规工作啦，很有挑战性的。我三个月后就回来了。"

坐在去往机场的出租车上，宋慕星深叹了口气。

她越发看不清自己了，不知道为什么，她很容易在恋爱这件事情上患得患失，情绪大起大落。

在登机前的最后几分钟，宋慕星拿出手机，点开和蒋眠的对话框，分外决绝冷静地打下三个字：**分手吧**。

随后便关了机。

"宋设计师，是你吧？"

西藏的机场有一种辽阔的自由感，来自世界各地的游客谈笑风生，不同的语言交织在一起，人们穿着各式的服装打了照面后又彼此分开，有种梦了一场的错觉。可是这里天阔水长，走在哪里都是一种美好的遗忘。

小学的负责人是一位年轻的男教师，他举着引导牌，上面写着宋慕星的名字，汉语和藏语都标注了，显出真挚的热情。

"是我。"

"你好，我是扎西平措，叫我平措就好了。"男教师看到设计师这样年轻漂亮，又友善礼貌，忍不住有些羞怯。

宋慕星点点头，随后便跟着平措上了大巴。

准确来说，这不是她的专车，这一趟里面还有许许多多的游客和藏民。因为去市区的出租车昂贵，所以大巴成为很多人的不二选择。

平措看起来和宋慕星差不多年纪，这一路上帮她搬行李，介绍沿途的风景，倒是让路途显得不那么沉寂。

目的地的景致是极其特别的，藏式的建筑风格透露着古朴的气息，但是又蕴含着一种典雅的美丽。原本的小学因为年久失修，在不久前被拆除，夷为平地。平措在和宋慕星描述小学原本的设计，两人说话间，一位穿着当地民族服饰的老者出现，他看上去很年迈，行动却很矫健，看到宋慕星，他把双手合拢在一起，低下头来行礼："贡卡姆桑。"

宋慕星觉得十分新奇，于是也学着老者的方式给他回了个礼。

一旁的平措为她解释："这是我们的校长，你可以叫他德勒校长，他刚刚说的意思是'很高兴认识你'，我们也会说汉语的，宋设计师，你就照常说普通话好了。"

"不用一直叫我宋设计师了，"宋慕星冲平措笑了一下，"叫我小宋就行。"

"好的，宋设计师，"平措挠了挠头，显得有些局促，反应过来后赶紧改口，"小宋。"

"平措，你在这里干什么？"

远处有一位身形窈窕的少女冲这边走来，一路上蹦蹦跳跳，看上去很是有生命力。她梳着两条麻花辫，松松垮垮地垂在肩膀上，搭配上藏族的服饰，美得惊艳。

"卓玛，这是宋设计师，来为我们设计小学的。"平措似乎和她很是熟识。

"你好，你叫我卓玛就行，也可以叫我的汉族名，齐美心。"卓玛热情地和宋慕星握手。

平措看上去疑惑不解："你什么时候有汉族名了？"

"我自己取的，不可以吗？"

随即两人开始斗嘴，宋慕星在一旁看破不说破。

卓玛热情好客，先是送了宋慕星当地的特产酥酪糕，后来又自告奋勇送她回宿舍，一路上和她聊了好多事情，为她介绍这里的风土人情。

"我们这儿除了我和平措还有校长，其他的老师和职工都是汉族的呢。

"教数学的王老师是贵阳的，教语文的马老师是上海的，还有覃老师，广西人，来支教教科学。我们这儿的食堂阿姨也有汉族的，食堂每次都能有不同口味的菜。"

宋慕星一路听一路点头，不时还回答几句。

"小宋，你是哪里人呀？"卓玛忽然对她展开攻势。

宋慕星回答道："我家乡是嘉川那边的一个三线小城市，现在在京华工作。"

"嘉川，哦哦，我知道。"提到这个，卓玛还来了兴致，"我们的保安罗叔，好像就是你家乡那边的。"

宋慕星没想到会在这里遇上老乡，心情有些激动。不过，这位姓罗的大叔看上去并不是很有兴致的样子，他这会儿正躺在躺椅上闭目养神，旁边的收音机还放着新闻。

卓玛敲了敲玻璃窗，罗叔才如梦初醒地睁开了眼睛。

"罗叔，这是新来的设计师，我送她回宿舍呢。"

罗叔朝她们的方向看了一眼，随后按下了开门键，放二人通行。和别人不同的是，罗叔开完门又立马坐了下来，完全没有什么要打招呼的意思。

"罗叔就是这样，你别管他就好了，"卓玛劝慰着宋慕星，"他可是个固执的小老头。"

宋慕星笑着点头。

05

宿舍其实就是栋古老的小楼房，宋慕星被安排住在第三层，卓玛的隔壁房间。

房间不大，但是干净敞亮，宋慕星已是知足。

她收拾完行囊之后，便打电话给母亲和陈笑眉报了个平安。

儿行千里母担忧，孟欣萍这会儿还是忧心忡忡的，听到宋慕星描述了沿途的风景和故事，这才稍稍放宽了点心。

陈笑眉一接电话便是哭腔："星星，你还要不要我了，怎么说走就走啊，咱们最后都没见一面。"

"好啦，三个月后我就回来了，没事的。"

"怎么可能会没事啊，你一个人一下子跑到那么远的地方，你叫我怎么放心啊？你和蒋眠到底出什么事情了，他昨天打了我好多电话，问我知不知道你的情况。"

"我什么情况已经和他无关了。"

宋慕星打开微信，里面是蒋眠发的好多话，电话也打了几十个，短信里也满是他的痕迹。

蒋眠：星星，你现在在哪里？

蒋眠：星星，你能不能别不理我？

蒋眠：这件事情不是你想的那样，到时候我会和你解释清楚的。

…………

蒋眠：宋慕星，回来好吗？

宋慕星打下"不好"这两个字，犹豫再三，最后还是删除了。

她现在就应该和他干干净净地撇清关系。至于蒋眠的解释，他爱告诉谁就告诉谁。

拿出自己带来的资料，宋慕星结合平措之前的描述开始在草稿图上将原先的小学的基本轮廓给描摹了下来，而后她又开始观察起这周围的地形和建筑风格，完完全全投身到工作中去了。

傍晚时分，卓玛在门口敲门："小宋，你要在这儿待三个月呢，工作不急的，我带你去吃点好吃的，怎么样？"

"不用了卓玛，谢谢你，我吃泡面就行。"宋慕星婉拒，她思绪有点乱，想一个人静一静。

"哎呀，和我还客气什么。"卓玛一把拉住她，"我哪能让你吃泡面啊？走，去和我吃些好的。"

正是小学的下课时分，很多孩子成群结队地背着书包走出大门。因为教学楼还没有重建，孩子们都是借着教师的宿舍来上课的，有时候实在人多，几个老师就摆起露天大讲台。

宋慕星看了，内心暗自发誓一定要设计出更好的新校园。

卓玛带着宋慕星来到了集市上的一家招牌美食店，和旅游手册上那些喧宾夺主的设计不同，这家店面简单而随性，只单单拿木板写了个牌匾，没有花里胡哨的菜单，老板和老板娘两人忙忙碌碌，店里面蒸腾着烟火气。

"你喜欢吃石锅鸡吗？"

"喜欢。"

特制石锅里，鲜嫩的鸡肉以及各种香料混合在一起，熬制两小时后产生鲜美的口感，就连汤汁也是格外有滋味。

"好吃。"宋慕星竖起大拇指。

"这位客人，里面已经满人了，你要不过一会儿再来？"

卓玛听到这声音，往门外看了看："你瞧，这里游客多吧，他们店经常坐不下的，还好我们来得早。"

宋慕星也抬眼望去，却发出了意外的声音："江文翊！"

江文翊穿着冲锋衣，背着登山包，头上还架着一副墨镜，和他平时的斯文样完全不是一个模样。

"你们认识啊，好说好说。"卓玛冲老板大喊，"老板搬个凳子吧，这位先生和我们一桌。"

"你来这儿干什么？"宋慕星几乎是难以置信，她在这里看到江文翊的概率，简直不亚于在异国他乡看到自己的小学同学。

江文翊没有回答，不慌不忙地抽了把椅子坐在她身边："你来这儿干什么？"

见宋慕星没说话，而是目光诧异地看他，他回答道："你来这里干什么，我就来这里干什么。"

宋慕星失笑，语气有些自嘲："你也失恋了？"

"噗。"卓玛没想到自己光听八卦还能听出事故的，这口鸡汤没憋住，差点直接喷到江文翊的衣服上。

"那倒没恋可失，"江文翊无奈摆手，"我在附近出差，知道你的消息后就顺便过来散散心，陪陪老同学。"

这天晚上，宋慕星罕见地空了下来，没有那么多工作任务的时候，她突然不知道该怎么安排自己了。于是她拿出了自己的日记，这本是从她工作那年开始记的，但是由于各种原因，经常漏出好些天。

这就是成长的代价吧，每天闲下来写会儿日记，也许对于很多成年人来说是一种奢侈。

那么，在这里的这段时间，她要好好地继续记录下去。

宋慕星拿出笔，一点点开始往下写。

蒋眠这几天没日没夜地加班，除了眼前的案子太过重要，还有一个重要的原因，便是他想借此麻痹自己。

"不给她再打个电话吗？"鲁能走来，在他桌子上放下了一份文件。

蒋眠犹豫再三，还是放下了手机。

蒋眠那天晚上把卢玥带回警局时，宋慕星已经走了。他本想打个电话，却又被紧急拉去执行突发任务。再回来已是第二天晚上，他才发现手机早就没电了，连夜加班审讯，等早上好不容易空下来，他收到了宋慕星发来的分手短信。

他疯了似的找她，却得知她已经去西藏了，他给她打电话发消息也始终没有回音。

快一个礼拜了，距离宋慕星离开已经快要接近一个礼拜了。

"你和那个卢玥，到底什么关系？"

蒋眠抱头无奈："师父，我和她真没关系，就同学而已，怎么你也怀疑我呢？"

"你小子想什么呢？"鲁能给他脑门来了重重一下，"我是问你，你对卢玥以前的生活，了解多少？"

"她走艺考路，和我的交集不算多，以前她被'混混'骚扰的时候，我帮过她，后来关系还不错。"

"那你知不知道，她和你女朋友，都有过被害的事情？你女朋友当年没什么事是因为被你救了，但卢玥当年的遭遇挺严重的。"

蒋眠忽然间冷静了下来，他听着鲁能给自己讲案件的最新进展和调查出来的信息，最后一点点被命运的可悲而打败。

"那就不是正当防卫，而是故意杀人了。"

说完案件，鲁能还是和蒋眠絮絮叨叨地说起他的私事："你怎么不和你女朋友说清楚呢？人总是容易想复杂的。在我们看来，你是因为执行保护公众人物的职责，并且为了案件的进展而时刻保密，但是在她眼里，可能就是你不在意她，在危急时刻还选择了另外一个女生的故事了。"

"事情都撞到一起了，我之前想和她说清楚的，但是她好像不太想理我。"

"现在还没说明白呢？"

"还没有。"

"不去哄了？"

蒋眠叹了口气，不自觉蹙了下眉。案件都是唯一解，可是宋慕星的想法，他这会儿却有一种无解的感觉："她现在估计是不愿意理我了，既然如此，那我先把眼下的事情办好，好歹也算是给她一个交代。

"林峰这样的恶魔，伤害了这么多人，我不能让他就这样轻易被放过。

"我希望到时候去见她的时候，能够多些底气。"

鲁能知道蒋眠脾气倔，想到的事情一定要去完成，于是也不再去要求他改变想法："这次确实是委屈你了，这样的案子比一般的案子麻烦些，很多时候委屈不能一下子说明白，反倒是自己得把苦往肚子里咽。"

"再坚持一下，师父相信你能做好的。"

鲁能的目光看向窗外，连绵的阴雨已经持续了好些天，许久没有看到明媚的阳光，就连空气里都弥漫着陈朽的味道。

06

宋慕星的工作有条不紊地进行着，这些天她远离网络，心里不被多余的外在裹挟，反倒开始敞亮了起来。不仅仅是工作效率得到了前所未有的提升，就连心情也释怀了不少。

唯一美中不足的便是她的生活一下子失去了那样一位重要的角色，心中不免有些空落落的。

宋慕星是个冷静自持的人，极少发脾气或者生闷气。但是面对蒋眠，她被他宠到骨子里，干什么事情都率性而为，从不计较后果，现在她恢复了以前那般孤独自在的时候，莫名觉得有种如履薄冰的错觉。

"男人如衣服，过时了就要丢，不喜欢也要丢，咱们长得漂亮，穿什么都是衣架子。"宋慕星躺在床上打开电视机，好不容易翻到一部泡沫言情剧，女主角正在一边挑衣服，一边和自己的姐妹诉说这些话。

唉，要是自己也能和她一样洒脱就好了。

宋慕星忽然叹气。

门外传来敲门声，她料想不会是别人，大约又是卓玛来和自己聊天，于是穿着睡衣，随便趿拉了下拖鞋便开了门。然而，门外的身影却让宋慕星吓了一跳，以至于在开门途中打的哈欠，到二人对视后嘴巴还张着。

"不愧是设计师，穿得倒是新潮。"江文翙憋住笑，努力不去看她的脚下。

宋慕星自己往下瞧了一眼，一脸黑线。

她忍不住在心里咆哮，一只凉拖，一只棉拖，到底是怎么做到的啊！而且凉拖还是她当初随便带的粉色通用款。

"出去散散心吗，大忙人。"

"行，等我一会儿。"宋慕星赶紧关上门，随即摁掉电视，开始疯狂挽回自己的形象。

江文翙站在楼阁之上，背过身，便与漫天苍茫的原野撞个满怀。远处飘动的幡旗五彩斑斓，似是万千飞舞盘旋的蝶翼，与一旁傲然伫立的松柏相映衬，又是一幅美不胜收的画卷。

此时房门缓缓打开，宋慕星穿一套杏色针织长裙。

江文翙笑了笑："很好看。"

两人去拍了一套藏族写真。宋慕星一开始还表情僵硬，没想到江文翙的拍照技术很好，特别会抓角度，还善于鼓励，没一会儿的时间，宋慕星便收获了可能是这一年的最佳照片。

去往景点的路上，宋慕星有意无意地开始试探起江文翙。

“你是，一个人来的吗？”

“蒋眠没和我一起来，”江文翊早就看出她的小心思，一反常态的说话语气，“我就不能是自己想来吗？”

“哦，这样啊。”

宋慕星不自觉地有些垂头丧气，无名的失望开始蔓延。但她随即意识到了自己立场的不对劲，敷衍了一句：“当然可以是自己想来啊，为什么非要和他沾边啊？西藏风景那么好，哈哈哈……”说完，她自己都不由得心虚起来。

“这对俊男靓女，要不要来祈愿呢？”忽然，路边一位老者拦住他们，指了指一旁。

山脚下有一汪清澈的泉水，泉水里是随处可见的硬币。旁边古树参天，上面垂挂着许多红色的祈愿纸，老者说：“很多不明白的事情，问问神明，也许就有答案了嗒。”

江文翊从口袋里掏出一枚硬币递给宋慕星：“去许个愿吧。”

“我不信的。”

“那，我信。”江文翊勾勾嘴角，随即真的开始虔诚地双手合十。

他静默了几十秒后，把硬币直直抛入水中，顿时水面显出一道光滑的涟漪。

宋慕星心头微动，忽然开始反悔，于是伸手去翻自己的包包，然而里头只有清一色纸币和银行卡。

她有些尴尬：“你还有……”

“给。”江文翊忍着笑再次递过来一枚硬币，“刚刚是谁说不信这个的？”

“大丈夫能屈能伸。”宋慕星不再去理会他，闭上眼睛，开始认真祈祷。

一愿家人身体康健。

二愿自己扫尽阴霾。

三愿……

宋慕星闭上眼睛，脑海里浮现的，还是那个熟悉的身影。愿他褪去少年气，纵然此生不复相见，也要岁岁平安。

许完这些愿望，宋慕星把硬币往水里一抛，没承想用力过猛，它竟然掉到了远处的草垛中。

"没事的。"江文翊宽慰她，"你的愿望不走寻常路，肯定能让你喜出望外。"

"真的？"

"真，当然真，比对委托人还真。"

江文翊又开始追问："你刚刚许了什么愿望，想了那么久？"

宋慕星却有自己的小心思："愿望说出来就不灵了，那个……你许了什么愿？"

"天机不可泄露。"

江文翊乖乖挨了宋慕星一拳，并不反抗。

待到宋慕星被眼前的糍粑吸引了视线，往前观看时，他望着女生的背影，忽然间有种遗世独立的恍惚感。

警局的审讯室气氛冰冷，蒋眠很少这样紧绷冷峻地询问当事人："林峰，不是第一次跟踪你了吧？"

卢玥的眼中闪过一丝迟疑，但很快消逝："蒋眠，你在说什么啊？"

"你经纪人报案说他跟踪你，但其实，你和他早就认识了对吧？"

"你说笑了，这种事情我有必要骗你们吗？"卢玥斩钉截铁，"最近一段时间我被他烦得心神不宁，即便我再荒谬，也不会拿自己的性命开玩笑。"

"这些转账记录，你再看一眼，真的没有印象吗？"

"我说了，那是他勒索我，因为他偷拍我照片，还扬言要散布出去，"卢玥越说越委屈，"我才不得已汇款的，也是为了息事宁人，所以我才请你保护我啊，不然……"

蒋眠打断她的话："那这份几年前的汇款记录，为什么也是流向这个账户的呢？"

卢玥背对着蒋眠，忽然间陷入了可怕的沉默。

"如果你们不认识，何来这些交易？

"你艺考机构的老师已经全招了，是他把你推进了林峰的火坑。

"那把刀也不是林峰的，一开始就是你准备的，对不对？你找我们保护也只是个幌子，是你早就计划好了要杀他，对不对？"

卢玥听到这些事实，终于卸下了这些年的全部伪装，崩溃大哭："是，又怎么样！你以为我想这样吗？我也想过自由自在的生活啊！可是自从被林峰侵犯之后，我就知道我永远不会再和以前一样了。就连我自己，都觉得自己恶心。"

"你是第一个愿意真心帮我的人。"卢玥忆起往事，不免唏嘘，"男生们喜欢我，女生们羡慕我，不都是因为看到了我的漂亮吗？如果他们知道我……"她哽咽着，"他们肯定不会对我像以前那样。但是你不计较，我当时被混混骚扰，我跟你说我也不是个好东西，让你别多管闲事，你还是义无反顾地帮了我。"

蒋眠不置可否，这些往事历历在目，他能够清晰记得。

"直到那个宋慕星出现，我从你的眼中看出来了，你对她的不一样，"卢玥几乎歇斯底里，"可是，凭什么、凭什么是她，我哪点不如她！"

蒋眠终于忍无可忍，情绪爆发："闭嘴。她和你完全不一样！她善良，从不会想着怎样加害于人；她勇敢，就算自己的力量微薄，也敢于去做；她坚定，为了自己的理想可以抛下一切，这还不够吗？

"如果你非要这么说的话，那还有一点我必须要补充——我爱她，我这辈子只爱她。不管她什么样子，她站在哪儿，她就是宋慕星，独一无二的，我喜欢的宋慕星。"

卢玥最终瘫坐在椅子上。

这么多年她都没有真心流过一滴眼泪，偏偏在这个时候泪腺失控。

都结束了。

宋慕星挥别江文翃，走到门卫室时，她才发现自己把房门钥匙锁在门里头了。

"我没有备用钥匙。"

罗叔没有理睬她，坐在椅子上把收音机音量调大了些。

宋慕星只好给卓玛打了电话，她还在外面家教走访，得过会儿才能回来。

罗叔的收音机正在播放新闻，宋慕星便站着听了一会儿，她的钥匙不在手上，一时半会儿也回不去。

两个人不慌不忙地，都沉默不言。

"下面播放一则快讯，知名女演员卢某故意杀人未遂，于昨日被逮捕。被害人系猥亵少女的林某，目前有受侵犯女生实名指认，林某涉嫌强奸、暴力伤害女性，有关部门正在介入调查……"

听到这里，罗叔忽然关了收音机，开始闭目养神，再次和宋慕星攀谈时，已是另一种口吻。

"累了，就自己搬个凳子，坐会儿。"

宋慕星还没来得及说谢谢，手机响起了铃声，是那个熟悉的号码。

她迟疑了一瞬，还是接了。

蒋眠的声音久违传来："之前送给你的《小王子》，现在可以看了吗？"

07

宋慕星庆幸自己当初走的时候思虑周全，虽说是忽然出的门，但行李却带得意外齐备。很多东西虽然没有实处能够体现价值，但依旧是她出远门时必不可少的重要陪伴。

蒋眠送自己的东西有很多，记不全也数不清，可独独这本《小王子》，是来自十八岁的蒋眠独特的馈赠。

那是一个特别的日子，也是她以为的最后一次相见。

于是她像保存着离别信物一样珍惜它，以至于多年以后再次重逢，她觉得是自己守住了这份坚持，才换得了再一次缘起。

这本书的外面是用黑白卡纸做的一个简易包装，她先前零零散散触碰过几次，但都没有将它拆开。没想到第一次翻阅它，竟然是在这样特殊的场景。

宋慕星开了窗，高原的味道是泥土和沙砾的混合，风夹杂着冷杉味淡淡的凛冽，分外清新。

她坐在书桌前开始翻阅起来，《小王子》的故事太熟悉了，她能将每个情节倒背如流。

有什么可看的呢？宋慕星从第一页开始慢慢翻阅，看到中途竟然打了个哈欠。不得不说，成长的代价有很多，丧失了专注力可能就是第一项。

就在这时，宋慕星忽然在中间的一页发现了一张奇妙的纸。

纸张并不大，整整齐齐地被夹在书中，和书的内芯非常贴合，宋慕星小心翼翼地抽出它。那是一幅再熟悉不过的画，是宋慕星向《青刊》投稿的第一幅关于蒋眠的作品。那时候还是隐晦的爱意，牧隐村，初见如久旱逢甘霖般的惊喜。蒋记馄饨铺，里面的老板和自己拥有这样一段不解之缘。

宋慕星心里涌上惊喜。

背面还有蒋眠的字迹，男生的字遒劲有力，似乎有一种别样的洒脱——

和那群混混打架的样子，真不想被这个女生看到。明明我可以自己搞定的事情，被她盯着，反倒觉得自己有些可怜。不想让她发现我的想法，只能故作坚强，但是勉为其难地接受了她的纸巾，其实我很想好好感谢她。

后来，他们有了遥相思念的秘密，"鬼屋"里的黑暗和恐怖，好像都能在某人宽阔的肩膀下轻而易举地被化解。三人局促的合影，是她始终保存的重要宝藏。

她和我一样，喜欢故作坚强。明明怕得要死，却还要去"鬼屋"。那没办法，我只好陪她去一下喽，就当是还个人情。可是她今天，有一点点漂亮哎，有点想和她一起走，但还是要装作满不在乎。原来，被女生牵着是这种感觉……

再后来，他们成为彼此越来越熟悉的陌生人。

球场上活跃自由的七号球员，投篮时矫健不凡的身影，欢呼叫好的观众席里，有一个按捺着雀跃之心的人。

真的没有想到，她竟然会放弃自修来看我打球，那我肯定要好好表现。她也真是的，怎么不挑个好位置，前面的人站得那么拥挤，她能看到吗？没办法了，多投几个篮，她总能记住我吧。那好像是我状态最好的一场篮球赛，队友都问我获胜的秘诀，我笑着摇摇头，他们不知道我是打给她看的。

直到岁月变迁，图书馆二人近距离的交集，很多事情物是人非，毕业典礼那匆匆一面，竟是他们少时的最后一眼。

我没想到你还会来毕业典礼，什么样的话都无法描述我现在的心情。我是个胆小鬼，明明有那么多的话想要和你分享，话到嘴边却没有勇气说出来了，我多希望我们都是普通人，也许就不会有那么多的是是非非。现在没有机会说完的话，希望有机会和你，慢慢聊。

你应该不知道吧，我在你听不到的地方，说了很多次不敢当面对你说的话。

宋慕星，你有时候真的很古板。你能不能强硬一点，别人欺负你的时候可不可以凶一点啊。

后来，他写着"宋慕星，我喜欢你"。

高中时期她投稿的每一张插画都被他整整齐齐地剪了下来，并且保存得如此完好。

宋慕星不知道他写下这些字句的时候，是怎样的心情。她心中的复杂情绪已经无法抑制，原来，她的秘密也是他的。他们一直都以一种特殊的陪伴，与对方形影不离。她一直描绘的少女心事，他始终难以言喻的青涩喜欢，仿佛在刹那间交汇。

翻看到最后，所有的插图都已经一闪而过，宋慕星忽然看到一段话，只觉得意外地贴切她和蒋眠。

如果有人爱上一朵花，天上的星星有亿万颗，而这朵花只长在其中一颗上，这足以让他在仰望夜空时感到很快乐。

她这样想想，和蒋眠在一起的时间，像是自己的一次生命争渡，要说有多刻骨铭心也不见得，但无论何时体会和感悟，都能生出一番全新的爱慕。也许不知不觉间，她第一眼对他生出那些难以言说的好奇，便为今天的故事埋下了铺垫吧。

宋慕星是那样桀骜的一朵玫瑰，却也只为他绽放。

"我不会再让你因为我受委屈了，"蒋眠在电话里郑重发誓，"林峰不会再出现在你的生活里，卢玥也会为她所做的一切付出代价，害你父亲牺牲的凶手，我也会亲手把他捉拿归案。

"轻舟已过万重山，星星，你还愿意和我同行吗？"

"江律，你什么时候回来呀？我们这边都快要忙得团团转，还有好几个案子需要你的帮助呢，好几个委托人说只要你帮他们打官司。"

江文翊戴着蓝牙耳机，正在给民宿的花浇水，一举一动是那样矜贵。

"哦？我不是说我去拜访一位故人了嘛，"江文翊关上房门准备出门，"工作的事情，还要麻烦你们先多担待一点。"

说罢，他挂了电话，留下着急忙慌的小助理在对面束手无策。要知道江律以前可是个实打实的工作狂啊，没有任何人可以阻止他去完成工作指标的，怎么如今变成了这副模样？

拜访一位故人……难道是什么律政大家？小助理默默在心里肯定了自己的想法。

江文翊昨天给宋慕星拍的照片已经洗出来了，照相馆打电话让他去取。他站在店里看着老板给自己展示，每一张都美得动人心魄。

"这是您女朋友吧，真好看啊！"老板是个豪迈的长发男生。

江文翊迟疑了一瞬，没有回答这个问题，而是肯定了老板的眼光："好看吧，我拍的。"

他一向不会这样主动邀功，然而此刻，却无比希望照片的主人能够主动夸自己一句。

为什么要来这里？连他自己都说不清理由。

只是那天得知蒋眠和宋慕星的事情时，他心中有什么东西破碎了，鬼使神差地订了来西藏的机票。

他拿着照片恍了神，差点走错方向。

店主热心拿手一指："先生，出口在这边。"

江文翊感谢致意，走出店门口的那刻，忽然愣愣地站住了。

"啊，你是谁啊？"卓玛的嗓音如银铃般清亮，每每她呼喊一声，整栋楼便响起空旷回音。

宋慕星闻声，出门查看究竟，却看到那张自己难忘的面容。

蒋眠正在着急地和卓玛解释着，看到宋慕星开门，他几乎是眼睛瞬间冒了光。这么些天的煎熬，在他看到朝思暮想的人的这一刻，他承认，一切都是值得的。

他身上满是赶路的匆忙，脸上的焦急和无奈，叫宋慕星看了心中一动。

"星星，对不起。"

卓玛一看二人忸怩的状态，就知道故事的男主角回来了，她识相地提着小包下楼："我和平措去买菜，你们慢慢聊。"

"错哪儿了？"宋慕星站在门口，看样子是不愿意放他进来。

"错在我不该不和你讲清楚我的任务，让你在那时候伤心了；错在我在那样重要的时刻，让你一个人走了；错在我不该和你赌气，见你不回，便不再打电话。"

"这么看起来，你还是真是'罪孽深重'。"宋慕星双手交叉听他解释，看起来不为所动。

蒋眠拿出自己准备好的满满一袋东西："你走得急，东西只带了那么一点怎么够，我特地给你做的特产。就是样子有点难看，你别介意。"

宋慕星不说话，拿起一块糕点尝了一口，味道倒是出乎意料的好。

"东西放下，人走吧。"宋慕星佯装无情。

"在我这儿可没这个道理，只能买一送一哦。"蒋眠这个傻子，这些天里，为了林峰的案子忙得晕头转向，却还有工夫逗她开心。

"小狗又犯错了，这次的小羊可以大人不记小人过吗？"

"没新意，一个故事要说几遍。"

"那我就不说了，"蒋眠笑嘻嘻地冲她示好，一米八八的大高个这会儿看上去小鸟依人了，"这么说的话，媳妇是原谅我了？"

"谁是你媳妇？"

"谁说了谁就是。"

"蒋眠，你耍赖。"

"这还不是最耍赖的呢。"

周围空无一人，蒋眠便耍起了无赖性子。这么多天没有见到宋慕星，他真的好想好想她，分开的每一天说是如隔三秋都不为过。

这次的吻来得分外激烈。

视线相触及的第一秒，他便紧紧禁锢住宋慕星的手。他一点点进攻，一寸寸前进，温柔地试探，那逐渐纠缠的一吻，每一秒都在交换着这些天难言的思念。

蒋眠亲得她站不稳，他好性子地抱住她，短暂放开一瞬，待怀中的可人儿娇嗔一声，便又再次吻上去。

他关了门，将宋慕星按在门上，本就吱呀作响的老木门不时发出声响。

江文翊转身站定，迈开了步子。

"我明天就继续上岗，辛苦大家了。"电话接通，他说。

"江律，故人拜访好了？"

"故人，"江文翊这句话也不知道是对谁说的，"本就该活在过去的。"

STAR 12 ▽
我们再也不要走散了

01

"那这一次，我们再也不要走散了。"蒋眠说。

匆匆回了京华，宋慕星还有些恍惚，一路上她都是蒙的，这可比蒋眠忽然带她去看演唱会刺激多了。

民政局门前来来往往，有盛装出席的新人笑容满面地进入，也有中年夫妻离开时分道扬镳的决绝。好像人生的旅途就是这样，分分合合是常态，但他们总是在奔波忙碌里邂逅真爱。

"宝宝，我再问你一遍，真的不后悔吗？"

宋慕星看着面前拥挤着排队的人流："那假如后悔了，现在还能跑吗？"

"我就知道你不后悔。"

宋慕星好笑，所以你问我这个问题干吗呢？

她觉得自己无法拒绝穿着制服的蒋眠。有时候，明明前一秒他还是那个吊儿郎当的无赖样，下一秒换上制服走上岗位，她立刻就觉得他变得认真而帅气起来。

陈笑眉还时常笑她是见色起意，是个名副其实的女流氓。

不知道蒋眠今天是有意还是无意，穿着制服来这里，宋慕星为了和他相称，特地穿了身碧翠素色盘扣旗袍。

两人站在队伍里，有一种说不出的相配感。

拿着身份证和户口本，宋慕星觉得自己走进的不是民政局，而是另一个曾经可望而不可即的梦想天堂，这个场景她幻想了千千万万次，但当成品照片真的被打印出来，贴在本子上的那一刻，印章按下的瞬间，宋慕星忽然觉得这感觉十分微妙，就好似看到了昙花一现，又或许是流星一瞬，抑或是雨后彩虹初现的一刹那。

明明知道发生了什么，可是当这一切真正来临，她仍会为之震撼，并且永远感动于这份惊喜。

蒋眠拿着结婚证，只觉得分量有千斤重，身后的女孩还在和照片上的自己大眼瞪小眼，他憋住笑，拉着她的手离开。

"媳妇，中午吃什么？"话一出口，他才觉得有什么东西变成了他朝思暮想的现实。

"现在，真的是媳妇了。"蒋眠松开宋慕星的手，忽然往上蹦了一丈高，还大声欢呼起来，"真的不是梦啊，星星，我好开心！"

宋慕星看着大街上人来人往，大家表情各异，似乎对这位过于兴奋的警官的精神状态很是担心。

"哎呀，这还有人呢，你收敛点。"

谁知蒋眠也不在意，这么大一个人了，幼稚得不像话，抱着她就开始转圈圈。

宋慕星看着他，男人的脸英气而凌厉，看上去有一种桀骜不驯的洒脱，也许他的同事看到他现在这副样子，会震惊不已吧。

知夫莫若妻。

果不其然，蒋眠第二天上岗时心情愉悦，哼着小曲甩着钥匙不说，就连走路都要一蹦三跳。

"你别说，以前没发现，咱们蒋队唱歌那么难听。"几个小女警凑在一起捂着嘴偷乐。

有人曾听过蒋眠在学校活动上唱歌，猜测道："他那是又蹦又跳，唱歌才走音的。我估计，八成是蒋队家里有什么喜事了。"

"东东弟弟，你去打探打探。"

邹东东一个头两个大，心想怎么每次有这种撞枪口上的事情，都要他出头呢。

他脸上依旧挂着那抹再标准不过的笑容。

"去啊去啊。"小女警们把文件递给他。

邹东东只好迎难而上："蒋队，我……"

然而，蒋眠一反往常，没有用严肃的神情看他，而是喜出望外，因为终于有人来和他搭话了。邹东东话还没说完，他就开口："什么，你怎么知道我结婚了？"

邹东东"社恐"的毛病又犯了，更何况对方是自己敬畏的人，此时他无助的脸上写满了"不，我不是，我没有"。

"不是，蒋队，我……"

"是的，我老婆很漂亮。"

这下整个大厅的人都听到了，叽叽喳喳地来问东问西。

蒋眠心情格外好，平时他最讨厌别人在上班时间议论儿女情长，此刻却换了个人似的有问必答。众人的八卦之心得到满足，这会儿跟听故事似的聚精会神。

"行了行了，"蒋眠最终还是见好就收，"都回去好好工作吧，忙完这一阵就快过年了，咱们争取提高业绩，大家都过个好年。"

"好！"一向冷酷如冰山的男人这样活跃，意外地激起了大家的干劲。

忽然，背后有一双有力的手捶了捶他，蒋眠回头，看到了面无表情的鲁能："你来我办公室一趟。"

坏了。蒋眠心中一凉，他真是高兴过头了，连上班时间不许闲聊的规矩都忘了，这下肯定要被批评。

然而，来到办公室，鲁能却招呼蒋眠坐下，随后从抽屉里摸出一个信封，递给蒋眠。

蒋眠疑惑地打开，看到里面满是红色的纸币，厚厚一沓，看起来数目十分可观。

"师父，您这是……我不能收。"蒋眠把信封推了回去。

他知道鲁能对自己重视，一向都像对待亲儿子那样待他，虽然平时少不了教训他，但是有如那句至理名言，"良药苦口利于病，忠言逆耳利于行"，他自然是明白的。

"拿着。"鲁能不由分说地塞进他口袋，"师父早就想好了，要好好帮衬你小子。平时打你骂你，你不要怪师父，咱们这个职业不比其他，是拿命在拼的，有些事情不和你讲明白，怕你犯错。"

"师父。"蒋眠鼻头一酸，转身就要跪下。

"别别别。"鲁能拦住他。

"师父无儿无女的，是无福消受了，你小子可要幸福，别辜负人家姑娘。"

"师父，我以后一定有出息，好好孝敬您。"

这一席话说完，鲁能还是和平时一样，重重拍了他一下："行了行了，别和我这个老古板肉麻了，还不快去工作。"

"是，师父。"蒋眠冲他行了个礼。

02

陈笑眉对着红本本尖叫了半天，最后翻来覆去地到处看，还换了好几个角度反复观摩。

"这就是结婚证啊。"陈笑眉还拿手指敲击了几下，"天哪，这感觉。哦！我的老天爷，这质感，这声音。"

"好了，笑眉，别再笑我了。"宋慕星有些不好意思，收回了自己的结婚证。

陈笑眉又打趣了她好久，最后才恢复了正形："不过，你真的这么快就结婚了吗？人家都是先求婚再领证，婚礼也是不能少的，你这好像有点过于草率了。"

"我也觉得。"宋慕星附和。

陈笑眉不禁开始为好闺蜜担心："你说蒋眠这人靠谱吗？应该已经在计划求婚和婚礼了吧？"

宋慕星回想蒋眠最近的举动："应该是的，按他的性子，估计得瞒着我弄完一切了，我才能够看到最终结果吧。"

陈笑眉不知为何忽然呆愣了几秒，随后抱住了宋慕星："星星。"

"嗯？"

"你一定要幸福。"

宋慕星忍住鼻尖的酸涩，冲陈笑眉笑着："我会的，我还要请你当伴娘呢。"

两人分别后，宋慕星去了趟设计院，拿些工具，顺便给大家带了些西藏特产。

盛竹不住惊呼："好好吃啊。"

"装什么好心啊。"一旁的程玉噘嘴。

"程玉，给你的。"

话虽如此，程玉还是接下了。

确实好吃，但是她不说。

"哎，对了，"程玉指了指方案上的一个细节，对宋慕星说道，"这里你帮我看看，合不合适。"

"你就这求人的态度啊？"宋慕星调侃了一句，不过她也不置气，程玉心肠不坏，就是有点小肚鸡肠，看不惯别人比自己好，"那我勉强帮你看看吧。"

"那就，"程玉扭捏得不行，从抽屉里拿出一盒蝴蝶酥，"谢谢你。"

宋慕星来接蒋眠下班的时候，他还惊讶了好一会儿，反应过来后，他快步向前，紧紧抱住了面前的人。

"哎，干吗呀？"宋慕星被他抱得喘不过气来，于是推开他，一脸嫌弃。

"老婆来接我下班，高兴啊！"蒋眠却固执地拉紧宋慕星的手，要和她十指相扣继续走下去。

"攥那么紧干吗？"宋慕星笑他荒唐，"我又不会自己跑了。"

"这不是怕你跑了。"蒋眠每说一句话，都要真切而深情地和她对望，生怕错过她每一秒的目光。

"差不多得了，今天这模样没有被笑话？"

蒋眠得意地看她："收到了大家伙的祝福，局里的人都知道我有媳妇儿了。"

听到这话，宋慕星脸红地瞪了他一眼。

"跟我来，我们去听演唱会。"

宋慕星在前面走着，充当着当仁不让的引路角色，似乎对于目的地十分熟稔。

正当蒋眠以为即将看到什么人声鼎沸的闹市时，二人停下脚步。这是一家极为偏僻的唱片店，店面的招牌是一块木质的匾额，上面的字已经由于年岁的古老而无迹可寻，看不清真正的店名。

店里没有人，只有琳琅满目的光碟被整齐地摆放在货架上。每一张熠熠生辉的光碟都有着各自特别而明艳的封面，仿佛在叙写着一个年代的辉煌过往。

"这里就是你说的演唱会吗？"

"对啊，很特别吧。"

宋慕星歪着头冲他笑，发丝轻拂过他的手。她看起来十分熟悉店里的构造，此刻正对着面前的一切如数家珍，她带蒋眠四处转悠，就好像是在讲述一次奇异的历险。

蒋眠看着宋慕星侃侃而谈的模样，所有的视线都转移到了她身上。他拉住宋慕星的手，把她带到自己怀中，随后附上深情一吻。

"讨厌，你干吗？"

"老婆，你真漂亮。"

宋慕星嗔怪地打了他一下，顿时羞涩起来，于是她快步往前走，不再和他做些多余的纠缠。

最后，她指着店里墙壁上的那一幅巨大的画作，说是她的作品。月夜桥边，小舟游荡，岸上行人三两成行，各自忙碌，是非常和谐的夜景图。

"好看吧，我画的。"

"好看。"蒋眠发自肺腑地称赞，眼睛却没有从她的身上移开过。

宋慕星从旁边的架子上拿了最外侧的一盘光碟，是张国荣的《春夏秋冬》。

霎时间，整个屋子都被悠远的音乐声充满，温厚的嗓音恰如春日里和煦的日光，透过腐朽衰败的枯枝败叶，点点照亮土壤里的生机。

"蒋眠，我们认识那么久，有一件事情实在是很遗憾，"宋慕星的声音在音乐里显得邈远起来，"我还没有好好地为你画一幅画。"

"就现在吧，我为你画一张，好吗？"

蒋眠点点头，搬了椅子，就这样坐在她对面，两人之间隔出适宜的距离。

耳畔是绵延不绝的音乐，就这样灵动地传递着千回百转的心情。

他在一个难忘的秋日鼓起勇气做了这辈子最不后悔的一次尝试，在众人的瞩目下，向她表白自己的心迹。他们一起经历数年的四季，有喜怒哀乐，有甜蜜与悲伤，有理解与误会……蒋眠抬眼望向眼前人，女生正坐在窗边，脸上依旧是不变的认真和严谨，极为耐心地描摹着他的容貌。

真好，他想。

"时间过得真快，又要走了。"孟欣萍帮宋慕星收拾行李的时候，不禁叹息。

蒋奶奶为她烧了一大锅糯米糕，让她带走。

"妈，奶奶，"宋慕星挥手，"还有两个多月我就回来了，你们都别担心，我在那儿挺好的。"

起初，宋慕星是因为和蒋眠争一时之气才接下西藏那个项目的，但现在，她是真的想去把那个学校设计好，想给那里的孩子建一个可以好好读书的地方。

"等等，乖囡囡，"蒋奶奶拿出一块红色手帕，里面包裹的是一只金色手镯，看上去价值不菲，"戴上吧。"

晚上，蒋眠拿着手镯，笑意藏不住："看来奶奶是真的很喜欢你了，这可是我们家的传家宝，传女不传男。"

宋慕星莫名骄傲："那当然。"

"其实我看得出来，奶奶第一次见你就喜欢你了。好家伙，对你比对我还好。不过真奇怪，她什么也记不清，倒是记得你。"

"证明我厉害呗。"宋慕星傲娇起来。

"哦？"

蒋眠忽然不怀好意地靠近："有多厉害？"

两个人的距离近在咫尺，蒋眠说话的气息一点点轻抚着她的耳垂，酥酥麻麻。

他总是这样兴致来得忽然，宋慕星手上还在叠衣服，被他一弄，就连动作都开始错乱起来。

蒋眠挑起她的下巴，迫使二人对视。

随后，他吻住了她，这一回和以往的那些进攻大有不同，他一路向下，带着温柔的缠绵，没有要停的意思。

03

人生每每要跨入一个新的阶段的时候，总是会有强烈的预感，像是新生前破壳的那份力量，你会不自觉去感知那些成长的美好。凤凰涅槃，浴火重生，在这个时候也不再是抽象词汇。

踏上回西藏的路途，一切已天翻地覆。

"小宋，你回来了！"卓玛好像又变漂亮了，声音还是那么清亮。少女挥了挥手，从老远就看到了她，正高喊着她的名字。

"所以你回家乡，是去办什么事情了呀？"

"卓玛，我回去结了个婚。"宋慕星莫名有些不好意思。

"天哪！扎西德勒彭松措！"

意识到语言不通这一点，卓玛笑着改口："祝你吉祥如意、幸福美满。"

"谢谢！"

"今晚我们去吃顿好的，庆祝你回来。"卓玛掩盖不住脸上发自内心的祝福，"我去告诉平措，让他也开心开心。"

"为什么大家听了这个会开心？"宋慕星试探性地问道。

"因为小宋，你是我们的好朋友啊。"卓玛指了指即将开工的教学大楼，满怀感激，"小学是公益项目，所以没有什么设计师愿意来，而且我们这里苦，不比你们城里。你不仅善良，人也好相处，上次给孩子们上的美术课，他们也都很开心呢。看到你结婚，我真的比自己结婚还要高兴！"

听着卓玛真挚而恳切的夸赞，宋慕星不由得害羞起来："那你叫你们家平措也早点准备，到时候双喜临门。"

"哈哈小宋，你又这样笑我。"

卓玛的少女心事写在脸上，脸红着跑开了。

到了晚上，确实如卓玛所说，宋慕星受到了盛情的款待，小学里的众人欢聚一堂，从老校长到每一位阿姨，大家都没有缺席。

夜幕降临，大家点燃蜡烛，主人斟上青稞酒，庆贺客人的喜事。宋慕星细品一口，这味道绵甜爽净，有着醇厚的香气。推杯换盏间，她也为大家送上了嘉川的特产，算是一种文化的交流。

大家欢声笑语，在夜幕中显得分外和谐。

其中有个小女孩，是食堂大妈家的小孙女，叫达娃。达娃的爸妈早早就外出打工，只有过年的时候才能回来和祖孙俩见面，大家对她也是分外照顾。

小达娃今年刚上一年级，平常都跟在奶奶身边，也是个坐不住的性子，这会儿不吃东西了，吵着嚷着要看"桑"。

宋慕星有些疑惑，她看向卓玛，询问"桑"是什么意思。卓玛笑着给她解释，"桑"在藏语里是烟花的意思。

"原来如此。"

宋慕星话音刚落，罗叔便先一步起身去了房间。

"小达娃，你看这是什么？"罗叔这个人平时刻板严肃，唯独对小达娃特别喜欢，他很快回来，从身后拿出爆竹蹲下，将小达娃拉到自己身边，随后用左手拿出打火机点燃，下一秒便有美丽的光芒飞上天际。

"这可不是一般的爆竹，商场里买不到的。"卓玛夸赞罗叔的手艺，"罗叔是个老发明家哦，自己都能做的。"

"罗叔，你还会做爆竹啊。"宋慕星第一次听说这件事。

兴许是不喜和人交谈，罗叔说话的时候总给人一种回避的错觉。恰如此刻，他只是轻轻点了点头，并未有过多言语。

宋慕星看着天空五彩斑斓的绚丽，内心陷入了一种久违的平静与祥和，此时她似乎能够深切地领悟到，幸福这两个字的特殊含义。

小学的建设顺利进入工期，宋慕星也开始了工地监督的阶段，每天戴着安全帽在水泥和黄沙之间穿梭。只是这里的信号不好，加上工作忙碌，她每天只能在睡前和蒋眠进行短暂的语音。

　　"老婆，等我这个案子解决，我就来找你。"蒋眠的声音坚定而洪亮。

　　宋慕星叮嘱他注意安全，把手机贴在胸口，便沉沉睡去。

　　这天，施工的时候出了点小差错，挖掘机不小心把宿舍楼的信号线切断了，学校的这么几口人都只能暂时借着门卫室的那台固定电话过活。

　　关键是那台固定电话的扩音效果大得惊人，加上罗叔总是万年不动地坐在那儿，宋慕星总觉得有些羞涩。

　　"喂，老婆，今天又很想你。"

　　果不其然，蒋眠一开口便差点把自己"送走"。巨大的分贝，撒娇的语气，男人变成今天这个模样她也有责任。

　　宋慕星轻声提醒他："旁边还有人，你注意点。"

　　罗叔看了她一眼，抄起水杯出了门卫室。

　　蒋眠这才收敛了不少，故作矜持地咳嗽两声，随后和她说起正事。

　　"今天只能告诉你一个坏消息了。"

　　"我们调了几乎所有有过犯罪前科的罪犯的信息，都没有发现那个指纹的所有人。"蒋眠叹了口气，"那情况可能就比较复杂了，爆炸案的凶手大概率是第一次作案，没有案底，不好查。"

　　"我们目前只知道他的右手上有一条疤。"蒋眠冷静地分析着，"但是现在医疗技术那么发达，想要改变容貌都是轻而易举的事情，更别说一条疤痕了。"

　　宋慕星闻言，也不禁感慨这件事情的难度。

　　蒋眠宽慰她："不过你放心，我一定会让案件的真相水落石出。"

　　两人又"甜言蜜语"了一番。

　　"你最近身体怎么样？老婆。"

　　"下次见面陪我去趟医院吧。"宋慕星补充，"最近听力好像又有些下降了，我想去看看，心里踏实些。"

　　"好，我到时候来接你。"

离开门卫室时，宋慕星忽然想起卓玛交给自己的任务，收集每个人的家庭信息，新一年的职工信息又要上报了。

"罗叔，你现在有空吗？"宋慕星试探性地叫了叫闭目养神的罗叔，"填一下这份表好吗？"

罗叔眉头紧锁，没有言语，但是接过表开始填写。

姓　名：罗广力

性　别：男

年　龄：五十三岁

民　族：汉族

妻　子：俞如意

子　女：无

宋慕星记忆里的弦忽然被触及，但是她说不上来，当年"闹鬼事件"的老板娘不正是这个名字吗？

"罗叔，你认识俞如意？"

罗叔抬眼，语气依旧冷淡："嗯，我妻子在很久以前就去世了。"

宋慕星暗暗指责自己多嘴，大千世界芸芸众生，同名同姓的人那么多，她这是在干什么？这下好了，戳到别人的伤心往事了吧。

"打扰了，谢谢罗叔。"

宋慕星拿回表格，从口袋里拿出了一颗糖，递给罗叔："罗叔，上回你没要特产，我就送你颗糖。我不会说漂亮话，那就，祝你以后生活甜起来吧。"

"罗叔回见。"

罗叔拿着面前的糖，习惯性地准备把它丢进垃圾箱，手一抬却又呆愣了好久。

半晌后，他把糖揣进了口袋。

04

"来来来，我们采访一下当事人，现在是什么心情。"陈笑眉身兼二职，一边拿着手机录像，一边还对着蒋眠问东问西。

车里的司机分外热情，对着四人介绍："三位是去看夜景吧，我给你们推荐个地儿……"

"不用了，谢谢师傅，"后座的江文翊看着窗外若有所思，"我朋友是去求婚的。"

司机听到这话，连忙恭贺起来。不过他的职业素养是真的过硬，不一会儿又接过话茬："那我给你们推荐几个拍婚纱照的好地方，尤其是……"

蒋眠有些无所适从，对司机表示谢意后又看向镜头："真紧张。"

手中的花束和戒指被他越攥越紧，江文翊看在眼里，劝他平常心对待，揶揄道："抓犯人都不紧张，这会儿开始胆小上了。"

陈笑眉的声音在身边回响："大家请看！我们的主人公，为了这次的秘密行动，可是很早就开始策划了。他还为女主角去挂了五彩经幡，还特地买了女主角最喜欢的花，还不远万里夜幕奔走，真是感人至深。"

这天，宋慕星寄出了最后一份稿子，也算是结束了自己这些年在《青刊》的故事。这个时代日新月异，曾盛极一时的杂志也将退出历史舞台。

宋慕星投递完毕的瞬间，有一种完成使命的释然。

这次她画的是西藏，辽阔的景象，豪爽的朋友，真诚的遇见。以青春开头的故事，就用爱来结尾吧。

又一次夜幕降临。

宋慕星去镇上寄完插画之后，打算和往常一样返回宿舍，却看到还未施工完全的小学里竟然闪烁着诡异的光芒。

照理来说，晚上这里是对外关闭的，不可能出现这样的情况才对。

宋慕星脑子转得飞快，莫非是有人想要偷建筑材料拿出去换钱？

干这个职业许久，行业里的黑活她也略知一二，她从前听说过这样赚取高额差价的把戏。可是这里本就物资稀缺，这些优质的材料都是从好几个省份经过周转才到达的。若是让里面的人这样作践，那辜负了多少老师和孩子的期待啊！

小偷小摸看似不打紧，但万一触及关键步骤和环节，延误了工期，那后果就没法挽回了。

于是，宋慕星走近，想要一探究竟。

可她却看到了一老一小的背影，小达娃正蹲在里面玩自己的小玩偶，她身后的男人充满爱意地凝视着她，目光几乎是病态的。

罗叔？

听到脚步声，小达娃转身朝宋慕星挥手："星星姐姐，快来呀！"

宋慕星心中忽然升起不好的预感，急急往前走去。

然而，男人丝毫没有在意她的到来，拿起身旁的汽油桶就开始在四周肆意倾倒起来，有些倒在了小达娃身上，孩子不禁疑惑："罗叔，这是什么呀？"

"这可是好东西，"男人摸摸小达娃的头，"小达娃不是说想和罗叔去旅行吗？咱们马上就一起去。"

"好呀！"

宋慕星看到这一幕，狂奔过去。

罗叔露出一个可怕的笑容，几近恐怖，像是恶魔般贪婪卑鄙。他终于不再伪装，或者此刻，与其说他是这偏远小学的一个门卫，不如说他是视人命如草芥的狂徒。

"达娃，快跑！"

宋慕星使出浑身的力气，抱住小达娃将她往门外扔去。随后她便去抢夺罗叔手上的汽油，她身手敏捷，很快阻止了他的不法行径。

"罗叔，快走吧。"宋慕星不知道罗叔为什么要这样做，但是此时，她却知晓自己该怎样做。

"我叫冯利。"男人从口袋里拿出遥控器，在宋慕星面前展示，"晚了，都太晚了。小达娃不陪我走，那就，你陪我走。"

男人的右手被火光照耀，刹那间宋慕星清晰地看见了一道疤痕。

他不是什么罗叔，而是冯利，是爆炸案的凶手！

房间突然传出一声巨响，火焰迅速蔓延，熊熊烈火在各个角落炸开。宋慕星只觉得一股热浪袭来，耳朵几乎失了聪，渐渐难以呼吸，她的神情变得有些恍惚。

冯利紧攥着她的手腕，火光炸起的下一秒，身后有水泥砸下来，宋慕星猛地看向冯利，用力将他推了出去。

漆黑的夜，忽然传来巨大的声响，火光如地狱的大门，露出可怕的獠牙。

而那道身影，消失在了火焰的尽头。

蒋眠一行人下车时，只看到一场燎原之势不可抵挡的可怖大火。

人群喧闹奔走，几个村镇的居民在睡梦里被这声响惊醒。他们尚且做不出更多的反应，便投入这场震撼的救援行动。像是无常在施展法术，水和火交汇碰撞的一瞬间，只剩"滋滋"的白烟冒出。

卓玛一路狂奔，一路跌倒，疯狂地接水往里面浇筑，却依旧于事无补。

蒋眠有种不好的预感。

他着急地拉住情绪失控的卓玛："发生了什么？"

"是爆炸，是爆炸！"卓玛撕心裂肺的哭声是蒋眠对于这个恶魔般夜晚的最后记忆，"小宋，小宋她……"

那一瞬，蒋眠疯狂地冲进还在熊熊燃烧的可怕火势中试图挽救些什么。

"宋慕星！宋慕星！"

他一声声高喊爱人的名字，可是回应他的只有山谷空旷的回音。

救护车呼啸着长笛，不断蔓延的闪光烈焰，宋慕星好像又出现在他眼前，可不管他怎样伸手去碰，握住的都是一片虚无。

05

警局的审讯室。

"真可笑，都自身难保了，竟然还想着救我，"冯利此时癫狂又嚣张，表情扭曲得令人作呕，"这蠢女人。"

"你该死。"蒋眠疯了似的冲向他。

身边的同事拦住了他，告诉他不能意气用事。

隔着审讯室的透明窗，冯利不紧不慢地说了下去："你们神通广大，能在这里把我抓住。那我问问你们，林峰案的第一个受害者，你们没有找出来吗？"

旁边的同事接上他的话："你认识冯莉可？"

"我们寻找过她的家人，却发现联系方式早已注销，她的家庭住址那里也早就空无一人。周围的邻居对这家人的情况一概不知，唯一能够算得上明白的，就是他们是一家三口，夫妻俩和一个女儿，白天在城里打工，晚上才回来。"

查林峰案时，蒋眠和同事们了解过这家人的情况："那时候通信和技术不发达，他们这么一走也带走了所有的消息。村委会的登记档案被男主人取回去了，夫妻俩的工作无人知晓，加上他们平时和周围人基本上不打交道，可以说是音讯全无。这个名字还是从林峰的嘴巴里供出来的。"

蒋眠还依稀记得那个让他心寒又愤怒的场景。林峰扯着满足的笑，和警察们说起自己的"战利品"："第一个，也是年龄最小的一个，小学生。"

冯利却陡然冷笑一声："那是我女儿。"

"我女儿当天晚上就自杀了！"冯利一边说，眼角一边开始流泪，"那么小的孩子，她懂什么呢？只知道痛和难过，就这么轻易地结束了自己的生命。"

蒋眠一遍遍翻阅着冯利的资料，烟花公司的研发工人，在那个吃饱穿暖都成问题的年代，他却有高中文凭，想必曾经也是一位腹有诗书气自华的父亲。

"你们不知道，我女儿最喜欢画画，拿了好多奖项。我们家房子老旧，经常漏水，她就说以后要当建筑设计师，造最大的房子，给爸爸妈妈住。"

冯利连着这一次的事件认了罪。

审讯室一片沉寂，他说："警官先生，还有什么要问的吗？"

蒋眠站起身，突然疯狂摇着冯利的肩膀，用着几乎让人窒息的力道，问出了最后一句话："为什么、为什么是她？"

为什么是她呢？

冯利却在那一刻愣住了。

他想带走的达娃，正是在女儿临终前最快乐的年纪，没有烦恼，自由自在，整天就围着自己打转，达娃说喜欢烟花，他就带她看烟花。突然换成宋慕星，是机缘巧合，是……冯利不知道，她和他女儿太像了，和他女儿一般年纪，和他女儿有着一样的梦想，甚至一样善良，一样为别人着想。

可偏偏是这样一个人，打败了不公平的待遇，惩治了罪有应得的坏人，造出了最结实的房子，完成了他女儿的所有愿望。

甚至对他，也有尊敬与关怀。

如果他女儿还在，大概也会是这么好的一个女孩。

可那又怎么样呢？那不是他冯利的女儿。

他在宿舍楼当门卫，有人路过，聊起新闻，义愤填膺地说："那么小的女孩，就被害了，那个林峰真是坏透了！"

"对啊！小姑娘那时才上小学呢，这父母得多伤心啊！"

他听到这话，脑海里有一根弦不停地震动。他疯狂地去网上搜这则新闻的相关消息，发现林峰犯案的第一个时间点和地点，正是女儿出事的时间和地点！

那个凶手，就是林峰！

他没想害宋慕星的，他想报复的是这个世界。

当女儿的案件调查迟迟没有进展时，他就想以极端的方式引来他人对自己的关注，却不小心害死了一个人。

于是他害怕了，逃跑了，渐渐不再期待有人能还他一个公平。

姑娘那张笑脸盈盈的脸又在眼前浮现，她为人总是和和气气，不和别人一样笑他是个怪老头，还会不吝啬夸奖和关怀。

"罗叔，这颗糖给你。"

糖因为在口袋里放了太久时间，早已黏稠变质。

他神差鬼使地拆开，是橘子味，竟然是女儿生前最喜欢的口味。

不知为何，冯利觉得手里捏着的糖纸变得有千钧重，他将糖纸一点点叠好，四四方方的一个小块，重新握在手心。

如果那时候，自己没有按下按钮，一切会不会不一样呢？

"回不去了，回不去了。"

这是他近些年来，为数不多的一次忏悔。

他忽然抬起手，扬起巴掌，不断地抽打自己，力道大得自己都在颤抖。

千千万万遍。

恍惚中有一道身影不断靠近他，语音稚嫩乖巧。那是他女儿，蹦蹦跳跳地向他走来了。

"爸爸，我们今天去哪里玩呀？"

冯利微微笑，伸出手，满足地跟着女儿离开。

06

一年后，离别的绿皮火车停在熟悉的站台。

"真想清楚了？"

"想清楚了，"蒋眠深吸一口气，"她喜欢那儿。"

鲁能望向他："戍边战士的日子，其中的苦你没法明白。"

蒋眠一字一句："我明白，但是什么苦，都不会比现在这样更苦了。"

他忽然毫无征兆地跪下："师父，谢谢你。"

"小眠，你……"

"这钱还给你，师父，我终究还是辜负她了，也对不起你。"

"没有的事。"

鲁能从前很少为儿女情长掉眼泪，他吸了吸鼻子，缓缓开口："你拿着，那边的生活不比这里。"

蒋眠安排好家里人的生活，订了去西藏的车票。

他带宋慕星走的那天，大家都来送行。

孟欣萍在风中柔弱得不成样子，翟宝岗在她身边，无言地给她支撑和慰藉。

宋慕星心细，知道她冬天洗衣服长冻疮，于是将手套和冻疮药整齐摆放在柜子里；知道她喜欢倒腾衣服，就买了自动缝纫机，换了最亮的灯泡；知道她初来乍到不喜欢交际，就特地前一天央求阿姨们多和她交朋友。她都知道啊，孟欣萍都知道啊。

陈笑眉推了外景采访，在一旁哭得稀里哗啦，她刚从设计院取回宋慕星的所有物件，整理在一个箱子里，递给蒋眠。

江文翊将那些洗好的照片都送给了蒋眠，唯独那张宋慕星抛硬币时的照片，他怀有私心留了下来。

蒋眠的父亲站在一旁，泪眼婆娑地看着蒋眠。蒋奶奶一辈子也没认错宋慕星，此刻她嘴里依旧念念有词："在那边，他们也会对囡囡好的，囡囡乖，囡囡乖……"

　　然而，任凭周围风声怎样喧嚣，蒋眠的内心再扬不起任何波澜了，怀里的盒子渐渐失去了温度。火车呼啸远行的终点，这会儿对蒋眠来说似乎也不是什么重要的事情了。

　　部队的同志为他举行了欢迎仪式，蒋眠安顿好一切就开始投入训练。

　　这里的天空澄澈得像能照出人的脸，美得让人心旷神怡。寒风却如同利刃般刺骨，每一次拂过面颊，都恍若一次残忍的酷刑。

　　可这样的痛苦，蒋眠不甚在意，他在这里待了很久很久。

　　"蒋团长刚调来这里的时候，我们都觉得他挺可怕的。从来不笑，做什么事情也都一个人，平时没事就把自己关在房间里面，不喜欢聊天和说八卦，看起来很不好相处。

　　"他对下面的人都挺严的。有一回轮到我值周，我好心帮他打扫房间卫生，碰到了他桌子上的照片，他还大发雷霆呢。不过我后来就知道我想错了，蒋团长总是把最好的物资留给我们，每次粮食到了，他总把好吃的分给我们。有什么衣服，他也总拣好的给我们，可他自己却一件衣服缝缝补补穿了好久。我们文化水平低，写封信都错字连篇的，蒋团长就挨个帮我们写信报平安，还教我们知识，告诉我们要孝顺父母，报效国家……

　　"我真没想到会有这一天，我只记得我当时落队了，第一次觉得自己离死只差一口气。然后我看到，蒋团长过来把最后的氧气给了我，还把身上的衣服脱给我，下一秒用尽全力把我推开，自己却倒在那片雪地里了。

　　"我们把他送去医院的时候，他只是勉强能说话，但是全身僵硬，那么冷的天气……那么冷，零下几十摄氏度，那么大的风……"小士兵终于压抑不住心中的情绪，拿皲裂的手背抹了下眼泪，可是不知道是不是手背太过粗糙的缘故，反倒让泪水更加汹涌了，"可他脸上的表情都还是笑着的……"

　　"不知道蒋团长身体怎么样了……"

　　"小李啊，又在说蒋团长的故事啦？"

小李转过身去，一米八几的高个，此刻哭得鼻涕眼泪一起流，脸上稚嫩的孩子气分明还没完全退散，却撑起了这一身戎装。

老班长看了揪心，也不再去责怪。

"陈记者，这孩子就是个新兵蛋子，还不懂事呢，你千万别把他的话当回事。"

对面的女生轻轻颔首，拿着话筒的手有些许颤抖，声音不知何时已经带了一丝哽咽："没事的。"

她胸前的蓝色工作牌正在风中慢慢摇曳：陈笑眉。

老师长已经年过半百，和蒋眠父亲年纪相仿。他是这次招待陈笑眉的负责人，他向士兵们介绍："祖国没有忘记我们，不仅给我们寄物资，还派记者来采访我们呢。陈记者怀了孕也要来这儿拜访，说是要听听边疆的故事。"

底下的士兵开始鼓掌，他们看起来大多非常青涩，然而身上早已历经了岁月的沧桑，布满了风霜的痕迹。

人生变故之大，陈笑眉终于不再做反抗，和吴志豪按部就班地结了婚，婚后有了自己的孩子。

和大多数这个时代的女性一般，她过得平凡而安稳，没有太多可以载入史册的成就，却也活得自在。

此刻，她收拾好心情，对着大家微笑："大家现在可以对着镜头说些想说的话，到时候我们回到电视台制作成节目，你们的亲人也能在电视上看到你们。"

一听这话，战士们脸上露出了腼腆而欣喜的笑容。

"娘，俺好得很哩，你别担心俺，这里有很多好兄弟，每天开开心心，不苦的。"

"小宝，不知道你有没有长高啊，有没有学会说话，爸爸每次执行任务，都要把你的第一只鞋子挂在衣服上，就好像小宝在身边一样。"

"老婆，我对不起你，连你生孩子的时候都要缺席，就按你说的吧。要是男娃，就叫卫国，要是女娃，就叫锦安。"

…………

轮到老师长时，他也显出难得的紧张。

"我老了，膝下无儿女，无牵无挂。只想说，卫国戍边责任重于天，我们永远站在这里，唯一的选择就是冲锋向前。"

陈笑眉含泪聆听着，忽然就想起了蒋眠。

宋慕星走了之后，他便申请自愿到西藏当戍边战士。他在一次雪山勘测行动中做出巨大贡献，但是人却住进了医院，生死未卜。

"能带我去看看这位英雄吗？"陈笑眉问道。

老师长点点头，不再多言，他带她去了另一处辽远山际，那里是山区唯一的战地医院。

渺远的天际依稀走来一个身影，走近了才发现，男人一袭黑色风衣，脸色苍白至极。

陈笑眉与他对视，来者竟是江文翊。

关系到宋慕星生命的那桩案子，从初审到终判，每一步他都参与其中。棒槌敲下的那一刻，江文翊那样坚强笃定的人，竟然在一瞬间失去力气，直直倒在地上。

两人淡淡点头，今天他们的重逢，是为了同一个人。

这时，里面忽然传来巨大的欢呼，有人高喊："蒋团长醒过来了！"

又一年冬天，夜晚月亮皎洁，照耀在湖面有万千波光粼粼。

蒋眠提着战士们的东西在雪地里走了很久，离城镇还有些距离，寒风越发凛冽。

他冷得有些发抖，又想起了先前那次可怕的意外。

半晌，额头蓦地感触到一阵温暖，他睁大眼睛，视线里是一个戴着黄色绒线帽的身影。

"蒋眠。"一个温柔的声音隐隐在耳畔响起，蒋眠诧异不已，恍了神。

女生的模样逐渐在眼前清晰起来。

"蒋眠，遇见你，我真的好幸运。"

她确乎是向他伸出手来了。

蒋眠缓缓回握住她，那些美好的往事如同旧电影一般在他眼前悉数上演，有少年相识的懵懂和好奇，有青年重逢的欣喜和勇敢，有相伴携手的声声誓言，有穷途末路的彼此慰藉。他一点点地回望，好似真切地再走了一遭，那些情真意切的过往，每一刻他都深深地镌刻在脑海里。

蒋眠忽然嘴角逐渐上扬，露出了最满足的微笑。

身旁的小战士还在讨论今晚的菜吃什么，明天去站岗能不能看到星星。

他轻声附和，脸上是无限从容与释然。

或许，他眼角滑落的那滴泪珠会和来年春天的第一场雨相碰触，与消融的积雪一起一路奔腾，融进大潮，直上苍穹。待到下一个行人交错的季节，落在江南三月烟雨行舟的碧波微漾里。

偶有孩提戏水，捧起一饮而尽，若能夸一句甘甜，倒也算一生圆满。

－正文完－

METEOR 01
梦中的婚礼   ▽

晨光熹微，乍现的那一缕亮光投射到窗棂的瞬间，万物开始苏醒。

宋慕星努力保持着自己最后的意识，才不至于让化妆师在捯饬自己脸时一头扎进漫天的粉末里。没办法，严重缺乏睡眠，黑眼圈快耷拉到了地上，遮瑕至少来来回回上了三遍，也还是能让人一眼看出她的困倦。

陈笑眉咋咋呼呼的声音从凌晨就开始不绝于耳，不知疲惫似的，天知道她哪儿来的那么多精力。从她昨晚决定要和自己睡的那刻起，宋慕星就隐隐有着不祥的预感。

"拜托，我可是伴娘团扛把子，现在要我对一个爱睡懒觉的新娘袖手旁观，我可做不到。"

理是这个理。

宋慕星强撑着困意，微笑着点了点头。

讲真的，要是那些天真的女孩知道结婚是这样一件艰难的事情，她们还会如此满怀期待地憧憬着这一天吗？

至少现在的宋慕星对这个问题的答案持保留态度。

和蒋眠的婚礼定在立春，宋慕星和蒋眠不愿意搞形式主义那一套，只叫上了最亲密的家人和朋友。

至于这场地，小两口也是煞费苦心。

什么样的建筑都不如自然的铺陈来得令人心旷神怡，宋慕星和蒋眠多方打探，最终选择了这块"风水宝地"。

草坪婚礼算是一种前卫的时尚，按老一辈的说法，或者在家里直接办了，或者寻个得体的大酒店，也总不至于在荒郊野外做这样一个仪式。

不过宋慕星不在意。

天朗气清，阳光明媚，青草上还淌着昨日雨水的残痕，那样的生机盎然，充满着春日的朝气。

那天宋慕星和蒋眠进行了婚礼彩排，结束时两人累得无以复加，直接就瘫在草地上休息了起来。

蒋眠转过头，第一次看到宋慕星露出那样纯粹而无忧的笑容。

她向来封闭自己，少有这样的时刻。

蒋眠紧紧把她抱在怀里，她好像又瘦了，不按时吃饭，没日没夜地工作。

这一路，她真的吃了好多苦。

不过，从此以后，不会了。

"你干吗呀，蒋眠。"宋慕星并不知道眼前人内心所想，只知道他逐渐加重的力道，让自己莫名安心。

青草细密的触感好像万千柔和的绒毛，恰巧应了那句老话——以天为盖，以地为席。

宋慕星忽然满足地闭上眼睛，就好像繁芜嘈杂的几十年时间里，有时候不过是活那几个瞬间。

举行正式婚礼的那一天来得分外快。

蒋眠穿惯了工作服和作训服，如今忽然换上白色西装，倒是显得人意外爽朗特别起来，整个人平添一丝斯文劲儿。

他站在镜子前，忍不住摆了个自恋的姿势，开始欣赏起自己来。方才造型师好不容易用发胶给他喷了个满意的发型，这会儿却在他的摧残下，刹那就坍塌了。

他想着去补救，不承想越弄越乱，原本还随性自然的发型变成了一边倒的奇异模样。

蒋眠还欲改变现状，却被镜中的自己给逗笑了。

江文翊适时推门而入。

"哪儿来的海胆头？"这大律师讲话就是不留情面，一针见血。

蒋眠自知理亏，只好任由毫无美学细胞的好兄弟自告奋勇对着一头的残局进行二次创作。

结果自然是惨不忍睹，当造型师看到如此画面时，露出了要收两倍加工费的表情。

始作俑者不好意思地挠挠头，显得憨态可掬。

造型师悲伤咆哮："我的天哪，我求求你了，哥，放过你的头发吧。"

这一幕刚好被来拿捧花的陈笑眉看到，她憋着笑忍了好一会儿，最后一路小跑，回到宋慕星身边，把刚才的一切添油加醋地说了一遍。

宋慕星的困意消失得差不多了，脑子里忍不住开始想象蒋眠狼狈的模样。好像两人结婚，她和蒋眠还必须攀比起来，只要对方比她更糟糕，她就会有种莫名的自豪感。

真是奇怪的心理。

宋慕星的妆造已经完成得差不多，终于得空吃了今天的第一顿饭——仅仅一碗快要泡发了的小馄饨。

她得空想给蒋眠发个微信，对方倒是心有灵犀，先一步发来问候："这是谁家的帅哥，我不说。"

宋慕星点开图片，看着里面早已经被复原的头发，忍不住笑出了声。

造型师这碗饭还真不是谁都能吃的。

她于是打开前置，也像模像样地咔嚓了一张。

陈笑眉听到这动静，就知道又是小夫妻之间的那些小把戏了。

要不怎么说他俩能走到一块儿呢？这些年来两人都变了许多，虽然忙碌但并未产生过什么隔阂，反倒是感情更加恩爱起来。

想来这就是萝卜青菜各有所爱。

好像爱情就是这么不讲道理，两个完全没有任何相似的人，却能在短暂的羁绊里找到永恒的牵挂，并决定从此祸福相依、相濡以沫。人世间有些事情，隐隐就是有着宿命感的。

"也不知道是谁定的规矩，正式婚礼前新娘新郎还不能见面，"陈笑眉心里为着好姐妹高兴，嘴上却改不了喜欢开人玩笑的毛病，"瞧瞧把我们家星星都变成块望夫石了。"

"哪有！"宋慕星的心事被说中，脸上有了隐隐的红晕。她都快要为人妻的身份，却还是能在听到这暧昧的打趣之后刹那羞涩。

陈笑眉笑得欠欠的："这位荡漾的小姐，能不能告诉我保持热恋感的秘诀啊。"

宋慕星憋不住笑，被陈笑眉的表情给实实在在地逗到了。

两人站在阁楼的窗户处俯瞰外边的草地，下方人头攒动，来来往往的工作人员和宾客已然陆陆续续到位，热闹的痕迹显而易见。

"这花童的衣服怎么和其他人的不一样？"两人看到某个角落的场景都有些诧异，陈笑眉纳闷地多留心了几眼，"这样子多突兀啊，别人都是粉色，偏偏给他安排了一件白色，到时候走在一起，想想都别扭。"

宋慕星觉得这话在理，一想到花童给自己上前递戒指的时候，整个场景的色调搭配不统一，她便觉得有些怪异。

"这花童，是谁安排的啊？"

"没记错的话，应该是婚庆公司那边，你们两家不是没有适龄的小孩嘛，"陈笑眉艰难回忆着，"当时就直接全权交给他们来安排了。"

"那应该就是婚庆公司的疏忽。"

宋慕星一扶额头，下一秒猛地弹开自己的手。好险，幸亏这散粉定妆定得牢，不至于让自己现在就需要补妆。

"我去联系负责人，趁现在还没开始，赶紧给这花童换个衣服。"

"来不及了，该下去了，到举行仪式的时间了。"陈笑眉看了眼时间，无奈道。

宋慕星心里暗叫不好，却也只能任凭陈笑眉为自己提起裙摆，随即向下走去。

没想到，千算万算，竟然还是出了纰漏。虽说不是什么大问题，但宋慕星看上去总觉得意外别扭。

陈笑眉还在旁边不停安慰着，等会儿下去见机行事，若是能不动声色地换掉花童的衣服便最好。如若做不到，那也算了，就算是婚礼上一道独特的风景线吧。

宋慕星微微颔首，心里却还是浮上了一层无名的烦躁。

"小心前面。"男人的手轻轻揽过宋慕星纤细的腰肢，这才让她不至于一脚踩进面前的水坑。

"蒋眠，你怎么才来？"明明刚刚两人才发过消息，宋慕星却没缘由地冒出了这句话。

"我来了，"蒋眠笑着，"我也会一直在。"

"啧啧啧，瞧瞧这两人，说话一个赛一个肉麻。"陈笑眉拿胳膊肘捅了捅一旁穿着伴郎服的江文翊。

"他俩不一直都这样吗？"江文翊云淡风轻地打了个哈欠，显得不甚在意，"这么多年，你还没习惯呢？"

"毒舌班长，嘴上不饶人可找不到女朋友哦。"

"无所谓。"江文翊看上去哪里像是需要爱情的模样？

"看到了吧，就是那边。"宋慕星指着远处的花童，和蒋眠讲了自己的发现。

"彩排的时候怎么没见过这小孩，难道是临时拉过来凑数的吗？这婚庆公司还真是不负责。"

"你没见过他？"

"没有啊，彩排的时候花童这边我已经确认过了，没见过这人。"

蒋眠对于人脸的敏感度，她一向是了解的，如此想来，估计是原来的小花童不能胜任，这才临时找了替代人选。

"我去找负责人来处理。"

"你别急，我们先上场，"蒋眠这回却罕见地阻止了她，"大伙儿都看着呢。"

"可是……"

正当宋慕星纠结迷茫之际，人群中忽然出现了一个奇怪的身影，以来来往往的宾客作为掩护，把作为花童的小孩完全带离了现场，看起来行径极其诡异。

"难道是人贩子？"陈笑眉忽然的猜测，让四人之间的气氛开始紧张起来。

难道真的是这样吗？宋慕星不知道该如何描述自己的心情，眼前的一切如同梦境一样。

"抓住他！"随着蒋眠一声令下，全场的气氛瞬间改变。

"那个人想带走小孩，大家快拦住他！"

周围的一切开始变得莫名混乱起来，宋慕星还没有搞清楚发生了什么，便只看到眼前的众人开始推推搡搡，把自己推往无边的深渊。

"星星，跟我来。"陈笑眉忽然拉着宋慕星的手，一路带她狂奔出重围，向着宽阔的远方前行。

她还在困惑不解，却感到身边始终不断有人在推着她前进，以至于整个人站在全场中心的时候，连她自己都是蒙的。

"Surprise（惊喜）！"

这时，方才还被当作人质的小男孩忽然出现，一蹦一跳地再次出现在了众人面前。孩子憨态可掬的笑容是那样惹人恋爱，尤其是那缺了颗大门牙的模样，更是叫人忍俊不禁。

"怎么样，很惊喜吧？"

蒋眠不知道什么时候再度出现了，手上拿着戒指盒，他单膝下跪，诉说着最感人的誓言。

"老婆，嫁给我。"

宋慕星被戴上头纱，她眼中的泪水已清晰可辨。

这个瞬间，她等了二十七年。

"我愿意。"

陈笑眉写完最后一章，哭了出来。

距离蒋眠离开京华已经四年，林峰案和冯利案结案后，社会上对"未成年保护"的讨论越来越多。得到蒋眠和孟欣萍的同意，宋慕星的日记被整理成书出版了。《星星失眠日记》意外引起轰动，合作方希望再版，于是，陈笑眉借这个机会为他们创作了一个全新的结局。

书出版后，陈笑眉遇到过很多人问起蒋眠和宋慕星，但她当时想不出要怎样形容，现在她突然有了答案——他们就像是旷野上寂寥的春风，自由洒脱，至今也不能被轻易定义。没有任何一座山壑能将他们困囿其中，人们只能从沙粒掩映的沉默里发现些许存在的痕迹，但一旦发现，便会心生暖光。

他们的故事永远停留在二〇一八年，永远未完待续。

一次去了西藏，在回京华的路上，司机意外开错路，来到了一片全新的地带。这里的天空斑斓绚丽，阳光透过翻飞的布匹，在罅隙里映照出盎然的生机。五彩经幡在风中摇曳，再神圣不过的震撼场面。

陈笑眉不知为何，脑海里忽然想到小士兵的一句话，蒋眠晕倒的最后一刻，嘴角也是上扬的。

那时候他看到了什么呢？

倏忽间，陈笑眉也捕捉到这样一幕——雪地的上空澄澈无垠，分外纯净，一颗流星刹那间划破天际，绽放出最璀璨的光芒。

那是他的星星。

2008 年 8 月 22 日 天气晴

刚刚查到了高考成绩，我没想到那样简单的数字排列，竟然会一下子改变那么多人的生活轨迹。

意料之外的分数，这也许是上天为数不多善待我的一次。没想到偏科的几门这次都意外地争气，不仅没有拖后腿，反倒还成了优势科目。

京华大学招生办的电话来得猝不及防，周家好久没有那么和谐过了。

我不敢相信这是因为我。

2012 年 9 月 27 日 天气多云

虽然但是，在这个彻夜难眠的普通日子里——我脱单了。

天哪，真的好玄幻。为什么？越写越想笑。好像真的有点……草率？

我没想到预设了千万次的场景，最后发生的刹那，我没有任何意料地退缩了。如果我预先知道，会在那时候答应他的话……

我那天至少会好好化一个妆，而不是那样素面朝天地随便到场。

2018 年 3 月 30 日 天气阴

蒋眠，今天想和你额外说些话。我知道对于你和我来讲这都是极其特殊的一年，在这一年里，我们兜兜转转，差一点就要完全走散了。所幸上天安排了我们重逢的时刻，才不至于让我们彼此抱憾终身，永不相见。

你知道吗？

我真的像以前所说的那样，来到了西藏，你知道的吧。我和你说过的，这里永远是我向往的地方，而今，我也在这里重逢了我的一生挚爱。

这里的牛乳茶我特别喜欢，如果可以打包就好了，我真想给你带一大壶。对了，我还想给你定制件藏服，行吗？

下次有机会，一起去挂五彩经幡吧。

——截取自宋慕星的日记

METEOR 02
江畔何人初见月

　　高中的下课铃是一个时代的独特印记，醒目而具有标志性的音乐，不管原先有如何美妙，抑或具有多少难以言表的艺术性，也会在此刻，因为这样可怕的用途而变得提神醒脑起来。

　　江文翙感觉眼前一阵光亮，就这样毫无征兆地睁开了眼睛。

　　"班长？"

　　一个声音在他耳边响起，一个突然的对视，顿时让他的心乱了一拍。

　　眨眼间，眼前的场景一变，他走在大学校园的林荫道上。

　　宋慕星站在他旁边，眼里带着关切："班长，你还好吗？不管是现在还是以后，都要开心啊！"

　　他的心仿佛沉寂而墨黑色的夜幕突然遇上繁星，点缀了久违空荡的域空。

　　"你还好吗？"江文翙有些茫然无措地看她。

　　"班长，明天的校篮球赛你参不参加呀？"女生似乎没有听见他的话，微微偏头，语气轻柔得像是在唱摇篮曲，每一个字都是那样叫人沉醉。

　　"参加吧，你也会去吗？"

　　宋慕星却拿起创可贴，在他的手臂上轻轻一印："还说要去呢，上回比赛差点摔成骨折，我看你真是比蒋眠还要像拼命三郎。"

"谢谢你……"他的话没有说完，场景又倏忽一变。

房间里点缀着温馨可爱的装饰，他和蒋眠一起在做生日蛋糕，却被突然闯进来的宋慕星发现。

两个人在旁边打闹逗趣，江文翊看着这一幕，突然释怀地笑了笑。

"班长，你们俩准备的惊喜已经被我发现了！"宋慕星拿起手边的气球晃了晃。

江文翊看向蒋眠，揶揄道："没办法，蒋眠在你面前很难有秘密啊。"

"兄弟，给我留点面子。"蒋眠拍了拍他的肩膀。

"笑眉和班长以后都是站在我这一边的人，你可别想瞒我什么事情。"

"对啊……"

江文翊眉眼温柔地看着他们，那是一种发自内心的祝福。可是渐渐地，面前的一切却越发模糊起来。

"班长，我们走了，好好照顾自己。"

"兄弟，保重了。"

宋慕星和蒋眠的声音变成虚无缥缈的音波，再也不能清晰汇聚。两人的脸成为幻影的刹那，他连伸手挽回也不能够。

"江律，江律，醒醒。"

小助理的声音从耳畔传来，江文翊蹙了蹙眉，睁开双眼的刹那只觉得五味杂陈。

桌子上的照片依旧整齐地摆放着，墙上的钟还在兢兢业业地工作着，一切的一切，都昭示着——那些记忆深刻的过往，早已经过去了。

他已经好几年没有见到蒋眠了。

蒋眠戍边所接受的训练和任务多了很多，他们减少了很多联系。

江文翊拉开抽屉，宋慕星许愿的那张照片被放在里面，他拿出来看了好一会儿，照片的背面写着一串英文——To love at first sight for the first time in my life（致我人生中第一次一见钟情）。

江文翊呢喃着："其实，第一眼见你的时候，我就对你有好感了。你真的很漂亮，白白的，瘦瘦的，穿一条轻薄的长裙，看上去像高贵的公主。后来和你接触，我发现你真的是一个很优秀的人，有时候你努力得让我都自愧不如。我记得你为我处理过伤口，安慰过我，我也为你做过一些力所能及的事情……不过，你喜欢的人，他很好，我觉得你们很配。"

他第一次坦诚地说出自己的心意，说到最后忍不住笑出了声，带着释怀的意味。

江文翊想起，高中毕业那年他送给宋慕星的一支钢笔，上面刻着"生生不息"四个字。那是他第一次求江伟国，请求他托最好的雕刻师，用金漆篆刻下的。他又想起蒋眠，那个叛逆的毛头小子，那是他最好的朋友，在他受伤时给他买药，遇到危险时站在他身前为他打抱不平，成为治愈他凄惨童年的全部希望。

江文翊扬起嘴角，最平凡无奇的一次午休，却做了一个一生最难忘的梦。

"江律，委托人在会议室等你。"小助理站在旁边，有些无措。

江文翊认真地点头："好，我就来。"

他把照片放进抽屉上了锁，心中念着："希望你能一直生生不息。"

METEOR 03
狮子座流星雨

    "听说这次的研学可来之不易，是校领导斟酌许久，反复衡量，才在最后关头勉强给定下来的。"陈笑眉说话总给人一种莫名的诙谐之感。也难怪，高中生那样三点一线的琐碎生活，若是没了这些小道消息的添彩，恐怕早就叫人一味唉声叹气了。

    消息一出，在整个高二年级炸开了锅。

    宋慕星和那些热闹喧哗的人不一样，这会儿她安安静静地坐在位置上，岁月静好地研究一道压轴大题。

    研学，无非是一次休息的机会，可她私心觉得，上次自己的成绩有所后退，当下是没有什么资格去讨论散心这种事情的。

    "他们都在组队，你不去报名吗？"

    蒋眠作为体委，刚刚去教务处领了这次研学的准备用具，几箱水和一堆衣服帽子，还有一面班级的锦旗，虽说东西不多，但仅是他和江文翊二人扛，难免有些劳累。

    可即便如此，他一进门，还是注意到了与大部队格格不入的宋慕星。

    "我对研学没什么兴趣。"宋慕星这话说得别扭，不过也算诚恳。

    这么不拐弯地把心里话说了出来，倒是让蒋眠嘴角弯了一弯。

"先别急着下定论，到时候看谁合照笑得最开心。"

"肯定……不是我。"

宋慕星恼他这样打趣的话语，却只会无可奈何地还嘴。

陈笑眉作为班级的社交女王，早就从不少人那里打探来了其他小组的研学安排。她收获颇丰地回到座位，却看到了自己那三个不争气的朋友摆出的与世隔绝的模样。

"你们都有小组了吗？"

"还没有。"宋慕星对这件事情并不着急。

"正好，我这里还有几个位置，不介意多几位成员。"

果不其然，陈笑眉下一秒就宣布了这个"伟大"的决定，连带着优秀的班长和体委也一同入了队伍。

研学的那一天是个微风习习的阴天。不冷不热，出行最合适不过。

负责人不知从哪里看来的新点子，不仅给各班分了营队，还举办了一次爬山比赛，先抵达山顶的人能够获得一枚金牌，以及珍贵的景区门票，每人免费发三张。

这无疑是个大诱惑，一路上大家对攀爬竞速的事情格外感兴趣，身后摩拳擦掌的声音不断，鼓气拍掌还有喊口号的，更是此起彼伏。

同学们一改平时上课时的样子，充满少年人的朝气了。

其中最引人注目的一组，还得属陈笑眉一行莫属。原本八竿子打不着一块儿的人因为同一个目标产生交集，陈笑眉这会儿正叉着腰，给组里的人分起了类别，画面怎么看都有些诙谐。

手无缚鸡之力：宋慕星、陈笑眉、唐沐瑶。

健步如飞：江文翊、蒋眠。

力大如牛：吴志豪。

"采用先进带动后进的方法，由吴志豪开路，两位壮丁殿后，女孩子们走在中间，并且采用迂回战术，可适当抄近道。"

走在山路上，身旁是缥缈的云雾。

宋慕星轻叹着气，光是面前的漫漫长路就让她败下阵来，而且她今天穿的鞋子不合脚，可谓是双重折磨。

身后的蒋眠极为耐心地搀着她，虽然他依旧是那副话不多说的模样，但对宋慕星的关照确是清晰可见。相比旁边的陈笑眉不小心滑了一跤，吴志豪忍不住笑出声，蒋眠还是非常绅士有礼的。

　　宋慕星皮肤白，脚踝水葱似的一节露在外面，鞋子磨脚，脚后跟已经隐隐泛起红肿的印记，渗出些血珠来。

　　还没等宋慕星感知到脚上的不适，身后便有人递了纸巾过来。

　　蒋眠扶着宋慕星在近处的石头上坐下，自己则是蹲在一旁，为她贴上急救包里的创可贴。

　　陈笑眉这才发现好友的异样，内心自责不已："天哪，星星，你没事吧！"

　　宋慕星摆了摆手，她还是能承受这点小痛的。只是，受到蒋眠特殊的对待，总让她分外不好意思。

　　"可是现在正是陡峭的半山腰，咱们杵在这儿也不是个办法。"

　　"我还能坚持。"宋慕星咬牙。

　　可陈笑眉总有一堆数不完的鬼点子，宋慕星在听到她打算弯道超车所有组的计划之后，陷入了沉思。

　　"笑眉，我们真的还要去吗？"宋慕星扶额。

　　"当然要去了，都说这山顶的景色是最好的，我们都到了这儿，哪里还有不上去的道理！"

　　"我实在是有些走不动了，你们去吧，"宋慕星说这话的时候，声音有些颤抖，"我坐在这休息会儿，等你们下来再和我会合。"

　　陈笑眉这人大大咧咧，虽然担心挚友，但架不住自己的好胜心作祟："星星，那你在这里等我们，我们很快的。"

　　山风呼啸，骤雨来得急，不过十几分钟，唯一一块能落脚的石头也被淋得湿漉漉。宋慕星拿外套挡雨，她站在山崖边那棵陡峭的迎客松旁，几乎是寒冷和恐惧一起袭来。

　　不知道他们还要多久才会回来，她的一身装备全部被他们背走了，这会儿连个充饥和保暖的东西都没有。

　　宋慕星眼角酸涩，垂下头抹了下眼泪，一双黑色板鞋出现在了自己的视线前。

蒋眠的伞挡住了风雨。

"你怎么……"

"我也累了，不想走了。"他那样的体力，怎么会轻易说累？

宋慕星有些呆愣地看着他，蒋眠身上的汗珠和雨水混杂在一起，校服上布满了荆棘的痕迹。这一路艰难险阻，不知道他是怎样来到这里的。

"下雨了，当心感冒。"

他不知从哪儿拿来一杯姜茶，银色的保温杯中冒出氤氲的热气，连带着人的心也快要蒸腾。

宋慕星道了谢，雨势渐小，两人坐在一块陈年木桩上等待着大部队的回归。

或许是安心下来，疲惫也一点点涌上来，宋慕星竟然就这样打起了盹，头没轻没重地摇晃着，在蒋眠的肩膀上停留了下来。

山谷空旷，山脚的湖泊泛起层层涟漪。

宋慕星再次醒来，是在晚上的露营晚会。

陈笑眉的小组获得了攀爬比赛的第一名，在全年级的队伍里面脱颖而出。宋慕星虽然没有参与全程，但是作为小组的成员，自然也是心情愉悦，充满成就感。

"星星，你真是吓死我了，也都怪我当时被比赛冲昏了头脑，连你低血糖都没发现，"陈笑眉此刻捶胸顿足，"还好，后来蒋眠把你背下来了，不然我都不知道该怎么办。"

"没事的，笑眉，你看我这不是好好的嘛。"

"你真该好好谢谢蒋眠，他为了救你，好像发烧了。"

陈笑眉离开后，宋慕星急匆匆地走向男生们的帐篷，半途中后背却被人轻轻点了一下。蒋眠额前贴着退热贴，笑容还是那样不羁桀骜。

"找谁呢？"

"我找……"

"找谁都不重要，你看。"蒋眠指了指天上那一片璀璨的角落，漆黑的夜幕中闪过一道道耀眼的光芒。

宋慕星这才想起今日的特别之处——十一月将寒未寒，狮子座流星雨降临。

"快来许愿！"陈笑眉吆喝来一帮伙伴，少年时代，愿望的实现总和这些神秘的天外来物有关。

众人纷纷双手合十，全场陷入一种默契的沉默。

待到人群散去，蒋眠才打趣般问起："你许的什么愿？"

宋慕星卖关子："愿望说出来就不灵了。"

随后，两人心照不宣地笑了起来。

"幸福"是一个很渺远的词，人们往往用尽一生去追寻，但无功而返者十之八九。

对后来的宋慕星而言，每一个早起就能看到日出的清晨，每一个下班回家就能吃上饭菜的傍晚，下雨时有伞，天黑时有灯，走路不摔跤，说话有人陪，那就是最好的幸福。

而她的每个幸福，都与蒋眠有关。

当人生的最后一刻，宋慕星带着蒋眠重返嘉川的那座山时，她忽然笑了，笑容是那样纯粹粲然。她想，其实她许下的愿望，早就实现了呢。

天边寂寥的夜幕，星光乍现，点缀了原本孤单的罅隙。

－ 番外完 －